算什麼大師 1

風 文創 1124

懿珊 著

風文創
1124

目錄

序文

懿珊

相，秘術也，能指迷而越險，能改禍為祥。

我一直很喜歡玄學類的知識，對其也有很多的幻想，於是有了《算什麼大師》這本書。其實這本書是我玄學系列的第二本，在這之前寫了一本有關於提鬼的文，寫完了以後覺得意猶未盡，便想起了最古老的術數之學。

術數不單純是相面，其還包括星占、卜筮、六壬、奇門遁甲、相命、拆字、起課、堪輿等。我不是專業人士，這些自然都不精通，所以《**梅花易數講義**》、《**四柱博觀**》、《**神相鐵觀刀**》這些專業書籍就成了我的老師。可是能看透命運並不稀奇，關鍵是要怎麼解，於是除此之外，《**萬法歸宗**》也成了我的座上賓。不過這些書實在是難懂，還好小說自然以閱讀性為主，這些專業知識只作為術數之學的一點點參考就足夠給小說增光了，多了反而晦澀難懂。

本文的主角林清音飛升時沒渡過雷劫，再次醒來時成為一名有些窮困的高中生，帶著紙板做的招牌就敢去算卦。

文章從算命到風水，從符籙到陣法，引發了一個又一個神奇又有趣的故事，林清音也從不被信任到成為遠近聞名的小大師。但就是這樣一個厲害的存在，回到家依然得面臨滿桌的課業和天書一樣的英文，頭疼得只想找人幫忙寫作業。

本文有滿級大佬回新手村的爽點，也有傳統和現代碰撞產生的啼笑皆非，是我個人非常喜歡的作品。

篇幅有限，以此為序，希望大家喜歡這本《算什麼大師》。

第一章

五點半的市民公園熱鬧非凡，跳廣場舞的大媽占據了面積最大的廣場，湖邊觀景平臺是京劇票友們切磋技藝的好地方。

林清音拎著一塊牌子圍著市民公園轉了半天，最後在一棵古樹下盤膝而坐，將手裡的紙板放在前面，上面有兩個飄逸的大字「算命」，下面是一行小字「一卦千元」。

散步的群眾們路過都不由得轉頭看，可一瞧見上面的內容，人人都搖頭嘆氣。

「現在孩子怎麼不學好呢？不好好上學，出來騙人！」

「可不是？看那模樣應該是高中生吧，肯定是老師給的作業太少，也不知道是誰家的缺德孩子。」

「我家還有派出所發的相信科學、拒絕迷信的那個宣傳冊呢，下次我帶來給這姑娘念念，年紀輕輕的就迷信怎麼行？」

「一千塊錢一卦？這孩子想錢想瘋了吧，要是隨便兩句就能得一千我也來給人算命，還上什麼班啊！」

聽著一句句完全不壓低聲音的議論，林清音面無表情的盯著自己的紙板，要不是她沒錢也沒有修煉資源，何必紆尊降貴跑公園裡擺攤算命！

想當年她林清音可是修真界神算門的掌門人，有天下第一算的稱號，想請她出手算一卦，那得奉上修真界頂級的法寶還要看她願不願起卦。哪像現在就隨隨便便席地一坐，擺一個裝牛奶的紙箱，一千塊錢一卦還得忍受旁人的指指點點。

要不是……

唉，誰讓她飛升時沒捱過雷劫呢？幾千年的修為都化為虛無，現在能活下來就不錯了，不能要求那麼多。

林清音低頭看著右手手腕上的紅色梅花形胎記，不由自主陷入沈思。

她醒來以後發現自己到了完全陌生的世界，可偏偏這具身體和自己擁有一模一樣的面容、一模一樣的體質，就連手臂上那個梅花形紅色胎記都長得一般無二，唯一不同的是這具身體沒有一絲修為。

要重新走上修真之路並不難，林清音功法和經驗都不缺，再修煉一次就像是大學生重讀幼兒園似的，玩著就能畢業。她現在缺的是修煉的資源，這個世界靈氣稀薄，要靠打坐提升修為比登天還難。林清音這幾天四處轉了轉，發現有一種玉石裡蘊含著不少靈氣，但是價格十分昂貴，她身為一個家境貧寒的高中生，根本就買不起。

歸根結柢還是要賺錢啊！

太陽越爬越高，早上的清涼漸漸的散去，陽光逐漸刺眼起來。林清音用手中的摺扇從旁邊撥過來一堆小石子，只見她隨意的將這些石子放在不同的位置，在調好最後一塊石子後，身邊的溫度再一次降下來。

林清音抬頭看看太陽的方向，判斷此時應該是辰時二刻，按照現在的時間來算應該是早上七點半。雖然在這坐了兩個小時一宗生意也沒有，但林清音看起來像是不慌不忙，絲毫不見急躁的情緒，好像有沒有生意都無關緊要。

「就是她。」常年在市民公園裡練八卦扇的張大媽氣喘吁吁的拽來一個警察，指著林清音說道：「您瞧瞧這是誰家的孩子啊，怎麼在這算卦呢？」

警察蹲下來看了看林清音，忽然笑了。「小姑娘，妳還記得我嗎？」

林清音抬頭看了他一眼，點了點頭。原主上個月期末考考壞了心裡自責，又被同學排擠嘲笑，一時想不開跳河自殺了，就是這個警察奮不顧身的跳進河裡救了她。

警察將她拖上岸的時候，林清音正好從這具身體裡醒了過來。

「那天多謝你了！相逢即是有緣，你救了我一命，我免費送你一卦。」林清音看著這名警察，眼神比剛才溫和了些許。「我觀你山根烏暗，年壽隱見青色，恐發重疾；口舌發紅、騰蛇入口，重疾應在胃部。」

看著警察一臉錯愕，林清音好心的提醒道：「你人生有三個大劫，出生是第一劫，十八歲生日當天逢第二劫，這次生病是第三劫。只要度過這次的劫難，你下半輩子就可以平安順遂，長樂無憂。」

林清音說完，站起身拿起自己的紙板十分瀟灑的走了。

張大媽看著林清音的背影氣得扠腰。「這算命還算到警察身上了，也太膽大了！馬警察你下回見了她可要好好教育教育她，才多大的人，怎麼不走正道呢！」

在旁邊看熱鬧的吳大媽看警察被噴得一臉口水，不忍心的把他拽到一邊。「其實算命並不全是迷信，有一些高人還能根據面相、八字算出什麼的。剛才那個……」

吳大媽想起林清音的年齡和模樣。「大師」兩個字實在叫不出口，只能含含糊糊說道：「剛才那個小姑娘說的那些，說不定有幾分真，你別不當回事。」

張大媽一聽就不爽了，扯過吳大媽就開始辯，小警察也顧不得想其他，趕緊擠到兩人中間規勸，費了好大力氣才把兩個人給平息了。

馬明宇回到派出所和同事打了聲招呼後回到自己的座位上，一邊喝水、一邊陷入了沈思。林清音說他有三個劫難，一是出生的時候，一是他十八歲生日那天。

他出生時確實有一難，當年媽媽生他時難產大出血，主治醫生連發了五次病危通知書，幸運的是最後母子均安，只不過媽媽因為生他時傷了根本，這些年身體一直不好。

第二次的生死大劫是在他十八歲生日當天，一個和他關係良好的同學給他慶祝，請一群同學去KTV唱歌。當時流行一種可以飛起來的花朵樣式的蠟燭，一群人生日歌還沒唱完，就見那蠟燭帶著火苗飛了出去，正好落在窗簾下面，點燃了廉價的窗簾。

這兩件事馬明宇從來沒有和同事說過，而他自己也不是當地人，按理說這裡應該沒有人知道這兩件事，可林清音卻說得絲毫不差。

馬明宇不由得陷入了沈思，難道林清音真的會算命？但這怎麼可能呢？他下意識摸了摸自己的胃部，完全沒有感覺到任何不適，也許是那孩子胡說的？雖然這樣安慰自己，但馬明宇心底深處還是隱約相信林清音的話，畢竟另外兩件發生過的事她說得還滿準的。

正在馬明宇魂不守舍的時候，吳大媽氣喘吁吁的跑到派出所，一進來就看到馬明宇站在桌子前發愣，立刻衝過來說：「小馬啊，你有沒有感覺不舒服的地方啊？」

看著馬明宇神色中的幾分不安，吳大媽苦口婆心的勸道：「我回家怎麼想都不放心，趕緊過來再和你說說。這事寧可信其有，不可信其無，你還是去醫院檢查，要是沒病皆大歡喜，如果真有什麼事也別諱疾忌醫。有病早治，千萬別把小病拖成了大病。」

馬明宇點了點頭。「吳大媽妳放心，等我週末休息就去醫院檢查。」

「怎麼還等到週末呢？」吳大媽急了。「現在才禮拜一，到週六還要好幾天呢，這病可耽誤不得，還是早點去檢查才能安心。」

吳大媽一急嗓門就有點大，王所長聽到動靜走過來，看見吳大媽先打了聲招呼。「吳大媽，您來有事嗎？」

公園後頭這一片住宅區都是三十多年的老房子，王所長打年輕就在這個派出所上班，這一帶的居民他泰半全都認識，誰家有幾口人做什麼工作，他都知道得清清楚楚。

看著吳大媽額頭上直冒汗，馬明宇臉色蒼白不知道在想什麼，王所長連忙打圓場。「吳大媽，小馬是我們所裡今年新來的，是才剛畢業的大學生。是不是他有不周到的地方？您說，我讓他改。」

吳大媽急了。「不是不是，是小馬得了胃病，我正勸他去醫院檢查。」

王所長看了看馬明宇的臉色，直接叫來另一個警察。「張慶，你趕緊陪馬明宇去一趟醫院。」說完所長看著馬明宇直嘆氣。「你這孩子，有病就說啊，這有什麼不好意思的？你看你的臉色多蒼白，是不是疼的？」

馬明宇無語。所長，我說是被一個小姑娘嚇的你相信嗎？

林清音拎著紙板走了好一陣子終於到家了，掏出鑰匙打開門，隨手將紙板放在門口的櫃子上，洗手去鍋裡盛一碗乾乎乎的死鹹麵條。

林清音拿起筷子吃一口麵，眉頭不禁皺了起來，起身到飲水機旁邊接了杯水連喝了兩大口，有些沈重的嘆了口氣。

來到現在這個世界，除了靈氣稀薄以外，最讓她頭疼的問題就是吃飯。上輩子她就沒怎麼吃過飯，踏入仙途之前家裡窮得一家五口人餓死了四口，就她一個人命大存活下來，在餓死前幸運的遇到了師父，被領進仙門。神算門在當時的修真界算是大門派，各類資源都不缺，為了加快修煉速度，他們都是吃辟穀丹，等築基以後連辟穀丹都省下了。

林清音對吃飯的印象所剩無幾，等來到這個時代以後，天天不是吃死鹹的麵條就是水煮蔬菜，她不明白飯這玩意兒這麼難吃，怎麼人還這麼重視口腹之欲呢？有錢吃什麼飯啊！請她來算一卦不好嗎？

皺著眉頭吃完麵條，林清音把碗筷洗乾淨，抬頭看了眼時鐘才早上九點，她決定去記憶裡那個有許多書籍的圖書館一趟，看看有沒有術數方面的書。

林清音家住的是老城區，離圖書館有點距離，坐公車也要十站。林清音坐在公車上看著車窗外往後移動的景物，心裡不由得有些感嘆。時光才過去千年而已，原本只能坐馬車的凡人現在居然能上天能下海，無所不知。在這個社會進步的大時代，想必術數之學也會有質的飛越。

下了公車，林清音走進圖書館，涼爽的空氣立即將全身包圍，驅走了夏季的燥熱。記憶裡這種可以製冷又能加熱的東西叫做冷氣，是大部分家庭日常調節氣溫的家電，不過林清音家沒有這種東西，因為她家實在是太窮了。

圖書館一共有七層樓，裡面的藏書浩如煙海，林清音逛一個小時也沒找到自己想看的書籍。她閉上眼睛搜索了下原主的記憶，發現也沒有關於術數這類的印象。

正在此時，一個看起來三十出頭有點胖的男人從林清音旁邊路過，手裡拿著手機，不顧旁人的眼色哇啦哇啦講著電話。「我在圖書館！你的意思是，我為什麼不能看書？我和你說，算命也是一門學問，不會那些專業術語可忽悠不到人。」

林清音隨即把手上的書塞回書架上，跟著那個男人後面七拐八拐來到一個角落裡的書架前，抬起頭看見書架上擺著一排看起來玄而又玄的書名，眼裡閃過一絲喜色。

胖男人把手機放到口袋裡，從書架上隨便拿出來一本書，皺著眉頭看一會兒，有些鬱悶的塞了回去。「文言文的，看不懂。」

在他身邊三公尺遠的地方，林清音也遺憾的將書放回了書架，隨手拿出另外一本，快速的翻看一遍，看著書上宛如幼兒啟蒙讀物般的內容，她心裡充滿了不解。

這個社會什麼東西都進步了，怎麼這術數退步這麼多。這些書上的內容，別說神算門的外門弟子，就是當年凡間算命的懂得都比這多，難道術數一途的傳承斷了？

「咦，這本書好。」胖男子終於找到一本心儀的書，欣喜若狂笑了起來，一副撿到寶的模樣。

林清音心裡一動，探頭一看，發現是一本白話的翻譯版，裡面邏輯不通且錯誤百出。她一言難盡的看了那個胖男子一眼。

「看什麼看？這都是學問知不知道？」胖男子抬頭朝林清音抬了抬下巴，晃著腦袋炫耀道：「這是老祖宗傳下來的寶貝，只要我學會了就可以算凶吉、知天命，這種深奧的東西不是妳這種凡夫俗子能理解的。」

林清音看著他手上的書，輕笑一聲。「這麼說來我也會算，我觀你面相今天定有血光之災，小心會傷到額頭。」

「妳這孩子怎麼說話的！不會說話出門容易挨揍知道嗎？」胖男子說罷，褲子口袋裡的手機忽然響了，他不再和林清音貧嘴，掏起手機大著嗓門喊道：「喂，又啥事啊？」

「有工作？」男人眼睛一亮，聲音也不由自主的低了下來，甚至還防備的用手擋住了嘴。「一個女的給女兒算命？太好了，你幫我留住她，我立刻過去，事成之後給你五十。」

掛上電話，胖男子朝林清音得意的一擠眼。「看見沒，這玩意兒能掙錢，妳以為我開玩笑啊！」說完也顧不得手上的書了，他把書往架子上一塞便急匆匆的往外跑。

林清音想起自己早上擺了兩個小時的攤也沒有一人造訪，便轉身跟在那胖男人的後面，她要去看看這擺攤算命到底有什麼技巧。

胖男子算命的地方離圖書館並不遠，從附近的小巷子七轉八轉的穿過去，大約走了七、八分鐘就來到一條不算很寬的街道上。這條街道兩邊是一些上了年頭的房子，路邊有不少擺攤的，有的賣涼蓆草帽、有的賣杯盤碗、也有的擺個牌子當鐘點工，胖男子是這條街道唯一算命的「大師」！

看到胖男子回來，扯著一大媽聊了半天的小販終於鬆了口氣，連忙朝他招了招手。「王大師，您終於回來了，這位大姊想找你算卦。」

「王大師」立刻調換氣息，擺出一副高人的模樣，邁著八字步晃悠悠的走過去。「是妳找我算卦？」

大媽狐疑的看了看胖男子。「你算得準不準啊？」

王大師一聽這大媽竟敢質疑自己的職業能力，頓時炸了。「當然準了！您去這條街道上打聽，有誰不知道我王大師的。我鄰居結婚都找我算日子，要是不準他們會找我嗎？」

這麼說好像沒錯，街坊四鄰肯定知道他有本事才找他，要不然誰花那冤枉錢啊！大媽臉上的表情緩和了許多，掏出手機打開一張照片遞給王大師。「我是想給我女兒算算，你瞧這是我女兒。」

照片上是一個二十五、六歲的年輕女子，長頭髮，笑盈盈，樣貌是挺漂亮的，看起來也很有氣質。

王大師一邊看著照片，一邊對照這個大媽——穿著普通，手裡拎著一個購物袋，裡面裝著幾樣青菜和水果，眉眼裡也看不出什麼焦急的情緒，想必是買菜路過這裡看到一個算命攤子，臨時起意想算一卦。這種通常不會有什麼急事，再看這照片女子的年齡，王大師頓時有了猜測。「妳應該是想給妳女兒算姻緣吧。」

大媽愣一下，很快調整情緒問道：「我女兒的姻緣怎麼樣？」

王大師坐在折凳上，從旁邊的盒子裡拿出一支圓珠筆。「把妳女兒的八字給我！」

大媽立刻說了一串數字，王大師把八字寫在紙上，掐著手指念念有詞，時不時的翻一下手邊一本破爛、有些掉頁的書。大約掐算了三、四分鐘，王大師摸了把小鬍子，故作高深的點了點頭。「我已經看出些許的眉目了，不過要仔細說卦象的話就得付錢了。大姊我這三百塊錢起一卦。」

「三百？」大媽有些猶豫。「那能算出我女兒以後生幾個孩子嗎？」

王大師聽這話忍不住笑了。「大姊妳可真逗，女兒還沒結婚就惦記孩子了，是不是太早了點？當然我也不是不能算，不過得再加兩百！」

「我加你個頭啊，你這個騙子！」大媽忽然將手裡的袋子使勁朝王大師掄起，重重的打在他的腦門上。也不知道那袋子裡有什麼東西，一下就蹭破了王大師額頭上的皮，血珠瞬時就冒了出來。

王大師熟門熟路的從口袋裡掏出一張紙巾捂住，聲音中透著哭音。「妳不算就不算唄，怎麼還打人？」

「我就打你這個騙子。」大媽看著王大師被打破的額頭，眼裡閃過一絲心虛，不過她很快將這情緒壓了下去，扠腰懔悍的指著王大師罵道：「你這個騙子竟敢騙到我頭上來，你會不會算命自己不知道嗎？要不叫警察來評評理？」

王大師一聽警察就孬了，捂著腦袋直擺手。「算了算了，就當我今天倒楣，妳不算就走吧。」

大媽看一眼王大師捂著的額頭，拽緊自己的包包轉身就要走，就在此時一個清脆的聲音在身後喚住她。「請等一下！」

大媽下意識轉過身，看著身後有一個學生模樣的女孩叫住了自己，有些狐疑的打量了她一眼。「妳叫我做什麼？」

林清音走到大媽面前，看了看她的面相，聲音清朗的說道：「從面相上看，妳龍宮、奸門兩個部位晦暗且子嗣宮被衝，應該是沒有孩子的。」

王大師旁邊的小販用手撞了撞他，壓低聲音問道：「龍宮在哪兒啊？」

「我怎麼知道？」王大師不由得翻了個白眼。「我要是懂那麼多早就開店了，何必天天蹲在這裡曬太陽。」他想起自己在圖書館時看到這個小女孩手裡拿了一本看面相的書，以為她是現學現賣，有些不忍心的拽了林清音一把，好言好語的勸。「別胡說八道啊，她是會打人的，妳要是破相就虧大了。」

林清音將王大師的手拂開，看著大媽難看的臉色繼續說道：「妳命裡原有一子一女，皆在三歲夭折，子孫緣就此終止。但妳為人寬厚，積下不少善緣，也因此得一養女。妳雖沒有子孫緣，但是有子孫福的。」林清音說完，忽然伸出手。「我能看看妳女兒的照片嗎？」

大媽呆愣愣的把手機掏出來找出照片遞給了她，林清音看了眼照片，又把手機還了回去。「妳女兒的命不錯，小時候雖有波折，但成年後一路順風順水，婚姻也如意，她今年剛生下一對龍鳳胎吧。」

大媽一拍巴掌，激動地拉住林清音的手。「妳算得真準，那妳肯定知道我要算什麼吧？」

林清音笑了。「妳想替妳女兒找親生父母。」

「就是這回事！」大媽氣勢洶洶的從王大師手裡搶過剛才寫的八字，轉頭看向林清音的時候已經掛上諂媚的笑容。「麻煩小……大師給我算算。」

林清音看了看她手裡的紙，伸手將背上的書包取了下來，從裡面拿出一張摺了兩道的紙板遞過去。

王大師好奇的探頭一看，只見上面寫著「算命，千元一卦」。

他咂了下舌頭，看著林清音的眼神滿滿都是崇拜，心道：嘿，這丫頭比我黑多了！

聽到林清音報的價格，大媽毫不猶豫的答應了。「好！一千就一千，妳要的價格真不貴！」說完還一豎大拇指。「年紀小的人就是實誠！」

王大師捂著腦門瞪大了眼睛，一副心碎的樣子。

剛才是誰因為我多要兩百就把我打成豬頭的？怎麼這會人家要一千元反而實誠了！做人要不要這麼雙標！

第二章

其實王大師根本就沒把林清音算的東西當回事。在他看來，算命這項工作就是根據客戶的神態、表情、打扮、語氣來揣摩對方的心理，再根據情況適當的瞎掰一下，根本就沒有真正會算命。因此他平時在算命的時候遇到真會付三百的客人是意外驚喜，而砍價到幾十元也照算，反正就是上下嘴唇碰一碰，也不費什麼事。

可他萬萬沒想到這個十幾歲的小姑娘一開口就敢要一千，更想不到的是，這種平時為了一元菜錢都能殺價半天的老太太居然也願意付，這也太讓人意外了！

登時王大師看林清音的眼神都不一樣了。這是人才啊！

旁邊的小販看著王大師一會兒哭喪著臉、一會兒又滿臉興奮的樣子，忍不住用胳膊撞了撞他。「你說那小丫頭算得準不準啊？」

王大師「嘿」一聲，在小販耳邊嘟囔。「看那大媽激動的樣子應該是讓小丫頭說中了，不過按照我在算命界浸淫多年的經驗，這小姑娘肯定是聽說過這大媽的事，今天正好在這碰見了，乘機對號入座。」

小販認同的點了點頭，他平時可沒少看王大師「表演」，對算命這事根本就不信。

王大師看著大媽拉著林清音激動掉淚的模樣，捂著嘴和小販說笑。「剛才我去書店買書的時候，正好碰見這丫頭翻《梅花易數》，她還和我鬥嘴，說我今天有血光之災，讓我小心額頭……」說完臉上的笑容凝滯住了，他拿下捂著額頭的紙巾，上面的血鮮豔刺眼。

小販抬頭瞅瞅他的傷口，又瞅瞅沾了血的紙巾，有些遲疑的問：「這也是碰巧？」

王大師把紙巾往口袋裡一塞，掏出個OK繃黏在腦門上，再抬起頭看著林清音一臉淡然的模樣，心裡忍不住迷惑：難道真是她算出來的？真有這麼玄？

他翻了翻祖傳的破爛冊子，滿心的不解這玩意兒到底怎麼算啊！

另一邊大媽見林清音什麼都不用問，光看面相就能將自己埋藏了將近三十年的心事一絲不差的說出來，心裡除了震驚還是激動。雖然這大師的年紀小了點，但確實是有真本事，不像那騙子，什麼都算不出來還敢收三百塊錢，真是揍得輕。

大媽想到這轉頭又瞪了王大師一眼，嚇得王大師立刻捂著腦袋後退一步。他是真怕這些上了年紀的老太太，一個個戰鬥力超強，實在是惹不起。

之前王大師介紹過算命流程，大媽知道算命必須先付錢，她便掏出手機說道：「我現在把錢轉給您！」

林清音看了眼大媽手裡的東西，透過記憶她知道那個叫手機，是現在社會人手一臺的通訊工具，能說話還可看到彼此的相貌，更神奇的是居然用一堆數字就代替付錢了。

林清音摸著空空的口袋，很想給自己也算一卦，是不是天生帶著窮命，要不然怎麼兩輩子都生在窮人家呢？

「我沒有手機。」林清音從包包裡掏出筆，飛快在紙板上加一行字，然後遞到大媽面前。「只收現金。」

大媽瞇起眼睛湊過去看了半天才看清上面多的那行小字，有些鬱悶的扶著腰站了起來。「我只帶三百塊錢出來，要不我再拿給妳？」

王大師此時對林清音充滿了好奇，他十分想知道她是碰巧運氣好還是有真本事。看著兩人都有些為難的樣子，王大師冒著挨揍的風險湊過來說：「大媽，不然妳把錢轉給我，我替妳付現金。」

大媽看著王大師，臉上清清楚楚的寫著「不信」兩個大字。「算命不成，改直接要錢了？你這手段挺直接啊！」

「哎喲大媽妳想哪兒去了，可冤枉死我了！」王大師哀嚎一聲，直接掏出錢包數了一千塊錢遞給大媽。「我先給妳錢行吧，妳看看沒問題再轉帳給我。」

大媽一臉狐疑的把錢接過來，一張張檢查一遍又不放心的遞給林清音。「大師，您瞧瞧是真是假。」

林清音雖然不會看錢的真假，但是她會看面相也會看心理，一個細微表現，一個眼神碰觸，她就能看出這人的真實想法。林清音抬頭在王大師的臉上停頓一秒，便伸手將錢接了過來。「這錢沒問題。」

大媽將錢轉給了王大師，便將林清音拉到王大師占據的有片大面積樹蔭的風水寶地，甚至還把王大師唯二的兩個折凳搶了過來。

從開著冷氣的圖書館一路跑過來，又在太陽底下站了半天，現在身上沒有半點修為的林清音已經熱得兩頰發紅了。她坐在凳子上沒先算卦，而是從包包裡掏出一把石子，看似隨意的丟在她和大媽身邊。

大媽藏了三十多年的心事猛地被掀開，心裡想的全都是這件事，根本就沒注意到林清音的動作，心急地追問道：「大師，您幫我指點指點。」

丟下最後一個石子，一陣舒適的涼風吹了過來，林清音身上的燥熱頓時消去大半。「請問怎麼稱呼？」

大媽立刻說道：「我姓陳，叫陳豔春。」

林清音點了點頭。「從妳女兒的八字上看，她的生身父母並沒有夫妻緣分，妳是要找她的生父還是生母？」

陳大媽聞言愣一下，隨即嘆了口氣。「找她媽媽吧。」

林清音閉目回想了下李玉雙的面相，開口說道：「在她三十歲生日那天，有和生母相見的緣分。」

陳大媽猛然站起來，激動得嘴唇直哆嗦。「大師，您說的是真的？後天就是我女兒的三十歲生日了！」

王大師想起照片上女子年輕得像個大學生，有些不敢置信的問道：「妳女兒都三十了？和大學生沒兩樣！」

這句話算是撫平了陳大媽對王大師的敵意，勉為其難的讚揚了他一句。「雖然你算命本事不怎樣，但是嘴還挺甜的。以後老實去找工作，別在這騙人了。」

王大師摸了摸鼻子，努力將話題拉回正途。「陳大媽，不是我多嘴，妳給妳女兒找親媽這事她同意嗎？」

陳大媽聽到這話像洩了氣的皮球似的，瞬間萎了下來。「其實我女兒並不知道她的身世。三十年前，我好不容易生下來的小女兒和她哥哥一樣剛過三歲就夭折了，當時我哭得昏天黑地，大半年都一直渾渾噩噩的，要不是當時還有老娘要伺候，我就一頭跳河去死了。有一天我早上起來，忽然聽到外面有嬰兒的哭聲，當時我還以為出現幻覺了，等推開門一看，門口放著一個襁褓和一張寫著孩子出生日期的紙條。」

陳大媽伸手抹去眼角的淚，說道：「當年我家離火車站和醫院都不遠，人來人往的也找不到是誰把孩子放在這裡，我們就去派出所備案，然後辦理了收養手續。我和她爸沒了兩個孩子，這孩子就是老天爺送給我們的補償，我們將她視若珍寶，細心的呵護她長大。」

想起自己出色的女兒，陳大媽臉上不自覺的帶出了幸福的笑容。「我女兒也爭氣，大學考得也好，要不是為了我們老倆口，她應該留在大城市的。好在她回來沒多久就遇到了她先生，夫妻倆恩恩愛愛的，前一陣又生了一對龍鳳胎，日子過得很好。」

王大師想起剛才林清音算出了龍鳳胎的事，看向林清音的眼神都不一樣了。難道他今天碰到真正的高人了？不過，這高人也太年輕了點吧！

「大媽，你們這一家生活得和和美美的，幹麼給孩子找親媽啊？」旁邊的小販忍不住插嘴說道：「據我這麼多年看連續劇的經驗，甭管當初是因為什麼理由丟棄小孩，但在扔的那一刻就代表放棄了這個孩子，會主動找上門來的都沒啥好事，不是要錢就是捐骨髓，不是真心疼孩子的。」

陳大媽嘆了口氣，神情有些落寞。

王大師察言觀色的能力終於派上用場，往前挪了兩步，蹲在陳大媽的旁邊。「大媽，妳是不是有什麼難言之隱啊？」

陳大媽苦笑了下，摸了摸脖子。「前天我健檢報告出來了，身體有點小問題，我想等我女兒過完三十歲生日再去醫院複診一下。」她嘆了口氣，神情有些落寞。「我不想我女兒沒有媽，她受不住這樣的打擊。」

王大師和小販深吸一口氣，彼此對看一眼都不敢開口了，似乎怕刺激到陳大媽一樣。

林清音忽然開口了。「是誰告訴妳要病死了？妳明明是無疾而終的長壽面相啊！」

陳大媽沒反應過來。「大師您的話是什麼意思？」

「妳今年確實有一個小坎，但是不嚴重，福氣還在後面呢。」林清音站起來將自己的招牌塞回袋子裡，輕描淡寫的說道：「妳是我開張以來的第一位客人，這第二個卦就算送妳了，有緣再見吧！」

陳大媽看著林清音瀟灑俐落的背影，一伸手把王大師拽到自己跟前。「剛才大師說的是什麼意思？」

王大師坐在地上看著陳大媽直樂。「大師的意思是說妳的病根本就不會影響壽數，別杞人憂天了。」

陳大媽咧著嘴不敢置信的笑了起來。「大師說的是真的？」

「肯定是真的！」王大師笑了半天，忽然反應過來。「對了大媽，剛才大師可說您女兒的親媽要找上門來了，您可要提前做好準備啊。」

陳大媽拍了拍王大師的肩膀。「別把人想得那麼壞，也別把我想得那麼無能，她要是來盡一份母愛的，我歡迎她；要是她想從我女兒這裡占便宜，我第一個拿掃帚把她轟出去！」

陳大媽心情好，接著從口袋裡掏出三百塊錢塞王大師手裡。「也不知道你額頭的傷口嚴不嚴重，這是賠你的醫藥費，你去醫院打支破傷風吧，剛才對不起。」

王大師樂呵呵的把錢收起來。「那謝謝您了大媽！等您女兒過完生日您有空來和我們說一聲後續啊！」

陳大媽瞥他一眼，哼一聲。「還挺八卦！你放心，要是這兩件事都讓小大師說中了，我還會帶東西來這裡謝她呢！」陳大媽說完拎著袋子站起來，剛走出兩步就抬頭看看天上的太陽，嘴裡嘟囔著。「剛才坐那裡還挺涼快的，怎麼一站起來這麼熱？」

王大師接過錢順勢坐在陳大媽的位置上，忽然他奇怪的四下張望。「怎麼突然這麼涼快了？」

林清音摸著終於鼓起來的褲子口袋腳步輕快了許多，甚至臉上也多了一絲愉悅的笑容。

上輩子在修真界，很多宗門都要求弟子到凡人的世界去歷練，打磨心智。但林清音因為天資卓越，一進宗門就成了核心弟子，除了修煉就是鑽研術數一途，對鬥法並不擅長。師門為了不讓精心栽培的弟子隕落，不輕易放他們出去歷練。

林清音初入門時年齡小，進入宗門以後更是很少和旁人打交道，全心全意鑽研本門的術數之學，在眾多核心弟子中脫穎而出，被掌門收為嫡傳弟子。後來林清音成為神算門的掌門，宗門裡的俗事也都交給弟子去打理，她除了閉關參悟就是在洞府修煉，只有輩分比林清音高的人帶著貴禮上門求卜算，她才會出面。

說起來，今天算是她兩輩子第一次賺錢，雖然這點錢和上輩子收的天材地寶無法媲美，但她居然從中獲得了滿足感。林清音覺得俗世也挺有趣的，怪不得弟子們都喜歡出來歷練，除了飯難吃點沒別的問題。

說到吃飯，林清音摸了摸肚子，有些生無可戀的感覺，早上都硬塞下一碗麵了，怎麼又餓了？抬頭看了看日頭，林清音這才發現，原來又到該吃飯的時候了。一天吃三頓飯真是夠麻煩的了！

林清音嘆了口氣，正準備去坐公車回家，就聽見身後傳來氣喘吁吁的呼喊聲。「大師，大師等等我。」

林清音回頭一看，原來是那個騙子王大師追來了，她往身後的樹蔭一站，挑起眉毛看著他。「有事嗎？」

抹了把頭上的汗，王大師的臉上堆起殷勤的笑容。「剛才您一走我就後悔了，您看今天我們也算是有緣，要不要留個電話呢？那陳大媽走的時候還說，等她女兒過完生日要帶重禮來謝您呢，我這也沒有您的聯繫方式，到時候怎麼通知您啊？」

林清音有些疑惑的挑了下眉毛。「聯繫方式是什麼？」

王大師有些沒琢磨明白她話裡的意思，撓了撓頭尷尬的笑道：「就是彼此交換手機號碼、加個通訊軟體之類的。」

又是手機！林清音面無表情的看了王大師一眼，轉頭就走。「我沒有手機！」

王大師愣了一下，亦步亦趨的跟上來。「都什麼年代了怎麼還沒有手機呢？現在小學生都帶著智慧手錶上學了！」

見林清音一點回應也沒有，王大師只能退而求其次，腆著臉問道：「大師，那一起吃個飯行嗎？我好歹也算是同行，交流交流經驗唄。」

一聽吃飯兩個字，林清音走得更快了，飯這麼難吃的東西回家吃就算了，讓她拿自己剛賺來的錢吃飯，門都沒有！

王大師本來就有點胖，現在又是中午最熱的時候，這一路跑過來就出了不少汗，現在又跟在林清音旁邊一路追著，汗水都流進了眼睛，扎得眼睛直冒眼淚。

「我說大師啊，您走慢點可以嗎？」王大師一臉絕望的抹了把眼睛。「都中午了，您回家不也要吃飯嘛！我知道這附近有家店挺好吃的，我請您去嚐嚐。」

林清音停住腳步，回頭看了他一眼。「你請客？」

「我請我請！」王大師頭點得和小雞啄米似的。「妳愛吃什麼隨便點，我請客。」

林清音想了想，勉為其難的點了點頭，這姓王的雖然算命不怎麼樣，但是看來還挺會招攬顧客的。林清音想到自己早上在公園坐了兩小時一宗生意沒成還引來了警察，決定向他請教擺攤的竅門。

圖書館附近不少餐廳，王大師左右環顧一圈，選了一間年輕女孩子喜歡的港式餐廳，還加服務費要了一個小包廂。

「大師，這邊請。」王大師做了個請的手勢，領著林清音來到包廂門口，殷勤的打開門。旁邊路過的客人看到一個大男人對一個年輕女孩點頭哈腰稱呼大師都露出詫異的神情，偏偏這兩個人都十分自然的樣子，好像就理應如此一般。

服務生拿來菜單，王大師直接遞到林清音的手邊。「您看喜歡吃什麼？」

「隨便吧。」林清音不感興趣的擺了擺手。「我不喜歡吃飯！」

王大師掏出小毛巾擦了把臉上的汗，打開菜單選幾樣招牌菜，又點一些女孩子喜歡的甜品。待服務生拿著菜單離開包廂，王大師立刻給林清音倒一杯茶。「先自我介紹一下，我叫王虎，綽號王胖子，您怎麼叫我都行。」

林清音端起茶杯看了眼裡面的茶，眉頭微皺，把茶杯放到一邊，連碰都不想碰。「我叫林清音。」

「這茶不合口味？」王胖子剛問完一拍腦袋。「我知道了，妳們這個年紀的女孩子都不愛這個！我給妳點飲料！」

看著王胖子叫來服務生，林清音不抱希望的嘆了口氣，上輩子雖然不用吃飯，但她卻很喜歡品茶。她喝的茶取自雲巔的茶樹，每一口飲下都是滿滿的靈氣，而這桌上的茶，別說靈氣了，連滋味都不好。

很快服務員送來一杯楊枝甘露，林清音看著漂亮的杯子上面漂浮著的冷氣，小心翼翼的喝一口，有些驚喜的睜大了眼睛。這玩意兒雖然沒有靈氣，但是味道還不錯。

王胖子看著林清音一口一口喝得很開心，這才悄悄的鬆了口氣。大師也太難討好了，不喜歡吃飯、不喜歡喝茶，好在冷飲還挺對她胃口的，要不然自己都不知道怎麼開口。

「林大師，您剛才是怎麼看出那陳大媽家裡的事的？」王胖子越想越覺得離奇。「難道這些東西真的都能算出來？」

林清音抬頭看了他一眼，語氣淡淡的說道：「你既然不相信，為什麼要出去擺攤算命？」

王胖子訕笑了兩聲。「不瞞您說，以前我爺爺懂一點算命這方面的事，隨著時代變化，這些都被列為封建迷信，這才洗手不幹了。後來大家經過現代化的洗禮也都不相信那些玩意兒了，直到這些年才又慢慢的興起來，但說實話會算的沒幾個。我幹這個純屬是個樂趣，有生意最好，沒生意也不愁。」

王胖子從袋子裡掏出自己那本破破爛爛的書推了過去。「這是我爺爺留下來的書，我沒事也會翻翻，但是看來看去也看不懂。」

林清音隨手翻看了幾頁，點了點頭。「這本書還是有些真東西的，比你之前翻的那幾本強。不過……」

林清音看了眼王胖子的面相，搖了搖頭。「你不適合吃這行飯，和你八字相沖。」

「哎，真讓妳說中了！」王胖子拍了下大腿，鬱悶的說道：「這一帶其實不少算命的，大家都是連蒙帶騙，其中就有不少黑心的專挑嚇人的說，然後再讓顧客花錢來破解。我不是那種喪良心的人，我就光說好話，哄那些顧客開開心心多好啊！可即便是這樣，我挨打的次數也比他們多，三天兩頭就受傷，妳說我這是什麼命啊！」

林清音喝了口冷飲。「你命裡有些小財，衣食無憂，大可不必做這行。」

王胖子「嘿」了一聲，敬佩的豎起了大拇指。「又讓您瞧出來了！我家前幾年被拆遷了，分了我一筆錢還給了六間房子。我自己住一間，其他的簡單裝修後全都租出去，每個月的租金加上利息我就有兩萬塊錢。出來算命純粹是我的個人愛好，還能八卦八卦，比出去上班強多了。」

林清音伸手摸了摸自己口袋裡剛剛賺來的一千塊錢，忽然不太想理王胖子了。

說話間，包廂門敲了兩下，服務生推餐車進來，蜜汁叉燒、三杯雞、燒鵝、脆皮雞翅、咕咾肉、香辣金沙炒蟹肉……

林清音看著桌上一道道色澤鮮亮、香味撲鼻的菜愣住了，這和家裡的水煮青菜看起來簡直天壤之別啊，原來飯也可以做得這麼好看嗎？

王胖子將點的湯放到林清音面前。「人是鐵飯是鋼，即便是不喜歡也多少吃點，要不然對身體不好。」

林清音伸出筷子挾一塊雞肉放進嘴裡，然後她的眼睛亮了。

半個小時後，王胖子看著桌上空空的盤子，默默的按下服務鈴。

一個小時後，有六間房的王胖子看著帳單上的金額欲哭無淚。

大師，妳不是不愛吃飯嗎?!

林清音一手拿著飲料一手摸著圓滾的肚子，滿足的嘆了口氣。「你說得對，這家的飯還挺好吃的。」

吃完了飯，王胖子覺得兩人也算有些交情了，再次拿出手機想和林清音加個連絡方式，林清音想了想，說道：「買手機需要多少錢？」她從口袋裡掏出自己剛賺的一千塊錢。「這些錢夠嗎？」

王胖子驚愕的看著林清音。他發現這個年紀輕輕的大師似乎有點窮啊！

第三章

王胖子領著林清音去附近的電信行買了一支便宜的手機，最基本款的那種，選了個容量稍微大些的。林清音沒帶身分證，王胖子知趣的用自己的身分證幫她辦了張手機卡，又幫她安裝通訊軟體。

等把林清音的手機號碼存起來，加了好友，王胖子才鬆了口氣，覺得自己這馬屁拍得可真是夠費勁的。

林清音有些新奇的看了看手裡的玩意兒，朝王胖子點了點頭。「多謝你了。」

「謝就不用了。」王胖子訕笑著搓了搓手。「您能不能指點我一下啊！大不了我學了不去算命，就自己琢磨著玩也好。」

林清音沈吟了片刻。「你週四早上五點半帶著你那本書到市民公園裡找我，我給你講解。」

王胖子點了點頭，又有些不解的問道：「為什麼是週四啊？」

林清音白了他一眼。「因為到那天才有生意上門。」

王胖子驚呆了。「這都能算出來，您可真是太厲害了！」

林清音把手機放入口袋裡，一臉淡定的想著，到時候那警察的檢查結果就該出來了吧？新買的手機自帶幾個軟體，林清音試著把玩一下，覺得還挺好玩的，她從記憶裡調出了注音的拼讀規則，摸索好半天終於打出了中文，給王胖子發出第一條訊息：你先把那本書背好。

躺在床上吹冷氣玩手機的王胖子看到這句話手一抖，手機就從他手裡滑了下來正好砸在他的大胖臉上。王胖子捂著鼻子痛得坐起來回了一個絕望的表情。

他要是有這腦袋當年早就考上大學了！

林清音看著王胖子發來鮮活有趣的表情貼圖不禁抿嘴一笑，現在這個凡人世界雖然靈氣稀薄修煉艱難，但是人都挺聰明，發明的這些東西也很有趣。嗯，有些飯也挺好吃的！

門外傳來鑰匙開門的聲音，林清音順手將手機往枕頭底下一塞，打開房門對著拎著一大袋菜的女人叫了聲媽。

原主的爸媽和林清音上輩子的父母長相十分相似，林清音雖然推算不出自己和這個原主到底是什麼關係，但不得不說，有一個長相類似的父母讓她能更快融入這個家庭，起碼叫起爸媽來沒什麼壓力。

林清音的媽媽鄭光燕看到女兒主動出來打招呼，不禁露出驚喜的表情。自從林清音跳河以後多半的時間都把自己關在房間裡，而他們夫妻工作又忙，一家三口碰面的時間實在是太少，想坐在一起好好聊聊天都沒有時間。

把手裡的菜放在廚房，鄭光燕小心翼翼的取出裡面的半個西瓜切成小塊，端到了林清音面前。「我今天提早下班，去了趟菜市場多買了幾樣菜回來，晚上給妳做點好吃的。」

林清音想了想平時吃的水煮蔬菜，對媽媽的手藝不抱什麼希望。她一直以為飯這個東西非常難吃，可今天中午吃了一頓美食後她才明白，飯是無辜的，是她媽媽的手藝太差了。

看著林清音坐在沙發上發愣，鄭光燕柔聲的催促。「吃西瓜吧，我買的時候特意從冰箱裡挑的，還很冰涼。」

上輩子，這種沒有靈氣的水果是不會送到林清音面前的，在原主的記憶裡這幾年吃西瓜的次數並不多，以他們家的經濟狀況能滿足一家三口的溫飽就不錯了，水果已經排在奢侈品的行列了。

林清音咬了一口西瓜，甘甜多汁，味道居然還不錯。她連吃了三塊才意猶未盡的擦了擦手，轉頭看了媽媽一眼。「家裡的債都還清了？」

鄭光燕挑菜的手一頓，她抬頭和坐在沙發上的女兒四目相對，想了想她放下手裡的菜走過來坐在林清音對面的小板凳上。

「清音，爸媽對不起妳。」鄭光燕愧疚的看著面前一身舊衣服的女兒，眼眶有些泛紅。「要不是為了給家裡還債，妳應該去唸重點高中的，而不是在現在的學校受欺負。」

鄭光燕聲音有些哽咽，可似乎怕刺激到林清音，她強行壓住自己的情緒，努力擠出一個笑臉。「第一年沒考好沒關係，離高考還有兩年時間，妳的基礎很好，只要努力就一定能迎頭趕上。清音，答應媽媽，不要這樣放棄自己，再試一試可以嗎？」

林清音有些發傻。「還要繼續去上學嗎？」她回想一下原主的記憶，好像自殺前說過再也不想讀書了，原來是不算數的嗎？

「妳不要有壓力！」鄭光燕立刻說道：「等開學我會去和妳的老師談談妳被霸凌的事，我想他們不會坐視不管的。媽媽真的不想要妳這麼放棄自己……」鄭光燕忍不住失聲痛哭起來。「我一想到妳為了這個家毀了自己的大學夢，我就恨不得以死謝罪，是爸爸媽媽對不起妳！」

清音看著媽媽彎曲的後背，試探著抬起手輕輕的拍了拍她。「媽，我知道了。」

既然原主的夢想是考一所好大學，那就先替她完成這個夢想吧。

鄭光燕哭過一場看來比之前放鬆了許多，她去廁所洗了把臉，出來後頂著發紅的眼皮對林清音笑。「今天爸媽把家裡最後一筆債都還完了，以後爸爸媽媽會多點時間陪妳。如果妳受欺負也要告訴我們，我們雖然沒錢、沒勢力，但我們有理，我們不怕他們。」

林清音輕輕一笑。「媽放心，以後我不會再讓別人欺負了。」

林家在這個城市屬於貧窮的家庭，清音的爸爸和媽媽學歷都不高，只能做最累的工作賺最少的錢。好在原主體諒父母的辛苦，努力學習，國中時候一直保持年級前三名，中考甚至超水準發揮，考出全市第一的好成績。

這個成績是可以上全市最好的高中，可就在成績出來的第二天，市裡面一所東方國際私立高中的招生老師來到了林家，說只要林清音願意到東方國際高中上學，不但三年學雜費全免，而且可以拿到十萬獎學金。

林清音聽說有十萬元的獎學金便一口答應下來，她說要用這筆錢替家裡還債。

三年前，林清音的爸爸為了改善家裡的生活拿出全部的積蓄和朋友合夥開了間店，可個性老實的他根本就不是做生意的料，不到一年合夥人就捲款跑走了，清音爸爸不但生意失敗，還為此欠下十五萬的債務。這些年林清音的父母一直日夜兼工還錢，若是能得到這筆十萬的獎學金，家裡的債就能早一點還完。

至於功課方面，原主從來就沒有擔心過，她知道東方國際私立高中老師教學能力還是不錯的，只是學生難管了些，所以整體成績一般。只要自己好好讀書，不和那些學生走得太近，不會受影響的。

可讓原主意想不到的是等上了東方國際私立高中她才真正見識到了什麼叫惡魔。作為一個經常被老師掛在嘴邊的優等生，家貧的她遭受到全班同學的排擠，桌面上被撒滿顏料、椅子上撒釘子、半開的門上放水桶都成了習以為常的小事，最讓原主受不了的是他們對她的父母、對她貧寒家庭進行攻擊。在這種氛圍下，原主根本沒辦法定下心來唸書，第一年的期末考居然考了三十五名，這個名次又引起全班同學無情的嘲笑。

原主不過是個十五、六歲的學生，即便是再懂事也受不住這個壓力，她拿了成績單沒有回家，直接跳進離市民公園不遠的孝婦河。

林清音就是在那個時候醒來的。

不管怎麼說她和原主之間確實有因果，如今林清音能做的就是替她把父母照顧好，完成她考大學的心願。

回到房間裡翻了翻書，這些知識雖然儲存在她的大腦裡，但和她似乎有些隔閡，看著都認識，不過細想一下就不明白了。林清音回想原主所掌握的知識，還是沒辦法直接明白，只好認命將國中的幾門主要科目的書找了出來。

什麼都別說了，就是學唄！

在家翻了兩天的書，週四早上林清音走出家門的時候覺得神清氣爽，相比學習，她還是更熱愛算命這個職業。

一路小跑到市民公園，林清音還是來到上次擺攤的地方，把自己那個滿是摺痕的紙箱招牌拿出來擺在面前。

剛坐下沒一會兒，就看見王胖子手裡拿著個東西東張西望的從遠處走了過來，他看到林清音眼睛一亮，狗腿的跑了過來。

「我就知道妳這次還帶著這個紙板，簡直太有損妳大師的風範了！」王胖子說著將手裡的東西展開，一臉興奮地說道：「這是我找書法大師寫的，妳別看只有幾個字，花了我五千塊錢呢！」

林清音盯著畫軸上「算命」、「千元一卦，只收現金」幾個字，覺得自己找到一個比算命更賺錢的途徑，她寫的字可比這幾個字好看多了！

看著王胖子得意洋洋的臉，林清音強忍著才沒伸手把他拍出去。這個敗家子，也就是靠祖上福蔭才有好生活，要靠他自己早餓死了！

林清音盤腿坐在古樹下面的草地上，王胖子胖得盤不了腿，只能伸長兩條腿坐在一邊，看起來十分尷尬。

「那本書你背到哪裡了？」林清音挪動了手邊的一塊小石子，感覺到氣溫適宜後才抬眼看了王胖子一眼。「背給我聽聽。」

王胖子羞得臉都紅了，他這次真拿出了比讀書時還用功的勁，可這腦袋實在是不靈光，花了兩天才背了半頁。

王胖子抹了把老臉，結結巴巴背出書裡的內容，剛背了兩句就聽見旁邊「嗷」的一聲尖叫，王胖子嚇一跳，等回過神險些哭出來。後面那句是什麼呢？

「就是這個小姑娘！」熱心市民吳大媽興奮的衝了過來。「那天就是她給小警察算的命！」

馬明宇那天在同事的陪同下去了醫院照過胃鏡，等做完以後醫生直接遞給他一張單子，說從胃裡取了樣要做活體組織檢驗，讓他去補費用。馬明宇聽到這裡心裡就咯噔一下，果然兩天後得到結果，又被留下做了一系列的檢查，最後醫生宣佈是胃癌初期，直接讓他住院。

吳大媽一直惦記著這件事，每天早上去公園散步完就去派出所問問馬明宇的情況，一聽說查出胃癌住院了，趕緊回家熬了雞湯去醫院探病，回來還不忘和張大媽吵了一場，說她險些耽誤了馬明宇的病情。

張大媽被吳大媽氣得夠嗆，覺得她胡說八道，那小警察看來年紀輕輕又身體健康的怎麼可能得胃癌，肯定是和那個算命小姑娘沆瀣一氣糊弄大家。

眼看兩個人吵得快要動手了，派出所的人又被熱心的圍觀群眾找了過來調解糾紛。好在派出所這麼多年已經習慣了處理這種雞毛蒜皮的小事了，人一過來就十分熟練的把兩人分開了。

吳大媽一看來的人也是公園派出所的，一把就將他拉到自己跟前和張大媽嚷嚷。「不信妳問問他，小馬是不是住院了？」

「小馬？」警察愣了一下。「是說馬明宇嗎？哦，大家不用擔心，他家人已經趕過來照顧他了，下週就動手術。醫生說幸好發現得早，只要把病灶切除就沒事了。」

吳大媽看著目瞪口呆的圍觀群眾，洋洋得意的朝張大媽抬了抬下巴。「怎麼樣，我沒說錯吧！」

瞬間吳大媽被周圍的老頭、老太太圍住了，這些上了年紀的老人其實心裡多多少少都有點信這個，只是現在騙子太多，有真本事的太少，他們自然不會去浪費錢。現在出現一個這麼靈驗的大師，那必須要好好打聽打聽，萬一以後家裡或者親戚朋友遇到什麼事，也好知道去哪兒找人。

聽到大家七嘴八舌詢問大師的算命地方，吳大媽又氣不打一處來的指了指張大媽。「就是被她嚇跑，那小姑娘兩天都沒來了。」

張大媽抱著胳膊一言不發，警察聽明白原委哭笑不得的兩邊勸了勸，按照規定還是叮囑一番不要迷信，這才走了。

張大媽回想了那天的事心裡有些犯嘀咕，但是這麼多年和吳大媽的鬥嘴經驗告訴她，絕對不能示弱，等下回那個算命的小姑娘來，她非要揭穿她。而吳大媽心裡則想著，等那小大師來，我非要讓妳的老臉下不了臺！

吳大媽本來以為那算命的小姑娘被張大媽一嚇，要過一陣子才敢再來，沒想到今天一到公園就瞧見了，激動得嗷一聲就撲了過來。而旁邊剛才還慢吞吞像練太極動作的老先生、老太太們此時一個個跑得飛快，瞬間將小小的攤位圍得水泄不通。

林清音朝目瞪口呆的王胖子驕傲的抬起下巴。

我就說吧，今天有生意上門！

「把腳收回去點，差點絆到我！」吳大媽一臉嫌棄的踢了踢王胖子伸出來的腳丫子，接著轉過頭招呼那些大爺、大媽。「大家都安靜的圍過來，別吵吵嚷嚷的，省得有人看了不高興。」說著抬起下巴用鼻孔朝向板著臉站在一邊的張大媽，重重的冷哼。

王胖子看到這麼多人來，立刻將背書的事情拋到了腦後，喜出望外的爬起身來維持秩序。「想算命的往前走，看熱鬧的站兩邊，這樣不耽誤事。一次一千，大師只收現金啊，沒有現金的來我這裡換也行。」他掏出一疊嶄新的百元大鈔在手上啪啪甩了兩下。「昨天剛去銀行領的。」

林清音讚許的看了王胖子一眼，雖然他不適合吃算命這碗飯，但是招攬生意的頭腦倒是不錯，有他幫著張羅瑣事，自己省心多了。

大爺、大媽們本來看著林清音這麼年輕心裡有些猶豫，再一聽算命要一千塊錢頓時都卻步了。在他們的印象裡這種事幾十塊就能算了，一千塊錢委實太多了些。可就這麼離開他們又不甘心，畢竟吳大媽把這小姑娘說得神乎其神的，他們都想來看看是真是假。

林清音依然是不急不躁的，她環視一眼，扭頭朝坐在自己身邊不遠處的年輕小夥子打了聲招呼。「要算命嗎？」

小夥子正沈浸在自己的思緒裡，忽然一個清脆的聲音打破了他的自我世界，他順著聲音看了過去，這才發現身邊不知何時多了許多的人。見一群大爺、大媽兩眼熱切直盯著自己，小夥子嚇得倒退三步，差點奪路而逃。

「這不是老姜家的孫子嘛！」一個大媽和旁邊的人耳語，剛要說兩句，旁邊那位就捂住她的嘴，朝林清音所在的位置努了努嘴，意思別讓她把小夥子的訊息透露出去。

王胖子看著小夥子一臉膽怯想跑的樣子，趕緊扯開嗓門幫林清音吆喝。「小夥子，看你一臉沮喪的樣子肯定是遇到困難了吧？要是有什麼猶豫不決的事就來找大師算算，說不定能多一條新思路呢。」

這句話似乎說動了小夥子，他看了看盤腿坐在草地上的林清音，有些懷疑的走了過來。「她是大師？」他低頭瞄了眼畫軸上的價位，回頭看著那群眼熟的大爺、大媽。「她這麼小會算命嗎？」

一個大爺樂呵呵的朝他做了個鼓勵的手勢。「你算算不就知道了。」

「好吧。」小夥子苦笑著掏出手機要轉帳。「反正我也剩這一千多塊錢了，花完就算。」

「說不準就退還你。」林清音說道。

小夥子給王胖子轉了帳，王胖子數出一千塊錢放在林清音的包包裡。圍觀的人都往後面讓了讓，給小夥子留下一個席地而坐的地方。

林清音看著小夥子烏雲罩頂的氣運和滿臉的晦氣，頗有些同情，她就是看這人滿頭霉運才點他的。「怎麼稱呼？」

「我叫姜維。」

「姜維！」林清音點了點頭。「要算命還是測字？」

「有什麼差別嗎？」姜維抹了把臉，一副生無可戀的樣子。「隨便算吧，反正我也不知道算什麼，即使妳算出來我的情況我也不知道怎麼辦。」

林清音遞過去紙筆。「寫下你的八字。」

姜維出生時已經有出生證明了，上面精確到分鐘。姜維曾看過，便記住了自己的出生時間。

林清音只掃一眼姜維的八字就放到一邊，她知道如今這個時代不喜歡咬文嚼字，便用最簡明的白話解釋給他聽。「你原是命裡帶財一飛沖天的命，出生後父母做生意無往不利，攢下好大一筆家財給了你最優渥的生活環境。伏犀骨貫入印堂，你又有金榜題名之運……」

「說得太對了！」沒等林清音說完，吳大媽忍不住一拍巴掌。「老姜家就是打這小子出生以後發跡的，而且他還是當年我們這裡的高考狀元呢。」說著她朝張大媽一抬下巴，臉上盡顯得意之色。

張大媽也跟著哼一聲，嘴裡嘟囔「說不定是聽誰說的」。不過她到底還是沒走開，她和姜維奶奶的關係不錯，所以還想看看這小姑娘後面說得準不準，要是姜維被騙，自己也可以幫忙規勸一些。

林清音繼續說道：「從八字以及面相來看，你無論從事何種行業均可超群。只不過如今的印堂之上被晦暗侵擾，看時間足足有兩年之久，這兩年內你家裡生意敗落、錢財散盡，你學業受阻、愛情無望、無一事可成。」

林清音說完這番話吸氣聲此起彼伏，這群大爺、大媽們看林清音的眼神都不一樣了。他們和姜維的爺爺、奶奶都是老鄰居，當年姜家發跡的時候姜家老倆口捨不得這些鄉里鄰居而不肯搬去兒子的豪宅，依然居住在這片住宅區，因此姜家從富貴到敗落的這些事，這些鄰居們都是看在眼裡的。

見林清音說的分毫不差，不僅這些大爺、大媽們震驚，就連姜維也心頭一震。「妳是說我家敗落和我有關係？那要是我死了，我家是不是就能好起來？」

「瞎說什麼呢！」吳大媽聽了上手就給他一巴掌，連忙又擠出笑來和林清音商議。「大師，妳別聽他胡說，我知道像妳這種大師肯定有化解的方法，妳出個主意吧。」

林清音說道：「姜維的命數是很好，按理說不會有這樣的波折，他現在的情況是被人在暗處動了手腳，只有找到動手的地方我才能替他破解。」

姜維聽到林清音的話心裡飛快的盤算著，這個小姑娘前面說得挺準的，可他家的事當地人都清楚，他不知道她是否提前聽說過。不過以他家現在的境遇來說，真是沒什麼可擔心被騙的了，即便是假的也不會比現在的情況更糟。

姜維有些心動，可也知道天下沒有白吃的午餐。剛才那一千塊錢是算命錢，破解這種晦氣肯定是要額外付錢的。以前他家裡有錢的時候，就是給一百萬他眼睛都不眨的，可現在讓他拿出一萬來都能為難死他。

姜維癱坐在地上無助的抱住了頭，這時一個玉墜從衣服裡滑落出來打到他的手腕上。姜維鬆開手看著自己脖子間的玉珮，猛一用力將它拽了下來小心翼翼的遞到林清音面前。「大師，我沒有錢，妳看這個玉珮可以嗎？」

那枚玉珮是塊潔白無瑕的羊脂玉，戴了應該有些年頭了，看起來滑潤無比。不過這些都不是吸引林清音的原因，她看中的是那玉珮裡充盈的靈氣。

「你這塊玉珮價值不菲吧？」林清音看著他。「你確定不後悔？」

姜維苦笑著將玉珮放在林清音面前。「若是真能解決我身上的厄運，那這塊玉珮就不值什麼；若是解決不了……」

林清音伸手將玉珮收起來。「解決不了我將玉珮還給你。」

幾個圍觀的大媽看著林清音居然收起卦攤準備跟姜維走了，開始有些著急，趕緊擠到前面來問道：「那妳明天還來不來啊？我們也想算命呢！」

林清音想了想說道：「我不確定，應該是把姜維的事辦完才會再來。」

幾個大媽鬱悶得捶胸頓足的，要知道算得這麼準就不該懷疑，應該搶個先早點算才對，這下又要耽誤好幾天時間。也有那不急的想再等等看，姜家的窘境大家都看到了，要是這小姑娘真讓姜家再次興旺起來，那確實是有真才實學，到時候再來算卦也來得及。

王胖子把捲好的字軸夾在胳膊底下，機靈的拿出手機。「我們建個群組，有什麼事可以提前通知，要有想私下找大師算卦的也可以和我預約，我替你們安排。」

別看大爺、大媽們年紀大了，都趕在潮流的尖端，不會打字也會語音輸入，方便得不得了。沒一會兒工夫就成立了一個五十多人的大群，王胖子準備發個紅包就被一堆五顏六色帶著藝術字體的長輩圖給洗屏，各種花哨的圖片簡直讓人不忍直視。

王胖子摀臉——感覺這屆的客戶有點難帶！

第四章

姜家的老房子就在公園後面的那一片住宅區，現在一家五口人擠在老舊的兩房一廳公寓裡頭，姜維就睡在客廳的簡易摺疊床上。

原本姜家家境富裕的時候，這屋子就老倆口住著，每天房子充滿了陽光，養花種草別提有多溫馨了。現在屋裡擠了滿滿的一家人，別說花草了，就連人待在裡面都覺得憋。

姜父的工廠現在苟延殘喘著，除了他們夫妻在艱難的支撐著，已經沒有再請員工了。現在沒有生意，機器也都停擺著，去工廠也沒事，夫妻倆便待在家裡想主意。

「要不把工廠也賣了吧。」姜母曾經保養精緻的臉上現在滿是皺紋和疲憊。「土地和機器還能換一些錢，把欠的債還一還，剩下的當本錢做些小本生意算了。」

姜父長嘆了一口氣，從那嘆息聲裡就能聽出他的不捨。別墅賣了、豪宅賣了、轎車賣了他都能接受，甚至把公司賣了他也能淡然面對，可是這個工廠是當年他白手起家一點一點建立起來的，他當初就是因為這個工廠才發跡，讓他賣掉簡直像挖他心肝一樣難受。

姜母看見丈夫的反應深深的嘆了口氣，夫妻兩個坐在臥室裡相對無言，另一邊老倆口坐在隔壁屋裡搖頭嘆氣，家裡就像是有一座無形的高山，重重的壓在每個人的心頭。

「我回來了。」老舊的鐵門推開時發出刺耳的聲音打破了寂靜，姜維帶著林清音和王虎走了進來，有些不自在的喊：「爸、媽，我請了個大師回來。」

姜父聽到聲音從房間裡出來，看到姜維領著兩個外人回來不由得皺了下眉頭。算命看風水之類的事他以前也接觸過，無論是開公司蓋廠房大家都習慣找個人來算算，圖個吉利，他也曾在辦公室裡擺過招財陣，管不管用不知道，反正那魚缸擺著也養眼。

不過姜父是靠白手起家的，他之前雖然隨潮流也擺過一些招財的東西，但心裡還是不相信這些。他當初打下這份家業靠的是勤勤懇懇、吃苦耐勞，要是這些算命風水管用的話他的事業就不會一敗塗地了。

不過自家的情況都這樣了，姜父不願意再得罪什麼人，再者也要給兒子面子。不過姜父心裡也做好了打算，一會兒沏個茶好言好語的把自家情況說一說，只要擺明自己沒錢，這些算命的自己就走了。

「大師，請坐！」姜父笑容滿面的朝王胖子伸出手。「家裡狹窄，怠慢了。」

王胖子看到伸到自己面前的手趕緊後退一步，將林清音推到自己面前。「這才是我們的大師，林大師林清音。」

姜父看著才到自己下巴高的小姑娘不由得愣住了，這大師也太「年輕」了吧！他看了看王虎和林清音兩個人，有點摸不清楚是什麼狀況，心裡忍不住瞎想：一般不是都只會找上了年紀的人當門面嗎？現在改變路數了？

不管誰是大師，反正自己根本也沒打算在他們身上花錢，應付好就得了。姜父請兩人在沙發上坐下，自己則翻箱倒櫃的找茶葉。

「你不用忙了！」林清音說道：「我知道你不信我，也沒打算留我們多待。」

姜父的笑容僵在臉上，他見林清音說破也不再掩飾，尷尬的笑了笑。「主要是家裡實在是拿不出錢來請大師，讓你們白跑一趟了。」

「你兒子已經付過錢了。」林清音掏出那塊玉珮。「這就是他給的酬金。」

姜父看到那塊玉珮猛然睜大了眼睛，有些不敢置信的看著姜維。姜維微微撇過頭不敢和姜父的眼睛對視，嘴硬的說道：「家裡再這樣下去，這塊玉珮早晚也會賣掉，還不如拿出來搏一搏。」

姜父氣得拳頭都握起來了，可兒子都大學畢業了，他再怎麼生氣也不能當著外人的面打他，只能恨恨的瞪了他一眼。「你知道那玉珮可以賣多少錢嗎？」

林清音也不知道這玉珮值多少錢，可是她喜歡上面充盈的靈氣。愛惜的撫摸了一下玉珮，林清音明亮的眼睛看著姜父。「你放心，要是解決不了你家的事，這塊玉珮我還給你們。」

姜父臉上的笑容已經維持不住了。「要怎麼解決？是幫我融資還是找人給我貸款？我不信都到這地步了，還能靠算命來解決。」

「姜維命裡帶福、天生帶財，你的發跡雖然和你的努力有關，但是沒有姜維帶來的福氣你根本做不到那麼大的家業。」林清音站起來，伸手在姜維額頭一點。「有人移花接木，拿晦氣掩蓋住姜維的命官，挪走了他的福氣。」

姜父聽得目瞪口呆，看林清音的眼神宛如像看瘋子。「小姑娘，妳暑假作業做完了嗎？是不是最近電視看太多了？」

林清音想起那本自己費了半天力氣才寫了兩頁的暑假作業，臉都綠了，氣急敗壞的扠腰。「要是你的事我解決了，你和我一起寫暑假作業！」

姜父忍不住一拍桌子和她槓上。「行，連寒假作業都幫妳寫！」

林清音伸手指著他和姜母戴在脖子上的紅繩。「你們先把脖子上那東西摘下來。」

姜父警覺的伸手擋住，有些懷疑的看著林清音。「幹麼？拿了我兒子玉珮還不知足，連我們倆的都想拿走啊？」

姜母走過來推了姜父一下，把脖子上的玉墜解下來遞給林清音。「小姑娘，姜維他爸爸脾氣拗，妳別和他一般見識。這項鏈是姜維他乾爸送給我們的結婚紀念禮物，不值什麼錢，但說是請高僧開過光，能保佑平平安安，所以我和他爸就一直戴著了。哎，還真的挺靈驗，我們戴上沒兩天就遇到了車禍，就因為有這玉墜保佑，只受了點皮肉傷。」

林清音用手摸了摸玉墜裡面浸的紅紋，憐憫的看了她一眼。「若是你們不戴這個玉墜就不會出車禍，也不會有現在這些事。」

姜父愣住了。「妳說這話是什麼意思？」

林清音輕笑，隨手將玉墜放回桌上。「姜維命官被晦氣掩蓋足足有兩年之久，如果我沒算錯的話，你們那次的車禍是出在兩年之前。你們仔細回想，是不是那次車禍見了血以後就事事不順？而送你們項鏈的那個人，現在的資產應該和兩年前的你差不多吧？」

姜父臉色瞬間變得雪白，他低頭看著脖子上戴了兩年的玉墜，怎麼也不相信這種事居然和自己最好的兄弟有關。

可仔細一想確實，兩年前他的好兄弟生意陷入窘境，公司瀕臨破產、財產凍結、房屋被查封，當時他忙得團團轉替他找門路、找貸款，連自己的生意都顧不上了，甚至也沒心思籌辦和妻子的二十五周年結婚紀念日。

姜父還清楚記得自己結婚紀念日的那天晚上，陳玉成拿著一個小紙袋上門，一邊祝福他們婚姻幸福，一邊羞赧的將兩個玉墜遞過來，還說別看這玉墜品相普通，但是經過高僧開光過的，能保平安。

當時姜父的心思不在這些小東西上，心裡還惦記他貸款的事，而那時陳玉成說已經有眉目，馬上就能解除困境了。他當時見姜父把裝著玉墜的手提袋隨便放到一邊還很著急，說姜父看不起窮朋友，不願意戴自己送的禮物。

姜父知道自從陳玉成落魄以後，昔日的朋友除了自己再沒有願意和他來往的，不想讓陳玉成難堪，便和妻子將他送的玉墜戴上了。原本想著戴幾天再摘下來，誰知沒幾天就出了車禍，兩人除了擦破皮、流了點血以外什麼事都沒有。當時陳玉成聽到消息立刻趕了過來，說肯定是玉墜庇佑了他們，讓他們戴著千萬別摘下來，這一戴就是兩年之久。

現在回想一下，自從出院以來，公司就開始不順，起初是些不起眼的小事，後來供應商出問題，導致一批貨物報廢。這件事就像點燃了引線，一件又一件事情爆出來，姜父剛處理好這件事另一件事又冒出頭來，原本做的得心應手的生意變得越來越不順手，新的訂單接不到，銀行的貸款已經到期要還。

短短兩年時間，姜父從人人稱羨的企業家變成了現在的窮光蛋；而陳玉成現在的生意風生水起，堪比他當年的風光。

從脖子上扯下了玉墜，姜父的手直哆嗦。「妳是說就因為這玉墜害我變成了現在這樣？」他看了看站在一邊的兒子，怎麼想都轉不過這個彎來。「你不是說我兒子天生帶財嗎？怎麼又和我倆戴的玉墜有關了？」

林清音伸手將姜父手裡的玉墜也拿走，和姜母的放到一邊，正好可以合成一個心的形狀，裡面的紅色的部位合在一起隱隱約約像個人的模樣。

「姜維的八字硬、氣運足，直接拿他做法劫走氣運容易被反噬，所以對方才想出這個迂迴的辦法。」林清音指了指兩塊玉墜。「這對玉墜被提前做了法，只要血跡沾上去就會代替你們，也就是說只要有人對這玉墜施法，中招的就是你們。」

看著姜父難看的臉色，林清音點了點上面的血跡。「這是一對子玉，對方手裡應該有一塊母玉用來做法。簡單來說，他用你們的血造了一個假的姜維出來混淆氣運，將原本屬於姜維的好命劫走。」

她看了眼姜維額頭上的晦氣，搖了搖頭。「若是對方只劫走姜維的命，你們也不會這麼落魄。可對方擔心有朝一日假的會壓不住真的，所以在劫走氣運後又拿晦氣蓋住了姜維的命宮。命宮是天命自然之宮，是元氣凝聚的地方，被晦氣掩蓋不但運不好，還影響壽命。你們一家人的氣運本就是繫在姜維身上的，他都成這樣了，你們會不倒楣嗎？」

林清音朝姜維伸出手。「這兩年，你乾爸送了你什麼禮物？」

姜維臉色難看的回房間，不一會兒拿著一頂帽子出來。王胖子看見上面的牌子忍不住吸了口氣。「這帽子我在網上看到過，一萬八呢。」

姜維摸著手裡的帽子神情有些失落。「我家破產以後我把以前用的名牌都賣了，我乾爸說看了心疼，送了這頂帽子給我當生日禮物。」他將帽子拋到茶几上，自嘲的摸下額頭。「我除了夏天以外，其他時候都戴著這頂帽子，都戴出感情來了。」

「這禮物送得挺直接啊！」林清音皺眉看著帽子上縈繞的黑氣，不由得往後退了兩步。「看來就是這個東西了。」

姜父看著桌子上自己好兄弟送來的東西心裡十分複雜，他不知道該不該相信林清音說的，畢竟自從家裡落敗以後，每個月都還會上門來看看自己的也就是這個好兄弟陳玉成了。一聽說他是害自己的罪魁禍首，姜父很難接受這個事實。可林清音說的每一件事都對得上，他不相信這些全都是巧合。

相比之下姜母冷靜多了，她伸手將姜父推到一邊，恭恭敬敬朝林清音雙手合十拜了拜。「大師，妳看我們家這個情況要怎麼辦？」

林清音上輩子修大道、看天機，不過這不代表著這些小兒科的東西她不懂，這些企圖混淆氣運的小手段在她眼裡根本就上不得檯面。只是現在她身上沒有修為，要破解也需要費點功夫。

她抬頭朝窗外看去，臉上露出淡淡的笑容。「你這院子的陽光不錯。」

姜家的老式樓房有個很大的院子，有二十一、二坪。院子裡靠著院牆的地方有一棵大棗樹，挨著角落的地方開墾出一塊不大不小的地，種了一些綠油油的小油菜，架的秧子上面掛著一串串半紅不綠的番茄，看起來十分討喜。

林清音將兩枚玉墜和那頂帽子放在院子中間的石桌上，隨手從包包裡抓出一把小石頭看似隨意在桌子上擺來擺去。王胖子看著這些石頭的大小形狀有些眼熟，想半天一拍腦袋驚喜的喊道：「大師，那天妳在我攤位旁邊擺的是不是就是這個玩意？難怪我坐的那個地方那麼涼快呢，比吹冷氣還舒服！」

「哎呀，您也沒和我說，否則我就把這寶貝收起來啊，要是被別人撿走可真虧。」王胖子看著桌子上的小圓石頭直嘆氣。「您這寶貝長得也太樸實了，看來像石頭，我都沒認出來。」

林清音一伸手把礙事的王胖子推到一邊，隨手塞給他一個。「就是石頭，孝婦河邊撿來的，要多少有多少，喜歡就自己去撿。」

王胖子訕訕的站在一邊看著林清音用石頭擺出一個奇怪的形狀，在放下最後一顆石頭以後，王胖子覺得眼前白光一閃，他下意識伸手擋一下，可等半天也沒有出現什麼特別的現象，他四下張望，總覺得這時的陽光比剛才刺眼多了。

在王胖子幾人眼裡，桌子上的一切都沒什麼變化，可是林清音卻能清楚的看到，熾熱的陽氣在撕扯著帽子上的晦氣，只是這帽子的晦氣日積月累聚了厚厚的一層，光靠太陽一時半刻也清除不掉。

林清音收回視線，轉頭問姜維。「你家有鋒利的刀片嗎？」

姜維點了點頭。「我爸的刮鬍刀有很多備用的新刀片，我去拿過來。」

林清音囑咐道：「再拿一個小碟子，要乾淨沒有水漬的。」

很快姜維找齊東西出來，林清音將刀片的包裝拆開，看著薄如蟬翼的刀刃滿意的點點頭，一伸手將姜維的手腕拉過來，在他還沒反應過來的時候飛快的在他食指上一劃，往碟子上一擠，一道鮮紅的血噴了出來。

姜維被林清音敏捷的身手驚呆了，等他回過神來，小碟子裡的血已經蓋住了盤底，也不知道林清音是怎麼擠出這麼多血，把他手指頭都給擠麻了。

「行了。」林清音在他手指上端一掐，隨後把他指尖上懸著的那滴血也沾到了自己的手上。「別浪費。」

姜維看著自己的指腹，上面除了淡淡的血痕外已經不滲血了，只是林清音下手狠，割的那一刀很深，傷口火辣辣的。

林清音將手裡的小碟子小心翼翼的放到桌上，拍了拍姜維的胳膊說道：「你過來坐著，我給你畫一道符。」

姜維被林清音的舉動弄得莫名其妙，不過人是被自己請回來的，血也放了，也不能把人攆出去，乾脆老老實實坐著等畫符吧。

姜維坐在椅子上將頭微微抬起來，林清音用纖細的食指在碟子裡沾上血，然後在姜維的額頭上畫了起來。

林清音上輩子鑽研術數此道已有上千年，像陰陽五行、天干地支、河圖洛書、太玄甲子數這些都算是基礎，符咒一類的連入門都算不上。會的東西多了，符咒連學都不用學就知道怎麼回事。林清音在姜維額頭上畫的符咒和有史以來記載的任何一個符咒都不同，若是細看又能找出和驅邪、聚靈、護身、淨魂等等許多符咒相似的地方，像是很多符咒融合在一起的結合物。

林清音畫完最後一筆，再一次用食指沾了鮮血在他額頭命宮處一點，姜維覺得一股熱流從眉心處湧出來，急速的朝全身各處遊走，也不知道是不是心理作用，姜維覺得身上倦怠的感覺不見了，渾身上下充滿活力。

林清音看著姜維烏雲罩頂的氣運和命宮處的晦氣急速消散，一股明亮的紅黃之氣從印堂處鑽出來盤繞在命宮之上，很快就把剩下的一絲晦氣也給擠出去。

林清音在姜維睜開眼睛的一剎那，伸手在碟子裡一沾，飛快的在玉墜上抹畫了兩筆，隨即將剩餘的那點血全都倒在帽子上，最後還拿帽子把盤子抹了一遍，乾乾淨淨的一滴血都沒浪費。

林清音將帽子丟回桌上，只見一股黑煙從帽子和玉墜裡鑽出來，看起來似乎想要逃跑。圍觀的幾個人嚇得不約而同往後躲了幾步，就聽滋啦一聲，黑煙似乎碰到了無形的屏障，瞬間消失在空中，只隱隱約約能看到一絲燃燒過後的白煙。就在此時，擺在桌子中間的兩顆心形玉墜發出清脆的聲響，玉墜就在眾目睽睽之下碎了。

「解決了。」林清音上前把幾個石子收攏到手裡隨手扔在棗樹下面。「姜維的福運已經回來了。」

姜父被林清音擺弄出來的陣仗驚得目瞪口呆，覺得眼前的一切都像是魔術一樣，實在是讓人難以理解。他忍不住上前把桌子上的帽子拿起來看，別說黑煙，就連剛才潑上去的血跡都不見蹤影。要不是他親眼看著血是從兒子手上擠出來的，他定會懷疑是什麼化學藥劑不可。

姜父扭頭看了看姜維，又是期待又是糾結的問道：「你有沒有覺得什麼不一樣的地方？」

姜維深吸一口氣使勁的感受一下，有些尷尬的撓了撓頭。「我覺得好像有點熱……」

姜父忍不住翻了個白眼，這時他放在口袋裡的手機忽然響了起來，他慌忙的掏出手機，又是緊張又是畏懼的按下接聽鍵，小心翼翼的「喂」一聲。

姜母、姜維、王胖子，就連姜家的老倆口也從屋裡互相攙扶著出來了，都盯著姜父手裡的電話。自從姜父破產以後，別說接電話，就是打出去的電話都沒人接，這一年他是嘗遍落魄後的辛酸和苦澀。

掛上電話，看著全家人緊張的表情，姜父忽然捂著頭又哭又笑起來。「有訂單了，有個老客戶同意和我們簽一筆五百萬的訂單，預付百分之五十的訂金，讓我現在就去簽合約。」

五百萬的訂單以前在姜父的眼裡只是一筆小買賣，而現在卻是他們全家的救命稻草。

「快快快！」姜母紅著眼上前拍他一巴掌，聲音哽咽的吼道：「哭什麼？趕緊把臉洗乾淨去簽合約。」想了想又把姜維推到了姜父身邊。「把家裡吉祥物也帶上。」

父子倆風風火火的出門後，姜母趕緊把林清音和王胖子請到屋裡，老倆口幫著燒水找茶葉，還把冷氣也打開了，態度來了個一百八十度大轉變。

「大師，這事可是太謝謝您了。」姜老太太坐在林清音旁邊看著她就像是看尊神一樣，臉上滿滿的都是崇拜和敬仰，要不是怕得罪大師，她都想出手摸兩把沾沾仙氣了。

姜老先生倒是沒他老伴那麼誇張，不過從眼角的淚花也能看出他的激動來。身為老人，有錢沒錢對於他們來說無關緊要，但是兒孫被打擊的萎靡不振是他們最心疼的。現在看著兒孫風風火火的出去談合約了，老倆口的心事也沒了，精神也好上許多，看著比剛才年輕好幾歲似的。

姜母給林清音倒了杯茶，想了想拿著錢急匆匆的跑出去，不一會兒拎了一袋水果、零食和飲料回來。

第五章

「家裡也沒準備水果，剛才真是怠慢了大師。」姜母將洗好的葡萄、水蜜桃擺上，林清音聞著桃子的香氣，十分不矜持的去洗了手，挑了個香味最濃的拿出來啃，幸福得瞇起了眼睛。

啃完一個拳頭大的桃子，林清音戀戀不捨的擦了擦手，要是有機會穿回去，她一定把自己的弟子都揍一頓。水果沒有靈氣又怎樣？好吃就行，她以前居然一次都沒吃過！生氣！

吃完桃子，林清音也不嫌人家茶水難喝，端起來抿了兩口，掏出姜維給的玉珮問道：「你們家的事情解決了，這玉珮是不是就歸我了？」

姜母忙不迭的說道：「既然說好了自然就是您的。」頓了下，她有些不安的問道：「大師啊，您剛才那樣是不是就算破了陳玉成設的法了？他知道以後，會不會再把我們的氣運給搶回去啊？」

林清音笑了。「妳以為氣運是那麼容易搶的？搶奪別人的氣運是天理不容的事，一旦失敗不只是將氣運還回去那麼簡單，天罰還在後面呢，妳只管看著他遭報應。」

「大姊要是不放心可以加一下我們群組，以後有業務都可以聯繫我們。」王胖子立刻掏出手機讓姜母掃條碼加入。「不過我們大師年紀小，不一定全天有空，但妳提前預約，我一定幫妳安排。」

林清音捏了個葡萄放在嘴裡。「算卦提前預約，不過寫作業不用，剛才妳家男人打賭給我寫作業那事還算不算？」

想起丈夫之前擠兌大師說的氣話，姜母往林清音手裡又塞一個桃子。「大師妳別和他一般見識，他有眼無珠，等他回來我讓他上門給妳賠罪。」

林清音吃了口甜蜜多汁的桃肉，樂呵呵的搖著頭。「不用賠罪，幫我寫作業就行！」

姜母也搞不清楚林清音是半玩笑還是賭氣，只能有些尷尬的答應了，又小心翼翼的問了林清音的住址，打算等丈夫回來一家三口上門致謝。

從姜家出來，林清音停住腳步看著亦步亦趨跟在自己身後的王胖子。「你以後就打算這樣跟著我忙前忙後的？」

「啊？」王胖子有些緊張的抓抓耳朵。「不可以嗎？」

「可以是可以，但是我不會發錢給你的。」林清音一臉坦蕩的說道。「我很窮，你跟著我恐怕還會虧錢。」

王胖子一聽這話頓時笑了，和林清音接觸過兩次，沒人比他更了解這位小大師是多窮了，連智慧型手機都用最便宜的。「大師，我又不圖從妳這賺錢，妳看我像缺錢的人嗎？我有六間房呢！」

林清音轉身就走。好生氣哦！

「我跟您只是為了開眼界，就拿今天的事來說吧，我就是蹲那擺一百年的算命攤，也見不著這麼稀奇的事。」王胖子也不怕她，嘻嘻哈哈的追上去。「您就當我是跟著看熱鬧打下手的，有空的時候略微指點我一二就當是報酬了。」

林清音一轉身把寫著「算命」兩個大字的字軸從他胳膊底下抽了下來。「你自己回家吃飯去吧，我這不管飯。」

王胖子眼睜睜的看著林清音瀟灑俐落的將自己拋下，連忙硬著頭皮追上去。「大師妳這算答應了吧？那我們明天還去公園擺攤嗎？」

「這幾天先不去。」林清音手裡拿著從姜維那裡賺來的玉珮在王胖子面前一晃。「我要在家寫作業，快開學了。」

一推開家裡的門，林清音就聽見廚房裡抽油煙機的轟鳴聲，鄭光燕伸出頭來和林清音打了聲招呼。「趕緊去洗洗臉，馬上就吃飯了。」

林清音不太期待的去洗了手，等坐在桌上的時候發現桌上擺著一大碗黑乎乎的東西，她有些不安的問在廚房裡的媽媽。「中午吃什麼？」

鄭光燕把煮好的麵條盛到碗裡遞給林清音，又端上來一盤黃瓜絲。「今天我們吃炸醬麵。」

林清音再一次看了眼那個醬，眼裡閃過一絲驚懼的神色。「我可以只吃麵嗎？」記憶裡沒有原主吃炸醬麵的印象，看那黑乎乎的東西也不像是好吃的樣子，林清音覺得對比一下，還是光吃麵條安全許多。

媽媽被林清音嫌棄的表情氣笑了，搶過她的碗舀一大勺醬放在裡面，又挾了些黃瓜絲飛快的拌起來。「這是妳爸做的炸醬，他做的炸醬可好吃了，妳不記得了？」

不等林清音說話，媽媽就嘆了口氣。「妳不記得也正常，妳爸在家做飯的次數有限，他天天在外面忙到那麼晚才回來，連飯都吃不上一口熱的，哪有空做飯啊？」

看著林清音的眼睛光盯著那碗麵，根本就沒聽見自己說什麼，只能無奈的將碗遞給她。「吃吧。」

看著碗裡沾著油亮炸醬的麵，林清音撩起一根麵條十分謹慎的咬一口，待醬香味在嘴裡蔓延開，林清音的眼睛一亮，迫不及待的挾一筷子麵條塞進嘴裡，開心得眼睛都瞇了起來。

「好吃吧？」鄭光燕坐在旁邊拿起一雙乾淨的筷子，把醬裡面的小肉丁挑出來放在林清音的碗裡，小心翼翼的看林清音的臉色問道：「清音啊，妳最近經常出門啊？」

林清音的筷子一頓，隨即又像沒事人似的繼續吃飯。「出去轉了轉，在家裡太悶。」

鄭光燕連忙附和道：「對對對，悶了就出去走走。」給林清音又挾了幾塊肉丁，鄭光燕試探著說道：「等心裡不那麼悶了，妳把作業寫一寫好不好？」

似乎怕林清音反感，鄭光燕十分緊張的看著她的臉色，見她依然頭也不抬的吃著碗裡的麵條才鬆一口氣。「媽媽也不是逼妳學習，妳想看書就看書，不想看書出去走走也好，不管怎麼說生命都是最重要的。」

林清音點了點頭，活了這麼多年沒人比她更知道這個道理，尤其是被渡劫的雷劈成渣渣還能重活一回，真是意外的驚喜了。

媽媽見林清音說什麼應什麼，再也沒有一個多月前那種厭世自閉的樣子不由得鬆了口氣，心裡也有些後悔當時因為太忙沒有多加關注女兒的心理健康，才導致女兒跳河的事情發生。

陪著林清音吃了午飯，鄭光燕快速的把碗洗完，換鞋時囑咐林清音。「今天下午我上連班，大概要半夜才回來，妳爸爸也差不多時間，妳晚上自己隨便吃點，剩下的炸醬我放冰箱了。」

林清音看一眼廚房裡泛黃的低矮冰箱，轉過頭問：「你們不是說要把兼職辭掉好好休息嗎？」

鄭光燕避開林清音的視線，拎起掉了漆皮的包。「我和妳爸爸商量過了，雖然我們家債還清了，但是以後妳上大學花錢的地方還很多，趁著現在年輕多攢一些。妳不用擔心，我們心裡有數。」

房門被匆匆忙忙的帶上了，林清音聽著媽媽下樓的聲音不由得想起前世的父母，他們長著一樣的容貌，一樣對子女毫不保留的愛。上輩子他們把僅有的食物給了她和妹妹，自己活生生的餓死了；這輩子他們為了給林清音多存一點錢，恨不得二十四小時都在工作，可惜微薄的收入並沒有讓他們的生活有太多的改善。

林清音握緊了手裡的玉珮，看來這個家想要把生活過好，還得靠自己啊，要是想多賺錢，她還是得修煉啊！

不過現在不是修煉的好時機，據林清音這段時間觀察，凌晨的三點到五點這段時間靈氣是最足的，能比白天濃郁一倍多，在那個時候修煉是事半功倍。

既然現在不修煉，還是先來寫作業吧。林清音看著自己完全沒接觸過的英語、物理、化學直犯愁。這都是什麼玩意兒啊？

林清音在上輩子也算是修真界的學霸了，在修煉上的天分就不用說了，在術數上的造詣更是達到了神算門史上最高水準，可這也不表示她一翻千年以後的課本一看就會。

原主記憶裡儲存的知識對於林清音來說就像是一本本書，只有實際去學習、去理解，才能把這些知識變成自己的，要不然只能依樣畫葫蘆，無法活用。

林清音前兩天已經複習了國一的數學，在所有科目當中她最喜歡的就是數學。在術數的推演中其實也運用到了很多數學知識，林清音覺得自己想要在術數一途有新的突破，或許數學將能替她打開新世界的大門。

林清音看書速度快，理解能力也強，她一邊看書上的內容，一邊快速的在腦海搜尋這方面的記憶，將自己的理解和記憶裡的知識融合在一起。國中每個學期的數學課本並不算厚，林清音用了一下午的時間就把三年的課本都看完了。

將數學課本放回書架，林清音從書架上找出來一本中考習題集，翻出了數學部分，她也不寫在上面，眼睛一掃解題過程和結果便出現在腦子裡了。

複習完國中的數學內容，林清音把高一的數學課本拿了出來。高中的課程比國中緊湊許多，一個晃神後面的內容就銜接不上。原主的數學本來是強項，中考時甚至拿了滿分，可上了高中卻因為受同學欺負導致上課無法集中精神，時間一久就跟不上了。

原主關於高一數學的記憶是十分混亂的，公式記得零零落落。對於林清音來說之前的國中部分還能算是複習，這高中的內容就要自己重新開始學了。

雖然林清音思考能力和邏輯能力都十分強大，但數學課本裡面稀奇古怪的符號依然對她造成了很大的困擾，初見她無法理解這些代表什麼意思。翻了十幾頁，她揉了揉有些疲憊的眼睛，這時才發現已經晚上九點多了。

許是中午吃得多，這會兒也不覺得餓，林清音就沒去弄吃的，簡單的洗漱一番趕緊上床睡覺，明早就可以修煉了。

早上四點四十五分，林清音準時睜開眼睛，小心翼翼的去洗手間洗臉刷牙後才盤腿坐在床上，用石子在自己周圍布上聚靈陣。

感受到周圍稀疏的靈氣，林清音雙手疊在一起，將姜維的那枚玉珮放在手心處運起上輩子的功法，導引玉珮裡的靈氣進入體內遊走在經脈裡。

用石頭布下的聚靈陣努力的將周圍的靈氣都收斂到陣法裡供林清音修煉之用，細小的靈氣穿過林清音的毛孔滋潤著她的五臟六腑，疏通著她的經脈，將她體內的濁氣都擠出體外，只留下最純正的靈氣。

隨著進入體內的靈氣越來越多，林清音運轉功法的速度也越來越快，只聽到微不可聞的「啪」的一聲，裹住丹田的屏障破裂消失，靈氣從經脈衝入丹田，在裡面不停的旋轉，形成一個櫻桃大小的靈氣團。

林清音看了眼自己丹田的情況遺憾的搖了搖頭，這個世界的靈氣還是太少，比起前世修煉要困難許多。正要將神識抽出來的時候林清音忽然一愣，她感應到一個熟悉的小東西在她的識海不停的翻滾，她顫抖著將神識探過去，就見冒著金色光芒的龜殼就歡快的飛了過來，將她的神識重重的撞了出來。

林清音看著眼前的一片金星忍不住嘶吼，你這個笨龜兒子！

龜殼從林清音的識海衝出來摔在地上發出清脆的聲響，林清音面色慘白閉上眼睛，待神識上被撞擊的疼痛漸漸散去，她才從床上跳下來撿起地上的龜殼。

這個龜殼是林清音上輩子的本命法寶，是她親手鍛鍊出來一直放在神識裡蘊養的夥伴，伴隨她度過了千年時光，也和她一起渡了最後的雷劫。林清音記得自己在最後一道天雷降下來前將快被劈碎的龜殼抱在懷裡，她以為龜殼和她的肉身一起被天雷劈得灰飛煙滅了，沒想到龜殼居然縮小了藏在她的識海和她一起來到了新的世界。

林清音撫摸著龜殼上面的紋路，龜殼感受到林清音的氣息，親暱的在她手裡蹭了兩下又一動不動了。林清音在雷劫中灰飛煙滅，龜殼雖然躲到了識海但之前替林清音也扛了不少天雷，器靈受損嚴重，能從識海衝出來已經用盡它自身的所有靈氣了。

心疼的摸了摸龜殼，林清音咬牙點了點上面的紋路。「你在識海裡蘊養著多好，出來幹麼？我修煉的靈氣都不夠用，現在還得分一半給你！你可真夠磨人的！」

看著絲毫沒有回應的龜殼，林清音小心翼翼的將它放在自己的枕頭上，洗漱完畢照例先起了一卦，看了眼卦象，林清音摸出手機給王胖子發了條訊息。「今天你繼續背書。」

收到訊息的王胖子險些哭了出來。「大師，妳是不知道學習有多難啊！」

林清音沒回覆，心道：不，我知道！

清晨，姜父睜開眼睛後突然從床上跳起來，轉頭推醒了身旁熟睡的妻子，緊張地看著她的神色。「老婆，我夢到我簽了一個五百萬的合約，還收到了兩百五十萬的訂金。」

「不是作夢，昨天款已經到帳了，你昨天已經叫人來檢修機器並且訂了一批原料，還聯繫了一些我們原來的老員工。」姜母躺在床上笑了起來。「老姜，你已經問了我十幾遍是不是作夢了，這不是作夢，是真的！」

姜父哈哈大笑起來，興奮的從床上跳起來找衣服。「趁著還沒開工，我們今天趕緊買個東西去謝謝大師。這真是神了啊……」姜父拿了件襯衫出來轉頭和姜母說道：「這兩年我求爺爺告奶奶，銀行、老朋友、老客戶都找遍了，都沒一個理我的。就說這次和我簽合約的老趙，之前給我吃了多少閉門羹，說實話我自己都快絕望了，根本就沒想到我還有東山再起的一天。」

姜母連連點頭。「你說那大師那麼小的年紀，本事怎麼就這麼大？說出去只怕人家都不信。」

「妳懂什麼？這種本事是看天賦的。」姜父一本正經的分析道：「有人算一輩子也是街頭擺攤的騙子，有人就像小大師，天生就是吃這行飯的，靈氣著呢，不用學都會！」

姜母聽了忍不住笑他。「那小大師剛進門的時候你還不信，問人家作業有沒有寫完。也幸好小大師脾氣好不和你計較，要是換一個人你試試，還給你改運，不給你增加點霉運就不錯了。」

姜父訕笑道：「這不是我眼拙嘛！」

兩人正說著話，忽然房門猛然推開，姜維拿著手機激動的衝了進來。「爸你快看新聞，陳玉成的公司昨天被爆出造假，今天又被爆出逃稅的醜聞。」

「快給我看看！」姜父搶過手機看著上面的消息心裡五味雜陳，在這之前陳玉成的公司辦得風風火火的，聽說還打算擴大規模呢，沒想到一夜之間就出現了這麼多危機。

事實擺在眼前，說不是陳玉成搞鬼姜父絕對不信。若是按照林大師說的，這只是大廈傾倒的開始，奪人氣運是天地不容的事，陳玉成的苦果還在後面。

一家三口吃了早飯趕緊去商場買禮物，送什麼東西給小大師也是一件頭疼的事。林清音年紀太輕，感覺送古董、茶葉都不太合適，買衣服、首飾又覺得不妥，最後還是姜維想到了，說看小大師挺喜歡玉的，不如就送一個通透水靈的玉飾，再給一個紅包盡盡心意。

姜父姜母也覺得這個主意挺好，一家人在賣玉石的地方轉了一圈，買了一只水頭很好的鐲子。姜母又去超市裡選了牛奶和水果，一家三口按照林清音留的地址找到了她家住的住宅區。

看著老舊低矮的樓房，亂拉亂扯的電線，姜父十分感嘆。「不愧是大師，不在乎外物、不享受奢華，怪不得年紀輕輕就有這麼大的本事。」

姜維心裡嘀咕：難道不是因為窮嗎？

避開樓道裡的紙箱，一家三口來到林家住的三樓。姜父抬起手剛準備敲門，房門就打開了。「進來吧。」

姜父激動壞了。「大師您是不是算出我們來了？」

林清音淡然的指了指充當廚房的陽臺。「洗碗的時候正好看見你們來了。」

姜父尷尬一笑。「……呵呵，林大師您真是大隱隱於市，還親自洗碗哈哈！」

林家比姜家老房子還小，客廳裡只有一個非常老舊的沙發，因為裡面露出了海綿，所以鄭光燕特意裁剪了舊床單做了一副沙發套。

林清音絲毫不覺得自己家裡狹小破舊有什麼不妥，十分淡然的指了指沙發請他們坐，自己手握著龜殼坐在另外一邊的椅子上。

一家三口將手裡拎的禮物都放在一邊，姜母趕緊從手提包裡掏出裝著鐲子的袋子和紅包。「我們今天是特意來感謝大師的。」

林清音撫摸著手裡的龜殼，看著姜維命宮處比前兩天更為明亮的紅黃之色淡淡的笑了。「被奪走的氣運已經回來了，你們的好運不只如此。」

姜父姜母聞言喜出望外，趕緊站起來再三道謝後，姜父遲疑著問道：「大師，若是那陳玉成來找我，我該怎麼說？如果實話實說他會不會找人對大師不利？」

林清音輕笑了聲。「無妨，你直接把玉墜和帽子還給他，他就明白了。若是他真的有本事再請人給他奪運，我也想見識是誰膽子這麼大。」

聽到這句話，姜父的心算是放到了肚子裡，看了眼牆上的掛鐘，生怕待久了影響林清音的修行，給妻兒使了眼色後，三個人一起站了起來。「這次真是多謝大師了，我們不敢多打擾大師，這就告辭了。」

「這就走了？」林清音挑了下眉毛。「你忘了你當初怎麼說的了？」

姜父一臉茫然。「啊？」

林清音轉身回到房間裡抱出來一沓書和作業放到客廳的圓桌上。「你不是說給我寫作業嗎？」她拿出一本化學作業遞給姜母。「妳幫我做這本。」又拿出一本物理遞給姜父。「你寫這本。」林清音又朝姜維招了招手。「你來幫我看看數學作業。」

姜父不用看裡面的內容，光看物理兩個字腿就軟了，兩條眉毛有氣無力的耷拉下來。「大師，我物理最好的成績是十八分。」

姜母顫抖著把化學作業放回了桌上。「大師，我高中是唸文組。」

林清音一挑眉還沒開口，姜父馬上將自己的兒子推到了林清音面前。「大師，我兒子是高考狀元，數學、化學、物理全都會！知名大學數學系畢業！英語六級！妳有什麼問題只管問他就行！」

「對對對！」姜母忙不迭的點頭。「他現在沒有工作，一天二十四小時都有空，教妳多久都沒關係。」

姜維看著把自己賣得乾乾淨淨的父母一臉無奈。「媽，我要準備考研究所！」

「考研究所更要把基礎打好！」國中畢業的姜父把手裡的物理作業塞在他懷裡。「你給大師講解的過程也是複習，你給大師補課完肯定能考上研究生。」

姜維瞪大眼，心中吶喊：你可真是我親爹啊！

「補課啊！」林清音沈思了片刻，原主學業成績退步的時候，媽媽也考慮過給她請家教補課，可是一節課算鐘點的補課費用嚇退了這個不富裕的家庭。除了讓她自己努力，全家人根本就不敢想請人回來補課的事。

林清音捏了捏姜母送來的紅包厚度，這是剛送來的錢又準備賺回去？

想起放假前老師說的作業沒寫完就不許報到的話，林清音嘆一口氣。「補課一節課要多少錢啊？」

姜父、姜母齊齊愣在原地一陣。

姜父反應過來，道：「不需要錢！免費的！」

姜母掏出一筆錢塞到姜維手裡。「中午記得請大師吃飯，不能讓大師花錢！」

林清音轉頭看著姜維。「那你留下吧！」

姜維看著自家爹娘乾脆離去的背影，滿臉錯愕。

第六章

姜父從林清音家裡出來直奔工廠，重新復工有很多事要忙，他恨不得住在廠裡看著訂單確實交付才能放心。姜母擔心陳玉成這幾天會上門找碴，打算這段時間都在家待著，免得他嚇到兩位老人。

剛走到家附近，姜母就見自己的婆婆和一群老太太坐在樹蔭底下不知道在說什麼，眉飛色舞的非常開心。看到姜母的身影，姜家老太太立刻拿著蒲扇朝她揮舞。「兒媳婦，妳快過來和她們說說小大師的事。」

姜母一頭霧水的走過來，一個大媽熱情的提供自己多帶的折凳。「就老李太太說算命很準的那個小姑娘真給妳家轉運了？妳婆婆說得邪門，我們都不敢信。」

這是給林清音宣傳的好機會，姜母立刻說道：「也不是轉運，是我家遭人算計了，大師一看就明白，還把對方設的法給破了。剛破法沒幾分鐘，老姜就拿到了一個五百萬的訂單，你們說這小大師厲不厲害？」

「五百萬！」老太太們眼睛都快瞪出來了。「是不是湊巧啊？」

姜母一笑。「要說湊巧，我們陪盡了笑臉、說盡了好話時怎麼沒這麼巧的事？而且啊……」姜母磨了磨牙。「給我們下黑手那家已經開始遭報應，新聞都出來了。」

一聽有新聞，老太太就信服了，紛紛掏手機戴上老花眼鏡開始預約算卦。有個動作慢一步的老太太看著同伴們已經把語音發出去，頓時有些生氣的抱怨自家老頭。「我就說早點算早點算，我家老頭還不相信，這下不知會排到什麼時候去。」

正在家裡和家傳秘籍死磕的王胖子被此起彼伏的群組提醒聲音嚇了一跳，他打開手機一看全是要預約算卦的。

差點背秘籍背睡著的王胖子隨即來了精神，興奮地給林清音發訊息。「大師，明天適合擺攤嗎？」

幾分鐘後，林清音回了訊息。「明早五點半，市民公園古樹下，只算十卦。」

早上五點半，林清音準時出現在市民公園的古樹旁，此時古樹旁邊已經圍了不少搬著折凳來的大爺大媽了，就連一開始堅信林清音是騙子的張大媽也扭扭捏捏的過來湊熱鬧。

張大媽和姜奶奶是相處多年的好朋友，姜家的情況沒人比她更知道，眼瞅著才幾天，姜家的日子一下子又興旺起來，張大媽心裡也開始嘀咕：難不成這小姑娘還真有點本事？

心裡對林清音好奇，張大媽忍不住加入看熱鬧的行列。算命不便宜但看熱鬧不花錢，如果一、兩個準了那還可以說湊巧，要都算準了肯定是有真本事的人。

張大媽看著林清音盤腿像模像樣的坐在古樹下，心裡直納罕，她怎麼也想不明白這個年齡的小姑娘居然會算卦。

林清音坐下來以後依然是抓了把石子布陣，王胖子在姜家已經看過林清音用石頭擺陣法的架勢了，非常有眼力的讓大爺和大媽們清出一塊地方來，又把自己帶的折凳放在林清音前頭，這是給來算卦的客人坐的。

林清音像是玩耍般把手裡的石頭丟出去，但每顆石頭都正好落在她想要的位置上。看王胖子熱得直冒汗的胖臉和不停搧蒲扇的大爺、大媽們，林清音直接把王胖子和面前空著的折凳也納入了陣法的範圍。

待林清音丟出去最後一顆石頭，王胖子頓時覺得空氣裡的熱度降了下來，徐徐涼風掠過，吹得渾身上下無比舒坦。王胖子看著林清音恨不得五體投地，對於一個胖子來說，沒有什麼比夏天時在戶外吹涼風更幸福的了！

身上涼快了下來，王胖子精神也來勁，從口袋裡掏出一張皺巴巴的紙大聲念道：「一號，劉淑芬。」

「我我我我！」一個眼巴巴瞅了半天的大媽以和她體態完全不相符的速度一下子躥了過來，一屁股坐在折凳上，有些羞赧的朝四周的人群看了看，壓低聲音不太好意思的和林清音說道：「大師，我有件事拿不定主意。」

林清音遞給她一份紙筆。「寫個字吧。」

劉大媽第一次算命，不太明白寫字是什麼意思。旁邊有知道的就告訴她。「妳隨便想一個字，想什麼寫什麼，大師根據妳寫的字就能猜出妳要測什麼了。」

劉大媽接過筆，也不知道該寫什麼字，下意識寫了一個常見又簡單的「天」字。

林清音看了字又看了看劉大媽的面相。「妳老伴去世有五、六年了？」

劉大媽猛然睜圓了眼睛。「今年正好是第六個年頭。」想起逝去的丈夫，劉大媽有些感嘆。「他沒福氣，苦了一輩子把兒女拉拔大了，一天福沒享就撒手去了，就留了我一個人。說實話，頭兩、三年我都不知道怎麼過來的，孩子在外地上班，我白天晚上都是一個人，也就這幾年出來跳跳舞、爬爬山才慢慢看開了。」

林清音手指在「天」字上面點了點。「天，二人也，成雙配對，佳偶天成。」林清音明亮的眼睛看著劉大媽。「妳今天想問的是妳的姻緣。」

圍觀的人都善意的笑了起來，劉大媽有些不好意思的回頭揮了他們兩下。「都一邊去，別起鬨，要不然不讓你們聽了。」

老鄰居們連忙都配合的閉上嘴，林清音笑了笑。「你們倆的八字帶來了嗎？」

「帶了帶了！」劉大媽把早就寫好的紙條拿出來遞給林清音，臉上帶了幾分忐忑又夾雜幾分期待。「其實還沒告訴孩子，我就是想先算算看我們成不成。若是成呢，我就徵詢下孩子的意見，若是不成我也不費心了，免得讓孩子們為難。」

林清音看了眼上面的八字，也不用掐算直接說道：「天合地合，陰陽五行相配，是椿好姻緣。妳地閣朝元、兩耳垂珠，是有晚福之人，不用擔心兒女反對。」林清音說著在兩人的八字下面寫上一串日期。「今年的八月十六是個辦喜事的日子，正合你們八字。」

劉大媽笑得嘴都合不攏了，歡天喜地的拿出一千塊錢遞了過去。「我這就回家給孩子打電話，要是喜事定下來我請小大師去喝喜酒。」

林清音笑著點了點頭。「好，回頭我去沾個喜氣。」

劉大媽哼著小曲心滿意足的走了，旁邊看熱鬧的人興奮得不行，看著林清音的眼神更亮了。光寫一個簡簡單單的天字，就能被小大師看出這麼多事情來，真的是太神了！

第二個來算卦的是個姓周的老頭，他似乎想沾一沾前面劉大媽的運勢，上來話也不說直接也在紙上寫了一個「天」字。旁邊看熱鬧的吳大媽見狀忍不住笑了起來。「這個我也會測了，趕緊回家辦喜事去吧，是個好姻緣。」

周圍的人都笑了起來，這時就聽林清音不慌不忙的問道：「這是替你兒子問姻緣吧？」

周老頭瞅著林清音。「妳怎麼看出我不是替我自己問的呢？」

林清音笑了。「從你面相上看，你們夫妻感情不錯，兩人身體也都很健康。你還想替自己算，是不怕老婆拿掃帚抽你嗎？」

有認識周老頭的頓時幸災樂禍的笑了起來，周老頭的老婆不少人都認識，為人很爽利但是脾氣有些暴躁，這些年周老頭沒少被老婆收拾。

周老頭見林清音一眼就看破了心思，還算出自己有一個兒子，心裡對她十分信服，趕緊把兒子的八字給寫上。「我就是想給我兒子算算，不瞞大師說，上個月我兒子相親找了個對象，我看著那位小姐挺好的，就想讓他們早點把婚事定下來，您幫我看看這兩人有沒有緣。」

林清音看了看紙上的「天」字和生辰八字，抬頭問周老頭。「有你兒子的照片嗎？」頓了頓又補充一句。「要不加濾鏡、沒有修圖的照片。」

現在的手機相機實在是太可怕了，能把一張臉完全變成另一個模樣，好看得都恨不得讓人生活在照片裡。照相的人開心了，不過對於算命的人就很慘了，一道淺淺的細紋都能影響算命的結果，更別提這種把臉上的紋路、斑點都消掉，眼睛、鼻子、嘴唇全部調整過的照片了，那真是算不出來。

其實看面相應該是本人來看最好，但很多年輕人不信這個，大爺、大媽們又怕讓兒女知道了會挨罵，所以大都是瞞著。也就是林清音本事大，單拿一樣出來都能算出個八九不離十，多要張照片，也不過是為了驗證一下自己推算的結果，免得出了岔子。

周老頭在手機裡翻了翻終於找到五一時自己偷拍兒子看電視的照片，周老爺是舊款的相機，根本就沒有美顏濾鏡這種功能，不過解析度也略微差點。

林清音看了看照片將手機還給周老頭，對他搖了搖頭。

周老頭一看就急了。「怎麼王淑芬寫了一個天字妳就把她誇上天去，我寫一個天字妳就搖頭呢？大師妳可不能性別歧視。」

林清音點了點紙上面的字。「測字不僅是看字寫的是什麼，也要看怎麼寫的，更要配合八字去推演。

「你看你寫的這個天字，一單獨在上面又長又粗，下面的大字像是獨立在下面一樣。」林清音抬頭看了眼周老頭。「一大，一人獨大。無論是從字還是從面相上都能看出你兒子在對待另一半的態度是十分強硬的，用現在的話來說是大男人主義吧？」

周老頭臉色一變，自己兒子自己知道，雖然現在他沒女朋友表現得不明顯，但是言談中確實有這個傾向。周老頭對此也十分不解，他這麼一個怕老婆的人，怎麼養的兒子如此冥頑不靈呢？

林清音把紙還給了他。「你兒子最近兩年都沒有要辦喜事的兆頭，自然和那位小姐也是沒戲的。對了，我有句話可能不中聽，你兒子若是不改改他的觀念，即便是結了婚日子也不會平穩。」

「還有機會改？」周老頭期待的往前挪了下折凳。「那大師妳去我家做做法讓他改改吧！」

林清音笑了。「我又不是妖怪，什麼都能做法，您回去好好教育他吧。胖子，收錢，下一個！」

周老頭鬱悶地付了錢，滿懷心事的掏出手機打電話給兒子。「朝明啊，你這次相親的對象處得怎麼樣？最近你不是和她見面挺頻繁的，什麼時候請她來家裡坐坐啊？

「什麼？分了？你還不知道為什麼？」周老頭一聽就炸了，怒氣沖沖的吼道：「你不知道我知道，今晚你下班以後趕緊給我回家，不讓你媽拿掃帚抽你一頓我看你永遠不知道為什麼！」

大爺、大媽們關心的問題無非是兒孫的婚姻、孩子的學業事業，對於林清音來說算這種東西就像是算一加一等於幾的數學題，張嘴就來，根本就不費什麼事。可對於來算卦的人而言，心裡一直猶豫、迷惑的事有了定數，心也安定了下來。

算完十個，林清音站起來準備收攤，旁邊看了半天熱鬧的大爺、大媽們都找小大師對算卦這事十分心動。

從這一早上來看，這小大師就沒算不準的，家裡是兒子還是女兒、有幾個孩子、是家庭和睦還是鰥寡孤獨，不用說人家一看就知道。算出來的事雖然有的一時間可能無法應驗，但也有當場就能看出來，就好比那周老頭黑著臉拿電話直吼的模樣，一瞧就知道他兒子被對方甩了。

一千塊錢用來算卦在很多人眼裡並不算便宜，可在這種動輒就花幾千買的大爺大媽眼裡絕對超值。

見林清音開始收地上的字軸，看熱鬧的大爺、大媽們坐不住了。「小大師，明天妳還會來算命嗎？」

王胖子馬上掏出手機。「還是老規矩，提前報名預約，至於明天是否來算命必須看小大師的時間！」王胖子說完殷勤的轉頭問林清音。「小大師，明天還算嗎？」

林清音搖了搖頭。「七日後，我再來這裡。」她說完還伸手點了點其中一個穿襯衫的老頭。「後日下午三點你在這裡等我。」

大爺、大媽們頓時將視線移到那老頭身上，一時間不知道是該羨慕還是同情他，能被小大師單獨點出來，遇到的事肯定不小。

算完卦從公園出來，林清音摸了摸鼓鼓的背包心情很好的朝王胖子露出一排小白牙。「找個好吃的地方，我請你吃早飯。」

「那敢情好，就在這家如意餛飩鋪吃吧。」王胖子樂滋滋的搓了搓手。「能被小大師請吃飯，我絕對是唯一一個。」

「嗯，不止是你。」林清音掏出手機，動作有些生澀的撥了個號碼。「我準備把幫我補課的小老師也請出來，一會兒他還要給我上課呢，早上不吃飽我怕他捱不住。」

林清音對姜維這個補課老師十分滿意，有個學霸領著複習比她自學的速度快多了，原本一些想不通的地方也豁然開朗。最重要的是，這個補課老師是免費的，而且還包午飯，她請頓早飯也不虧。

原神算門掌門人林清音完全不覺得自己這樣做會沒面子，錢都沒有要面子幹麼？

姜維來到餛飩店的時候林清音已經點了一桌子早餐，這家店裡可選擇的種類非常多，除了各種餡料的餛飩以外，還有鍋貼、油餅、包子和各類小菜，林清音看著眼花繚亂的菜單再想起以往媽媽煮的那鹹麵條，不由得掬了一把辛酸淚，她覺得以後自己要找機會學學廚藝。

吃完一頓種類豐富的早餐，林清音覺得幸福滿滿，一早上輕輕鬆鬆賺了一萬塊錢不說，還有這麼多好吃的東西。總體來說，現在的這個世界除了靈氣匱乏、作業太多以外沒什麼毛病。

吃完早飯，姜維要去給林清音補課，王胖子見兩人一前一後出了門連忙邁著小碎步追了上去。「大師，我能不能也去妳家學習啊？」

林清音震驚的看著他，一臉的同情。「你也要寫作業嗎？」

「那倒不是。」王胖子撓了撓頭，有些尷尬的解釋道：「您讓我背我爺爺留下來的那本書，我總是背一會兒就睡著，我想著你們倆上課肯定有學習的氛圍，我比較不容易睡著。」

林清音不明白學習的氛圍是什麼，上輩子她除了剛入門的時候被師父一對一教導過，之後的上千年都是獨自一人在洞府裡學習術數，從來沒被什麼學習氛圍困擾。不過看著王胖子一臉懇求的樣子，林清音還是點頭答應了，對於免費給自己幹活的人她向來十分寬容，更何況有這個王胖子幫忙招呼生意確實讓自己省了不少事。

鄭光燕雖然每天忙得團團轉，但她依然將家裡整理得乾乾淨淨，窗臺擺的花草、客廳裡擺的盆栽給這個簡陋的房子增添了幾分溫馨。

林清音在家裡利用盆栽和鵝卵石也布了陣法，除了調節氣溫外，還布了一個聚靈陣。雖然引進來的靈氣不夠林清音修煉，但是對於普通人有強身健體之效，而且能讓人耳聰目明、精力集中。

王胖子一進來就覺得渾身上下都舒坦不已，他見林清音從房間裡抱出一沓厚厚的書和習題，再看自己手裡薄薄的小冊子頓時覺得開心多了，幸福感就是這麼比較出來的！

高中的數學比國中的複雜、知識量也大，不過姜維從小到大一直是真學霸，對高中數學了解得相當透徹。在給林清音上課的時候，姜維不僅把課本上的知識講得明明白白，還給她延伸出進階應用，另外又把涉及到的所有題型都講解一遍。

在所有的科目中，林清音最感興趣的就是數學，不僅是因為術數推演中本身就有數學的部分，而且這些奇妙的數學知識給她帶來了許多新的推演想法，因此她學起來也十分用心。林清音本來就資質不凡，她又自己把國中的數學知識重新複習過，所以學習速度非常快。

姜維開始還擔心林清音跟不上，時不時的提兩個問題，後來發現自己講得多快多深她都能全部理解，便加快了講課速度。

一本得花一年才學完的數學課本，按照進度大概三、四天就能全部說一遍，若是放在平時自然是速度極快的，但是看著厚厚的一沓暑假作業以及五花八門的高中科目，姜維覺得自己就是有八個腦袋也沒辦法幫她在十幾天的時間內補完這些內容。

在這樣「濃厚」的學習氛圍裡，王胖子的心也靜了下來，原本覺得生澀難念的字也能流利的讀下來了。他乖乖的坐在沙發上背了兩個小時的書，居然真背好了一大段，這算是這些天以來他背得最快最好的一次了。

喝了口沒滋沒味的白開水，王胖子沒打擾坐在餐桌上補課的兩個人，他換上鞋躡手躡腳的出了門。

連續講了兩個小時，姜維說得口乾舌燥需要休息，林清音便把暑假作業拿過來做裡面的數學題。有些題是剛才姜維講過的，林清音似乎連思考都不用，提筆就寫；可有些內容還沒複習到，林清音就先跳過去。

姜維盤腿坐在沙發上一口氣灌下一大杯水才平復過來。他摸了摸胸口覺得給林清音上課的壓力太大了，好像自己講的內容就沒有她不理解的，這樣的學習能力讓他這個學霸也自愧弗如，也不知道以林清音的腦子怎麼會落後這麼多課業。

正琢磨著，門外突然傳來敲門聲，姜維愣愣地朝林清音看去，只見林清音頭也沒抬的說道：「是王胖子回來了，你幫他開門。」

姜維這才發現王胖子不知道什麼時候出門去，他連忙過去把門打開，只見王胖子提了滿滿兩大袋東西進來，氣喘吁吁的嚷嚷。「快快快，快把雪糕接過去，要融化了！」

姜維看著冒著水珠包裝袋，激動得眼淚都快掉下來了。「胖哥，你真是我親哥！」

王胖子抬腳將姜維踹到一邊，憤憤不平的說道：「我姓王！」

兩人拎著一堆東西去了廚房，林清音家的冰箱不大，但是因為裡面沒放什麼東西顯得十分空曠。姜維和王胖子兩人叼著雪糕，齊心合力把買的水果、雪糕、飲料放進冰箱裡，最後姜維還不忘幫林清音選了一款最好吃的出來，剝開包裝遞給了她。

林清音伸手接過雪糕放進嘴裡，嚐到那冰冰涼涼充滿奶香的甜甜味道後驚喜的睜大了眼睛。「這個可真好吃！」

姜維看著林清音的眉眼彎彎的樣子心想：別看小大師算命的時候高深莫測，其實平時還是挺可愛的。

白天補課，晚上補作業，早上起來還要打坐修煉，林清音恨不得把這剩下的暑假全都排得滿滿，一分鐘都不要浪費。

姜維足足用了三天半的時間才把高一的數學課本講完，簡直是拚老命在幫林清音補課。把數學課本合上，姜維鬆了口氣，眼睛在剩下的課本上搜尋。「下午我們補什麼？」

「下午我們放假，明天你也不用過來了。」林清音拿出兩本作業遞給他。「我看靠我自己開學前是寫不完作業了，這兩本就拜託給你了，希望你後天來上課的時候，這上面已經寫滿了正確答案。」

姜維看著被林清音強行塞進懷裡的作業，不敢置信的看著她。「不是說只幫妳補課嗎？怎麼還增加了代寫作業？」

林清音樂呵呵的看著他。「你爹答應的。」

姜維想起自己親爹賭氣的話，無奈的把作業本收好起來。「這是不是就是傳說的父債子償？」

林清音點了點頭。「這樣理解也沒錯，看在你這幾天這麼辛苦，我送你一卦，明天和你爸媽在家待著，記住千萬不要出門。」

姜維心裡一凜，神色也多了幾分凝重。「是不是陳玉成要上門了？我要不要提前做些準備，比如說再擠點血什麼的？」
林清音伸手勾住姜維印堂處的紅黃之氣，飛快的在他命宮處畫一道看不見的護身符。
「你什麼都不用做，就看他怎麼把自己作死就行了。」
摸了摸林清音碰過的額頭，姜維頓時覺得心裡踏實不少。

第七章

「後天下午三點，你到公園來找我！」

這三天，林清音的話一直在張建國的耳邊徘徊。

他家其實並不是住在市民公園那一帶的，只不過是因為最近一直失眠睡不著覺，為了不影響家人休息，張建國總是天沒亮就出門，走到哪兒是哪兒，等七、八點鐘再回家。那天恰好路過市民公園，他就順路走進去了。

到市民公園才轉了小半圈，就見一棵足足有兩、三個人粗的古樹下圍了不少人，他好奇的湊過去看熱鬧，發現是一個年輕的女孩子給人算命。起初他不以為然，這些年他也見過不少算命的，可哪個不是四、五十歲以上，這麼個小丫頭能算出什麼？

可誰承想看了一會兒以後，張建國就有些驚訝了，這小姑娘基本上什麼都不問，光憑寫的字或者是算命者的面相就能看出人家要算的是什麼事，光這一手，他認識的那些算命的先生就比不上。

一轉眼預約的十個人算完了，等下回算命就要七天以後了，旁邊的人都爭先搶後要報名，張建國正在猶豫的時候，就見那年紀很小的大師點了一下他，讓他後天下午三點到公園來找她。

張建國當時和那個小大師對視一眼，對方眼睛十分清亮，卻有一種能將人看透的感覺。錢早就準備好了，可張建國卻有些猶豫不知道要不要赴約。時間一分一秒的過去，張建國看著電視櫃上擺著的孫女的照片終於下定了決心，拿著早就準備好的背包出了門。

八月的下午三點是一天最熱的時候，曬得人頭皮發燙，早上還有不少人的市民公園此時連個人影都沒瞧見。

張建國也沒有心思躲陰涼，一路低著頭數著腳下的方磚，等挪到古樹下的時候他下意識看了眼手腕上的錶，正好是三點整。林清音依然是盤腿席地而坐，看外貌白白嫩嫩的年紀也不大，任誰也猜不出她居然是個算命大師。

「給你三天的時間考慮，你還沒想好嗎？」

林清音清亮的聲音直擊張建國的心底，瞬間讓他清醒過來。

張建國遲疑的看了林清音一眼，猶豫片刻才說道：「我家裡最近有些不順，我想算算是不是被什麼東西剋著了。」

林清音輕輕的撫摸了下手裡的龜甲，似笑非笑的看著他。「一死一傷一病，是挺不順的。」

張建國頭一暈，臉色看起來比剛才更加慘白，王胖子嚇得一伸手把他扯進樹下的陰涼處，一副心有餘悸的樣子。「大爺你是來算卦的，千萬穩住別暈倒，我可沒藥！」

張建國坐在一塊大石頭上大口喘著粗氣，忽然像是想起什麼似的，慌亂的從背包裡掏出一把錢，數也沒數的就往林清音手裡塞。「大師，求求妳救救我們家吧！」

王胖子見狀連忙伸手一攔，回頭看了林清音一眼。就這麼四目相對的一秒鐘，王胖子秒懂了林清音的意思，他將錢接過來數出一千塊留了下來，剩下的一千多又退了回去。「這一千塊是算卦的，剩下的事得根據情況單獨算錢。」

林清音讚許的看了王胖子一眼，這傢伙簡直太機智了！

張建國也知道自己遞出去這點錢解決不了什麼事，他拿著王胖子還回來的錢有些束手無策。「大師，您給個提示吧，我家到底是怎麼了？」

「你真不知道嗎？」林清音嘴角微微挑起，看起來像是有幾分嘲諷的意味。「那我提醒你一下，十年前你們家是不是動過祖墳？不但選了個大凶之地，裡面還埋了凶物。」

張建國雖然知道林清音算得很準，但沒想到可以準成這樣，一眼就看破了，反而讓他有些慌亂起來，下意識想遮掩什麼。

王胖子雖然不會算命，但是擺攤多年很有些察言觀色的本事，他一瞧張建國的眼神和臉色便猜到了些什麼，便故意用話激他。「你這樣遮遮掩掩的我們可沒轍，要不你再回家想想去，等何時想明白再找我預約。」

王胖子說著掏出了手機。「我看看啊，最近總共有四十五人預約算卦，我們大師七、八天才算一次，每次只算十個人，你得……咦，這又來了兩個預約，你又得往後排了。總而言之，你要是下次想見我們大師也要兩個月以後了。」

林清音也和王胖子一唱一和。「既然你心存疑慮，便先回家想清楚再說吧，反正病的又不是我。」

看著林清音真的要走的樣子，張建國頓時慌了，也顧不得自己那些小心思，連忙站起來把林清音攔住。「大師，我說我說，十年前我家確實是動祖墳了。」

林清音冷淡的看了他一眼。「用凶物擺升官發財局，膽子真不小，也不看看自己有沒有那個命享。」

張建國臉色慘白的一笑。「您的確有真本事，連這個都看得出來。」

林清音冷笑。「臉上晦氣那麼重，強行更改命格，我若是連這看不出來還算什麼命？」

王胖子揉了揉眼睛認真地瞅了瞅張建國，除了臉色白了點、黑眼圈重了點他還真看不出什麼異常來。看著林清音輕描淡寫的就將張建國極力隱藏的事說得明明白白，頓時好奇的抓心撓肝的，恨不得直接問：我說大小師，妳到底是從他臉上哪塊肉看出他家挖祖墳了？

不過雖然看不出來，但是氣勢不能沒有，王胖子這麼多年算命靠的就是唬人！

他順著林清音的話尾不輕不重的刺了張建國一句。「又想解決問題又想瞞著不說真話，這世上哪有這麼好的事？我和你說，今天也就是我們大師本事高，一眼就看明白了你家有災禍的原因。若是碰到半吊子，你是可以把問題藏得密密實實的，但你信他能幫你把災禍了結嗎？」

張建國臊得臉上紅一塊白一塊的，不過也把這話聽到了心裡頭，自己家的事自己知道，不是真有能力的大師還真解決不了他家的事。

張建國站了起來，態度比之前恭敬許多。「外面太熱，請大師到家裡一敘。」

三人搭計程車到張建國家，一進門王胖子就看到掛在牆上的一張全家福，站在張建國身後的一個男人看來有些眼熟。王胖子略微想了片刻，有些驚訝的看著張建國。「你兒子是知名企業家張蕪？大老闆啊！」

張建國苦澀的直搖頭。「我寧願他不當這個大老闆！不瞞大師說，我家的禍事就是他惹出來的。」

冷氣吹出來的徐徐涼風驅散了張建國身上的燥熱，卻吹不去他心頭的煩憂。煮上一壺白茶，張建國將這樁事原原本本的說了出來。

「我老家就是離市區四十里地的山博縣，打我太爺爺那輩起，家裡的老人過世都是埋在我們家後面不遠的一塊坡地上，那塊地就是我們家的祖墳，幾輩子下來也有二十幾個墳頭了。十年前省裡要修高速公路，我家的祖墳正好在規劃的範圍內，需要遷墳。我幾個堂兄弟就把我那些伯伯叔叔的墳都遷回到市裡的墓地，可我爸是長子，按照家裡的規定必須要葬在祖墳裡的。

「遷墳肯定是要遷的，只是也不能胡亂遷啊！當時我就說找個風水先生看看，選個興旺後代的好地方，當時我兒子聽了這話不知怎麼就動了心思，叫我先別管了。」張建國嘆了口氣，滿臉都是愁苦之色。「我們山博縣山多水多，按照俗話說找個臨水的高處就不錯。可我兒子不甘心，那時候他做生意總是不順，他總覺得他不成功和我們家祖墳不興旺有關係。他也不知道從哪裡請來一個風水先生，兩個人用一個禮拜時間把我們家這附近山頭都看遍了，最後居然挑中一個連樹都不怎麼長的荒山。」

「荒山？」王胖子一臉迷惑。「荒山也能出好陰宅？」

「誰說不是呢？」張建國懊惱的一拍大腿。「當時我就覺得不對，但是我兒子執意要求把祖墳遷到這裡，說要是不聽他的，以後上墳他再也不來了。」

張建國搖搖頭嘆了口氣。「老一輩留墳頭不就是想著子孫能在過年過節給燒燒紙嗎？我就這一個兒子，他要是不來上墳，那祖宗不得罵死我，我只好隨他了。

「因為那個荒山沒人買、沒人要，手續也就很好辦，還是那個風水先生選定的日子，到了那天把祖宗的墳都遷了過去。以前沒錢，下葬都是用薄木板，這麼多年早就爛了，我兒子還特意找人定做了十幾口大紅棺材重新給祖宗們入殮下葬。不過等我爹那口棺木下葬的時候，我瞅見風水先生先往土坑裡扔了一個包裹，我當時想問問那是什麼，我兒子卻抓著不讓我出聲，說是轉運的法器。

「遷了祖墳不到一個月，我兒子的生意突然就紅火了，當時我還尋思這風水先生還真不賴，真的找了個風水寶地。從那時起，我兒子生意越做越大，用十年時間成為本市有名的大老闆，企業家。可就在這個時候，我家裡開始出事了。

「首先出事的是我孫子，十來歲的大孩子腳一滑從樓梯上滾下來正巧撞到腦袋，當場就沒氣了。」張建國拿手背抹了抹眼淚，聲音帶著哭腔。「孫子是我們老倆口帶大的，說沒就沒了，就像挖了我心頭肉一樣，當時我和我老伴差點就要跟著他去了。」

王胖子抬頭看了眼照片，張建國身邊有一個和他幾分相似的胖嘟嘟少年，多半就是張建國的孫子。

「我大孫子出事後家裡平靜了三個月，我老伴又在同一個地方摔倒了，僥倖的是她一直有扶著扶手下樓梯的習慣，她及時抓住扶手跪在樓梯上才沒跌下去。不過因為用力過猛，她不但胳膊拉斷了，膝蓋也粉碎性骨折，現在還住在療養院呢。」

張建國的嘴唇不停的顫抖，他抬頭看著林清音，聲音有些沙啞。「我老伴告訴我說，她當時下樓時感覺有人在推她似的，可回過頭往樓梯上一瞧，一個人都沒有。」

王胖子脊背骨被冷氣吹得一涼，胳膊上瞬間冒起一層的雞皮疙瘩，他搓了搓手臂訕笑著說道：「怎麼聽起來像鬧鬼似的呢？」

張建國苦笑了下。「當時我也這麼想，還特意去給祖先上墳說保佑保佑家裡。結果回來還沒等坐穩屁股就接到了我兒媳婦電話，說我小孫女被驗出了急性白血病。」

「一死一傷一病……」王胖子看了看面色如常的林清音，又扭頭看了看抹著眼淚的張建國。「都這樣了你剛才還在猶豫什麼？你到底怎麼想的？孫子死了，孫女也不要了啊？你兒媳婦怎麼這麼倒楣嫁到了你們家！」

張建國被罵得狗血淋頭的，連頭都不敢抬起來。「起初我沒往祖墳上想，直到前幾天我偷聽到了我兒子給那個風水先生打電話才知道了真相。」張建國說著，扶著桌子跪在林清音面前。「大師，我不是猶豫，我是不敢說啊。我聽電話裡那意思，這個風水局一旦立下就破不了，否則就家破人亡。」

王胖子嗤笑一聲。「你們家現在離家破人亡也不遠了。」

張建國垂下了頭。「我知道這事以後成天成晚的睡不著覺，那天恰好看到了大師算命我就停下了腳步，誰知大師一眼就看出了我家有事，也看出了我拿不定主意，所以才叫我回家冷靜三天。

「這位胖大師說得對，我家離家破人亡不遠了。起初我兒子發的是小財，所以我們也就生個小病鬧個小災的抵過去了。可現在隨著他買賣越做越大我家已變成了這樣，往後我們家還有活路嗎？我們家自己倒楣也就算了，萬一連累到我那些堂兄弟家的孩子，我有什麼顏面再見他們?!」張建國哭著捂住了臉。「大師，求求你救救我孫女吧，我生的兒子我做的孽，我願意替我孫女去死。」

林清音摸了摸手裡的龜殼。「解鈴還須繫鈴人，把你兒子叫來吧。」

張建國應了一聲抹著眼淚回房間去打電話，電話那邊的張蕪剛從醫院回到公司焦躁的抽著菸，想起現在自己擁有的財富，再想想失去的兒子和病床上的女兒，張蕪煩躁的一揮手將桌上的茶杯打翻在地。

手機響了，張蕪看了眼來電顯示的名字，隨手將菸按在菸灰缸裡，努力讓自己的聲音變得平靜下來。「爸，有事嗎？」

「你回家一趟。」張建國簡單乾脆的說道：「我請了個大師回來。」

張蕪頭疼的揉了揉眉心，語氣裡有些不耐煩。「爸，你就別添亂了，你不知道是怎麼回事。」

張建國長嘆一口氣。「是，我是不知道怎麼回事，但是大師知道。她說你將祖墳挪到凶地上用凶物擺了發財局，家裡的災禍都是你引出來的，你趕緊回來一趟吧。」

張蕪心中一震，有些遲疑的問道：「大師真這麼說？」

「是，還看出了我們家一死一傷一病，要不然我也不會把她請回來。」張建國想起意外離開的孫子再一次流下了眼淚。「張蕪，我不會讓你再這麼胡鬧下去了，若是我們家歆歆也沒了，我就和你斷絕父子關係！」

通話被切斷，張蕪聽著話筒裡傳來的嘟嘟聲沈默了。他深吸一口氣，坐在昂貴的全皮沙發上撥打出一個號碼，過了許久電話才接通，話筒裡傳來一個懶洋洋的聲音。「張老闆，什麼事啊？」

張蕪猛然坐直了身體，有些急切的問道：「王大師，你當初不是說都是小病小災嗎？可我兒子死了現在女兒又生了重病！大師，我只有兩個孩子，您就不能想辦法幫我留下一個嗎？」

對方像是沒有聽到張蕪聲嘶力竭的嘶吼，依然輕描淡寫的說道：「那麼大的財運是白得的？自然是要付出些代價……」聽到張蕪的呼吸聲猛地變粗，王大師又無關痛癢的安慰了幾句。「你放心，我替你掐算了，等這次的災過去你的財富會到一個新高度，到時候以你的財運就能壓住你家祖墳的凶煞之氣了。」

張蕪的聲音有些沙啞。「我不想再要更多的財富了，我付不起代價了。」

王大師聲音一冷，言語裡帶著明顯的威脅。「你以為這是遊戲，想停止就停止？張蕪，這大陣可是按照你的生辰八字擺的，所以你全家人的氣運才會都聚集到你的身上。你若是想強行將大陣停止，那陣法裡積壓的所有凶煞之氣也全都會回到你的身上，後果怎麼樣不用我說你也知道吧？」

聽到張蕪久久沒有言語，那邊的語氣聽著也輕鬆了許多。「孩子沒了還可以再生，就算你老婆不能生了，外面漂亮的小姐也很多，以你現在的資產還擔心這個？」

張蕪張了張嘴沒有說話，他的目光落在辦公桌上擺放的一張全家福上，帥氣瀟灑的兒子和他並肩而立，七歲的女兒嬌憨可愛的摟住他的腰朝鏡頭露出甜甜的笑容。而現在兒子不在了，女兒的笑容沒了，只剩下虛弱和病痛。

張蕪掛上電話，拿起桌上的車鑰匙飛快的朝電梯跑去。

林清音坐在沙發上一下又一下撫摸著手裡的龜殼，一副不想和人交談的模樣。王胖子喝著茶和張建國聊天，只用了半個小時就把人家的情況摸得一清二楚，連張蕪發跡的經過也知道了個八九不離十。

張蕪腳步匆匆，一進門就看到客廳坐著兩個陌生人，他也顧不得換鞋直接朝王胖子伸出手，十分客氣的說道：「您就是我父親請回來的大師吧。」

王胖子笑呵呵的揮了揮手，朝依然穩坐在沙發上的林清音做了個手勢。「這才是大師，林清音林大師。」

張蕪看著林清音還有些稚嫩的臉，帶著驚愕和不解的瞄了王胖子一眼，然後不敢置信的問道：「大師是在開玩笑吧。」

「不是開玩笑，這就是我請回來的大師。」張建國朝張蕪瞪一眼，趕緊朝林清音介紹道：「大師，這就是我兒子張蕪。」

張蕪再次打量了下林清音，也顧不上禮貌問題伸手把張建國拽進一旁的臥室，努力壓抑住自己的怒火。「爸，你不是開玩笑吧？一個半大的孩子，你告訴我她是大師？這不明擺著是騙子嗎？」

「騙子？」張建國冷笑一聲。「我倒希望她是騙子，這樣她說的一切就都是假的了。我是不知道你背地裡做了什麼，但是你捫心自問，她說的是不是事實？」

張蕪頓時啞口無言，張建國瞪了他一眼。「我告訴你人是我請回來的，你就得給我恭恭敬敬的。要是把大師氣走了，我就直接帶著你媽跳樓去，以免早晚被你害死。」

張蕪沒話可說了，低頭順目的跟著張建國回到了客廳，林清音看了張蕪一眼，忽然搖頭笑了起來。

張蕪被她笑得心裡直發毛，有些忐忑不安的擠出一絲笑容。「林大師，您笑什麼？」

「我之前見到你父親的時候，以為是你為了發財什麼都不顧了，直到見到你我才知道我把你想得太聰明了。」林清音摸了摸龜殼，有些嘲諷的撇了下嘴。「我在笑你蠢，蠢到傻乎乎的拿自家的命去填別人的氣運。」

張蕪心裡一涼，似乎想通了什麼，臉色頓時變得一片慘白。「您這話是什麼意思？」

林清音看著張蕪身上被噩運和晦氣纏繞，一絲絲精氣從身上鑽出來飄向不知名的地方。「你以為你擺下那個陣以後，你全家的氣運都集中在你身上了嗎？錯了，其實你也不過是個載體，你們全家都是那個風水陣的祭品，受益的則是那個布陣的人。」

張蕪臉色煞白，語無倫次的說道：「不可能，如果是這樣我是怎麼發財的？我就是挪了祖墳以後生意才做這麼大的。」

林清音憐憫的看著他。「都告訴你了，你就是連接風水陣和那個布陣之人之間的載體，氣運從你身體裡穿行而過，你自然也跟著沾光，但是等你全家人的氣運都用完了，你就是最後的祭品了。」

張蕪心裡一點一點往下沈，他想起自己當初見到這個王大師時原本只是想找個興旺後代的風水寶地而已，是那個王大師一直鼓動他在凶地上用凶物擺發財局，並信誓旦旦的保證頂多會讓家人有點小病小災，只要有錢了這些根本就不算什麼。

前幾年果然像王大師說的，家人頂多身體不太好，小災小難多了些，可自從去年兒子突然意外身亡以後，事情就不像王大師說的那樣簡單了。

其實張蕪也不是沒察覺不對，這一年他一直不斷的給王大師打電話希望他能出手，可王大師話裡話外就一個意思，祖墳不能動，否則全家都會死光光。私下裡他也找過幾個大師去祖墳上看過風水，可沒一人能看出門道，更別提說幫他改風水了。

張蕪臉色慘白，雖然打心底他不願意相信這是真的，但是現在家裡的情況和王大師的反應都告訴他，林清音說得沒錯，自己被坑了，還填進去了兒子的命！

第八章

張蕪的眼神透出一絲絕望。「當初幫我們家看風水的王大師和我說祖墳不能動，否則我們全家都會遭到反噬，一個都活不了。」

張建國氣得伸手啪的一聲給了張蕪一個響亮的耳光，張蕪不敢捂臉，撲通一下跪在林清音面前哀求道：「林大師，求求妳幫我們破了這個風水局吧！」

王胖子伸手一攔，老好人似的把張蕪扶了起來，樂呵呵的說道：「有話好好說，不用這樣。我們林大師既然那天單獨叫住了老爺子，就是為了幫你們。不過一碼歸一碼，算卦一千塊錢我們已經收了，這破局就不是這個價了。」

「我明白我明白。」張蕪連忙抹了把眼淚說道：「只要大師把這個局破了，家裡人都平平安安的，多少錢我都願意出。」

林清音說道：「破局對我來說並不難，只不過強行將氣運斷開，你肯定會受些反噬的。錢就不用想了，你自己的壽命也會受到影響。」

張蕪擠出一絲苦笑。「只要我女兒能恢復健康就行。」

聽他這句還像是人說的話，林清音勉為其難安慰了他一句。「你放心，設下這個風水局的人比你遭到的反噬大多了。」

張蕪苦笑著，對方再慘能怎麼樣，他兒子又不能重新活過來。後悔的嘆了口氣，張蕪聲音裡帶有一絲決絕。「林大師，如果風水局破開我會立刻遭到反噬嗎？」

「你有兩天時間。」

張蕪點了點頭，眼神裡閃過一絲慶幸。「兩天足夠我安排好家裡的事了。」

張建國此時已經不心疼張蕪了，就算張蕪現在死了他也會說聲活該，他心疼的是躺在醫院裡的孫女。推開兒子，張建國迫不及待的問道：「大師，我們現在去看祖墳嗎？」

林清音摸著龜殼站了起來。「明天早上八點我們準時出發，你們先去替我準備一些東西……」

早上四點半，林清音照例起床打坐，一直修煉到早上七點她才從床上下來，等走出房間的時候發現媽媽居然沒去上班。

林清音拿著牙刷走進洗手間，等出來的時候發現媽媽一臉擔憂的看著自己。

「媽，妳今天休息嗎？」林清音沒有動桌子上的清水麵條，而是從茶几上拿了包餅乾撕開吃一片。

鄭光燕欲言又止的看了眼林清音，試探的問道：「清音啊，我這兩天發現家裡冰箱多了很多水果和雪糕、飲料，都是妳買的嗎？」

「不是啊！」林清音無比自然的說道：「是朋友買的。」

鄭光燕臉上的擔憂更加明顯得連笑容都快維持不住了。「是什麼朋友啊？我早上出去買菜時聽到鄰居王大娘說，這兩天有兩個男的到我們家來，他們是誰啊？」

林清音有些不解的看了媽媽一眼，十分自然的說道：「來幫我補課的啊！那個年輕的叫姜維，是我們這裡前幾年的高考狀元。我幫了他家一點小忙，所以他免費來給我上課，那個胖子是跟著來聽課的。」

鄭光燕想起這幾天下班看到客廳餐桌上的書本頓時鬆了口氣，笑容隨即回到了臉上。「妳怎麼不早說呢？還讓人家買水果、零食，下次我幫你們準備好。」

看了眼時間不早了，鄭光燕拿著包包急匆匆的換鞋出門。「清音我先去上班了，妳在家好好唸書，等晚上我買水果回來。」

林清音無所謂的點了點頭，等吃完餅乾後抱著龜殼下了樓，張蕪的越野車已經停在樓下等著她了。而此時剛剛到公司的鄭光燕猛然停住了腳步，眉頭緊緊皺了起來。「她幫了人家一個小忙？她一個孩子能幫人家什麼忙啊？」

「大師，這是您要我找的玉石，不知道合不合您的意？」張蕪恭恭敬敬的遞上一個大盒子，裡面裝了五、六十件玉石，有的是鐲子有的是玉墜，有的則是剛打磨好還沒有雕刻的原玉。

張蕪知道自己的家財即將散盡，花起來也不覺得心疼，林清音說要二十四塊玉石，他乾脆一口氣多買一倍，生怕有不合條件的耽誤了遷墳的大事。

林清音看著滿滿一盒玉石眼睛都亮了，逐個撫摸一遍。「我幫你解決這件事就不要報酬了，剩下的玉石你送給我行不行？」

王胖子一聽有點著急，使勁和林清音擠眼。買賣可不是這麼談，應該把玉石收了還要他付錢。小大師還是太年輕了，幫他家解決這麼大的事再收一筆錢絕對不算多。

張蕪畢竟是在生意場上混了多年的人，一看王胖子的臉色就明白了，當即保證道：「大師您放心，無論剩下多少玉石都是您的，請您的錢我另付。」

看著王胖子的臉色緩和不少，張蕪苦笑道：「我是馬上就要破產的人，花出去就是賺到了。不瞞兩位大師說，昨天我把家裡公司能調動的資金全都整理一遍，和銀行那邊也打好了招呼，今天就全都提出來。我打算給我的老婆、父母都買一筆巨額的保險，給我女兒存一筆信託基金，即使之後我破產了，我也沒有後顧之憂了。」

王胖子敬佩的一伸大拇指。「您可真是太會鑽漏洞了。」

林清音拿起一塊玉石放進龜殼裡，神色淡淡的說：「世上哪有那麼多能占便宜的事，你挪用的資產越多，你需要付出的壽命也就越多，你自己要考慮好了。」

「考慮好了！」張蕪摸了摸額頭灑脫一笑。「以前是我魔怔了，覺得只要發財別的都可以犧牲，可自從我兒子死了我才明白我錯了。我賺這麼多錢是為了什麼，不就是為了讓家人生活得更好嗎？我怎麼能反其道而行之，拿他們的健康幸福去換我的錢呢？」

張蕪長嘆了口氣，伸出手抹了把臉。「這些是我欠他們的，我能為他們做的也就是這些了。若是說後悔，我後悔沒早遇到大師，要不然我兒子也不會死。」

張建國在副駕駛紅了眼眶，他扭頭看向窗外聲音有些發顫。「現在說這些有什麼用，你快開車吧！」

張蕪知道自己親爹現在最恨的人就是他，畢竟連他也無法原諒自己，就是因為他的貪心和鬼迷心竅，才害得兒子十幾歲就丟失了性命。

可惜後悔已晚矣！

從市區出來上高速公路，只要一個小時就能到山博縣。張建國坐在副駕駛上一直沈默著看向窗外，看樣子不太想聊天；林清音看似像是托著龜殼閉目養神，其實是幫忙龜殼吸收玉石裡的靈氣。

王胖子看看這個看看那個，實在是找不到能說話的，只好默默的掏出手機打開群組。裡面除了幾個新客戶要預約算卦以外，他建立的「傳統文化交流群」裡已經被千奇百怪的養生常識以及標題為「震驚世界」、「速看，馬上就要被刪掉了」的假新聞填滿，他點開看了兩個頓時覺得有些頭大，他覺得自己這個群組早晚會被關閉，不是因為封建迷信，而是因為散播謠言。

這屆的客戶真的是太難帶了！

時間一分一秒的過去，一個小時後越野車下了高速公路直奔郊區，又足足開了將近一個小時才到那座荒山下面。

此時正值夏天，入目一片青蔥綠色，只有這荒山上寸草不生，連鳥兒都不從這裡飛過。王胖子這麼多年擺攤算命，雖然沒什麼真才實學，但是歪書雜記倒是看了不少，他看了看滿是沙土的荒山，忍不住問林清音。「大師，這個地方是不是就是傳說中一點生機都沒有的絕戶地？」

林清音點了點頭，轉頭朝張蕪豎起大拇指。「這麼毒的地方，你能找到也真不容易。」

張蕪尷尬得臉上發燙，面對著張建國怒目而視的表情無力的為自己辯解。「當初那個王大師沒告訴我這是絕戶地，只說這裡是一處凶地，只要稍加動動手腳便能借凶地發橫財。」

王胖子心裡嘀咕：同樣被叫王大師，這人還真是缺德！

林清音嘖嘖了兩聲，看著張蕪搖了搖頭。「其實你原本的命也不算差，踏踏實實勤勤懇懇的努力幾年，雖然不像現在這樣暴富，但也能過得比一般人家好。」

搖了搖頭，林清音的目光落在他的臉上。「只可惜啊，貪心不足蛇吞象！」

張蕪臊得臉都紅了，連句話都不敢多說，悶頭從後車廂提出一個大袋子，裡面裝著上供用的各種東西。

張家的祖墳在這荒山的山頂之上，風吹骨寒絕人丁不說，又是在這絕地之巔，張家的孩子早晚都會出事。不只張蕪的一雙兒女，就連張建國堂兄堂弟家的子孫到時候也會跟著受連累，畢竟這裡葬的是他們共同的祖先。

林清音圍著山頂轉了一圈，看到這山下不遠處有四個一模一樣的建築物，好巧不巧的是建築物的屋頂上都有個像一把劍一樣的裝飾物，而那劍尖全都衝著張家祖墳的方向，給原本就不好的風水更平添了幾分戾氣。

林清音把張蕪叫了過來，指著那建築物上的裝飾問道：「當初你們挪墳的時候就有那幾棟樓嗎？」

張蕪可憐兮兮的點了點頭。「嗯，那王大師說那裡代表著金，四個金能提升財運。」

林清音被這話給逗笑了，張蕪見狀臉色更白了，他就是再傻此時也知道這句話肯定也是那王大師糊弄自己的。不過王大師雖然對張蕪說的話都是胡謅，但是他在風水上的造詣確實比一般人要強，這麼毒的風水陣法，肯定不是一般的風水先生會擺的。

林清音看風水並沒有拿羅盤之類的輔助法器出來，神算門的弟子從來不用這種東西。他們的眼睛就是羅盤，什麼天干、地支都不如他們的神識好用，也不如他們的推演靠得住，這也是林清音為什麼對數學特別感興趣的原因。

圍著山頂轉了一圈，林清音就將這山頂的八卦方位摸得清清楚楚，也看明白了那個王大師布的陣法。

林清音上輩子鑽研的是術數，陣法也屬於其中一個分支，當初在修真界就很少有人能比得過她的陣法，更別說在這術數凋零的時代。那王大師自認為十分高超的陣法在林清音眼裡處處都露著破綻，連初級陣法都算不上，但用來害人倒是足夠了。

林清音打開裝著玉石的盒子，靜心挑選出二十四枚蘊含靈氣最少的玉石，即便是這樣林清音依然覺得有些浪費。也就是在這毫無生機的死地只能用靈玉來布陣，若是隨便換一處普通的地方，鵝卵石就能把這事搞定了，哪需要浪費靈玉啊！

把剩下靈氣豐富的玉石交給王胖子保管，林清音以祖墳為陣眼，分別將靈玉放在二十四山的位置上，將原本失衡的五行轉回正位。與此同時她用帶來的鵝卵石在二十四山的基礎上布一個斗轉星移陣，選好一顆靈氣最足的玉石作為陣眼。

隨著一聲輕喝「陣起」，荒山上忽然狂風大作，風沙走石吹得人睜不開眼，王胖子和張建國不約而同用胳膊擋住臉部，緊緊的閉上嘴，免得黃土吹進嘴裡。只有站在陣法中間的張蕪明顯的察覺出似乎有什麼東西爭先恐後的鑽進他的身體裡又從他身體飛快的流逝。

他現在才知道林清音說他是載體的意思，辛辛苦苦十載，他不過是一場笑話。

風停了，玉石和鵝卵石全部碎成了粉末，幾隻小鳥被殘餘的靈力吸引，嘰嘰喳喳飛了過來。原本的絕地似乎也有所改變，王胖子看到墳地旁邊不知什麼時候鑽出一棵纖細矮小的小綠芽，彷彿風一吹就會斷掉。

張建國將臉上的塵土抹去，看著林清音的眼神不止是信服還有滿滿的崇拜，單憑一堆玉和石頭就能弄出這麼大的風來，這林大師絕對是有真本領的高人。

「大師，妥了嗎？」張建國的視線也落在那株剛冒出頭的小綠苗上。「我們家人是不是有救了？」

林清音又將包包裡的龜甲掏了出來，放在手裡摩挲。「已經妥了，你們叫人把祖墳遷走就行。另外……」林清音看著張蕪命宮中正位多出的一道皺紋說道：「好好把家裡安排安排吧。」

張蕪雖然知道是這個結局，但心裡依然覺得有些淒涼，他苦笑了下問道：「大師，我還能活幾年？」

林清音淡淡的說道：「你原本是福壽雙全無疾而終的命格，不過這個陣法太損陰德了，你至少要賠進去三十年的壽命，頂多還有十五年好活。」

張蕪聽了驚喜得睜大了眼睛。「還有十五年嗎？」他忽然笑了起來，眼角泛著淚花。

「太好了！還能看著我女兒長大。」

張建國看著張蕪的樣子覺得有些辛酸，可想起早逝的孫子又實在無法原諒他，滿腹的苦澀化作一道長長的嘆息，消散在風裡。

張建國和張蕪擺上供品給祖宗燒紙焚香磕頭謝罪，等燒完以後張建國心裡沒底的過來問道：「大師，我們家的祖墳遷哪兒去比較好？」

林清音站在高處指了指不遠處一座茂密的山林。「我剛才起了一卦，從卦上看，東南方的那座山和你家相宜，能蔭庇後代子孫。」

幾個人跟著林清音後面下了山開車走了一會便看到一座樹林茂密的高山。林清音摸了摸龜甲，在腦海快速的推演方位，然後帶著幾個人直接來到山坡一處平坦的地方。

「這裡位朝東方，周圍又都是松樹，四季常青，就將祖墳挪到這裡來吧。」林清音說道：「這裡雖不能讓你們家大富大貴，但是能庇佑家人健康。」

張建國和張蕪連連點頭，經歷了這樣的事，財富對他們來說已是浮雲，健健康康才是一家人最期望的。

選好了陰宅，張蕪連忙打電話找人辦手續，林清音說了也不必選日子，對於目前的張家祖墳來說，哪天遷走都是黃道吉日。至於棺材下面埋的凶物已經被化解，到時候一把火燒了就行，不用再額外做法事。

從山上下來，張蕪的妻子打電話來，說女兒的骨髓已經配對成功了，很快就能做骨髓移植手術。

張蕪聽到了這個消息，懸了幾個月的心終於落了下來，連忙掏出準備好的金融卡遞給林清音。「大師，這裡面是二十萬塊錢，謝謝妳救了我們全家！」

「二十萬！」林清音滿眼都是小星星，她忍不住看了王胖子一眼，意思是問他：居然能賺這麼多嗎？

王胖子經過這些日子接觸，已經摸清楚林清音的性格，小大師雖然本領高強，但沒有多少處世的經驗，心思非常單純。

這二十萬在林清音看來已經非常多了，畢竟她算一早上卦才掙一萬塊錢，可她不知道像自己這種等級的大師在這世上是多麼的難得。若是將本事都傳揚出去，別說二十萬，就是兩百萬都不嫌多。

林清音接過輕飄飄的金融卡又把玉石箱子拎過來，美滋滋的在心裡盤算著，等回去就拿靈玉給父母雕一個帶陣法的護身符，王胖子白白跟著自己也辛苦了，回頭也送給他一個。完美！

開車回到市區，張蕪把張建國、林清音、王胖子三個人送到一家知名的餐廳門口，又從包包裡拿出一沓錢給張建國讓他請大師吃飯，自己向林清音告罪後匆匆忙忙的走了。

張蕪時間有限，他必須在身上的氣運流失乾淨、反噬到來之前把家裡的事安排得妥妥當當才行，首要就是把錢處理好。他打算先去醫院給女兒存入幾十萬的醫療費，要足夠做手術和後期治療的；還要為家人一次繳足大額保險和女兒的信託基金全部都買好，甚至遷祖墳的錢也必須提前預支好，他怕到時候身無分文，連這個錢他都出不起。

張蕪找的這家私房餐廳名氣很大，菜式相當出名，林清音看著一道道色香俱全的佳餚，轉頭問王胖子。「這些做菜的廚師都是在哪兒畢業的？」

王胖子琢磨了下。「我就聽說過一個新東方是教做菜的，其他的我就不知道了。」

林清音搜索下原主關於新東方的記憶，只可惜原主以前除了唸書連電視都不看，根本就不知道新東方是什麼，她只能從王胖子這裡找答案了。

「新東方算大學嗎？」

王胖子被林清音問傻住了，險些以為自己得了幻聽。「您問新東方烹飪學校嗎？」他有些摸不清林清音的想法，只能簡單明瞭的說道：「那是教職業技術的，不是大學，除了做菜都不教別的。」

林清音驚呼了一聲。

居然有這麼好的學校啊，不但教怎麼做美食，還不用寫作業！可惜啊，原主的執念居然是考大學……學做菜不好嗎？

林清音遺憾的嘆了口氣，不知道把媽媽送到新東方去上學行不行。

她真的是吃夠白水煮出的死鹹麵條和沒有味道的水煮菜了！

吃過了飯才到下午兩點左右，張建國跟著折騰了大半天早就疲憊不堪了，陪著坐了一會兒便先行告辭。

王胖子目睹了林清音今天布的陣法有些興奮，很想和人分享分享那頗為壯觀的一幕，可惜這種事不好和外人說，姜維是唯一一個合適的聽眾。

王胖子想起林清音讓姜維今天在家等仇人上門的事，忍不住提議道：「大師，這裡離姜維家只有幾分鐘，要不我們去他家看看熱鬧唄。」

林清音看了眼窗外果斷的搖了搖頭。「馬上就要打雷下雨了，你想看熱鬧不妨在這裡等著，還可以給姜維發個影片之類的。」

王胖子雖然不知道林清音說的是什麼意思，但是這幾天跟著林清音跑前跑後他也總結出了經驗，那就是小大師說的話全都對，老老實實的聽著就行了。

林清音說下雨，那雨下得就很快，隨著一聲驚雷剛才還晴空萬里轉眼間天就陰了下來。

王胖子摸了摸頭看了眼手機上的天氣預報，上面標著一個大太陽，寫著晴。

王胖子看著林清音又開始撫摸手中的龜殼，有些不解的撓了撓頭。「大師，我們在這裡等什麼啊？」

林清音朝窗戶努了努嘴。「一會兒聽見打雷的聲音，你就坐在窗口看熱鬧就行了。」

王胖子想了想，一屁股坐在沙發上給姜維發訊息。「你家今天熱鬧嗎？」

姜維興奮的回了一條語音。「陳玉成剛從我家逃出去，簡直太爽了。」

姜維今天一早和父母說大師吩咐不能出門，姜父和姜母宛如像聽到聖旨，把所有的工作都安排給旁人，準備老老實實在家裡待一天。

一上午都清清靜靜的沒什麼事，剛吃完午飯陳玉成突然打來電話。姜父看到手機上顯示的名字心裡十分複雜，他在知曉真相那一天就等著陳玉成給自己打電話，可電話真的打來了，他又感覺到徹骨的心痛，他真希望害自己的人不是那個和自己相交多年的好兄弟。

深吸一口氣，姜父接通電話，若無其事打了聲招呼。陳玉成明顯有些心不在焉，應付兩句以後迫不及待的將話題轉到自己關心的問題上面。「姜哥，以前我送給你和嫂子的那對玉墜項鏈你們有沒有隨身戴著啊？我最近又碰到那個大師了，特意又請了一對更靈驗的，不但能保平安還能增財運呢，我現在就給你送去。」

姜父的心宛如浸入了冰水之中，冷得他渾身發顫。「不用了，我和你嫂子不信那個，你自己留著戴吧。」

第九章

「不行！」陳玉成猛然拔高了聲音，他似乎意識到了自己的失態，沈默了兩秒鐘又乾乾巴巴的笑著。「哥，我實在是看著現在你這個樣子著急，所以特意為你們求來帶著財運的護身符，不管靈不靈，圖個好兆頭啊！」

姜父輕輕冷笑一聲。「我從新聞上看到你最近也挺不順的，不但產品出現了問題還被稅務局給盯上了。那玉墜你自己先戴著吧，說不定可以轉運呢！好了，我這邊也挺忙的，先不和你說了。」說完也不等陳玉成說什麼，直接掛掉了電話。

姜母一直在旁邊聽著，見姜父連罵都沒罵陳玉成不免有些生氣。「你不罵他沒有良心，居然還和他廢話！」

姜父疲憊的揉了揉眉心，有氣無力的說道：「罵了有什麼用？不過是白費口水罷了，既然大師說他這個人早晚有報應，我們就等著看好了。」

姜母聽到小大師的名號才沒和姜父計較，誰知過沒半小時門外居然傳來敲門聲，等開了門才發現陳玉成居然不請自來，還帶著一個陌生人。

姜維對著陳玉成那張假笑的臉叫不出乾爸，只冷冷的看了他一眼沒有吭聲。陳玉成此時的心思都在最近的意外變故上，根本沒留意到姜維的態度有什麼不對，順手將手裡的一頂新款遮陽帽遞給了他。「我看最近年輕人都流行戴這個，也給你買了一頂。」

姜維看著伸到自己面前的帽子，毫不掩飾的後退一步，厭惡地皺起了眉頭。「我嫌髒。」

陳玉成瞇起眼睛，臉上依然掛著假笑。「你是什麼意思？怎麼對乾爸這麼說話？」

「你好意思當我的乾爸？」姜維冷冰冰的看著他。「我的氣運好用嗎？是不是這兩年發財發得很爽？」

陳玉成看了眼姜維，又看了看姜維身後面無表情的姜父和姜母，表情有些猙獰。「你們知道了？」

姜父將那對玉墜丟到陳玉成的懷裡，深深的看了陳玉成一眼。「在我落魄的時候，所有人都看我笑話，只有你經常上門來看我。我一直覺得這一生有你這樣一個兄弟足矣，卻沒想捅我刀子的就是你這個好兄弟。」

陳玉成捏著手裡的玉墜忽然笑了起來。「你要是把我當好兄弟就不該一個人悶聲發大財，你若是早讓我沾沾姜維的氣運，我當初也不會到那種走投無路的地步。」陳玉成笑著笑著聲音冷了下來。「你知道我為什麼隔三差五就來看看你嗎？因為我必須哄得你高高興興，才能不讓你把那玉墜摘下來呀！」

見到陳玉成如此無賴，姜父心裡那股壓抑的痛楚突然間煙消雲散。「天理昭昭報應不爽，陳玉成你好自為之吧你！」

陳玉成見撕破了臉反而無所顧忌，他清楚知道自己是怎麼發家的，也十分明白這術法破了的後果。他今天帶著做法的大師過來，其實心裡是抱著期望的，期望姜家只是意外將玉墜打破，自己還有補救的空間，不用撕破臉。

沒想到事情直接發展到最壞的結果，那他索性一不做二不休，徹底將姜維的氣運挪到自己身上。

抱著同樣心思的人還有陳玉成請來的大師李青嵐。

李青嵐從小和師父學了些邪門歪道的東西，靠給人做法下咒賺些不義之財。這種人惡事做盡氣運本身就不會很足，他在事事不順的時候遇到了陳玉成。

當時陳玉成請他是想看看家裡的風水是不是有什麼不對的地方，可正巧姜父讓姜維給陳玉成送東西，李青嵐看到鴻運當頭的姜維嫉妒得眼睛都綠了，等人一走就給陳玉成出了奪運的主意，當時陳玉成連猶豫都沒有，和李青嵐一拍即合，直接答應了。

兩個靠竊取姜維的氣運發家，起初陳玉成還有些忐忑不安，可後來順風順水的就有些飄飄然了，能幹的不能幹的都敢沾手，總覺得他有這麼強的氣運絕對不會出事。李青嵐更是如此，他本身就心術不正，學的也是邪術，這兩年仗著竊取來的氣運壞事做盡。

就在兩人忘乎所以的時候，陳玉成的公司先被爆出了產品問題，緊接著第二天逃漏稅的事也藏不住了，現在他非法集資的事已經開始立案調查。

就在他焦頭爛額的時候，李青嵐來找他，說自己為了追求刺激想豪賭一把，沒想到把家當全輸了不說，施法害人時又遇到了意外，五臟六腑都受了損傷。

兩人都覺得是之前做法的玉墜出問題，便趕緊往姜家來了，卻沒想到姜家居然是請人來破了李青嵐之前設下的邪法。

陳玉成不清楚這邪法的厲害之處，但是李青嵐心裡卻明白，有這個能耐的肯定不是一般人。若是平時，他大概就收手不管了，可這回涉及到他自己，他除了拚死博一把以外別無選擇。

陳玉成和李玉嵐對視一眼，一左一右將擋住門口的姜父推了進去，反手關上了大門。

陳玉成看著險些沒站穩的姜父惡毒的一笑。「姜哥，既然你敬酒不吃，兄弟只能請你吃罰酒了。」

隨著陳玉成的話，李青嵐從包包裡掏出一張黃紙，黃紙無風自動冒出了綠色的火光。看著這詭異的一幕姜父、姜母都有些慌，倒是姜維十分淡定的扯了兩人一下，輕聲說道：「小大師昨天說了，只管看著就好。」

聽到小大師早就算到了這一幕，姜父、姜母冷靜了下來，倒是李青嵐看到姜家人不慌不忙的樣子心裡不安，拿著黃紙的手不知為何忽然一抖，綠色的火星子正好落在他和陳玉成的身上，隨即火光熄滅了。

看到這一幕李青嵐嚇得臉色發白，趕緊掏出包包裡的罐子狠狠的按住蓋子，而那罐子裡也不知道裝了什麼東西，正拚命的往上頂，撞得罐子砰砰作響。

陳玉成沒發覺不對，還在獰笑著威脅姜父。「等大師做了法，你就是跪著求我都晚了。」說著用胳膊肘一撞李青嵐。「大師，給他們點厲害嘗嘗。」

李青嵐本來就有些控制不住那個罐子，再被陳玉成這麼一撞，手裡的罐子直接掉在地上啪嗒一聲摔成粉碎，一團黑漆漆的東西猛然飛出，發出嗡嗡的聲響，瞬間把陳玉成和李青嵐圍個密不透風。

看到這令人頭皮發麻的情節，姜家人不約而同的往後退一步，目不轉睛的看著這大快人心的一幕。

不過是幾秒鐘的時間，李青嵐就感覺到臉上胳膊上鑽心的疼，他一邊揮手驅趕著毒蟲，一邊慌忙的打開房門頭也不回的衝了出去，陳玉成被咬得哭爹喊娘的，捂著腦袋慌不擇路的也跟著跑了。

毒蟲一隻不落跟著兩人飛走了，姜維檢查一下客廳見沒有遺漏的毒蟲後便將房門關上。姜母這才回過神來，一屁股癱在沙發上哈哈大笑起來。

「小大師算得太準了，你看那兩個人的慫樣。」

「咔嚓」一聲巨雷，原本還晴朗的天空轉瞬間陰了下來，枝條樹葉被狂風吹得嘩嘩作響，空氣裡隱隱約約能聞到暴雨來臨時特有的泥土氣息。

正在給姜維發訊息的王胖子想起小大師說等打雷下雨後就讓他打開窗戶看熱鬧，馬上從沙發上跳起來推開窗戶，手機開啟了錄影模式。

嘿嘿，也不知道一會兒的熱鬧刺不刺激？

剛開始錄影，王胖子就聽見外面傳來一聲聲的慘叫，只見不遠處連滾帶爬的跑過來兩個人，也不知道這兩人是不是捅了馬蜂窩，一堆飛蟲瘋狂的追逐著他們，數量多得就像是一片烏雲。

王胖子下意識追逐著這兩人的身影拍，這時一道閃電劃過天際，伴隨著一聲巨響，一道雷電降了下來，正好劈在奔跑的兩個人身上，隨後燃起一個巨大的火球將那些蟲子燒得一乾二淨。

雨點像珠子一樣噼哩啪啦的落了下來，在地面上匯成水流將毒蟲的屍體沖進了路邊的排水溝裡。

王胖子目瞪口呆。

他好像猜到這兩個倒楣蛋是誰了，沒想到報應來得這麼快，真他娘的刺激！

王胖子在想明白這兩個人的身分後，趕緊打了個電話給姜維讓他出來看一下，姜維家離這也就四、五分鐘的路程，他一路跑過來甚至比救護車還快，跟著其他圍觀群眾一起目睹了兩個人的慘狀。

看到這兩人的下場，姜維感覺神清氣爽，這兩年以來一家人倒楣得喝涼水都塞牙，要不是意志力還算堅定，都想手拉手一家跳河自盡了。還好遇到了小大師。

姜維用胳膊碰了碰王胖子。「小大師呢？」

王胖子指了指旁邊一家餐廳。「今天中午事主在那請客吃飯，其實早就吃完了，小大師算出在這裡可以看見熱鬧，就一直在此等著。」

姜維和王胖子進了包廂，王胖子生怕林清音在裡面看不清楚，十分詳盡的描述現場的情況，最後感慨的咂嘴。「被雷劈得可真夠慘的，也不知道疼不疼。」

林清音撫摸龜殼的手一頓，她回想起前世渡劫時的情景忍不住嘆了口氣。「還可以吧，一開始滿疼的，劈啊劈的就習慣了。」

姜維、王胖子齊齊一愣。

總覺得小大師好像經歷過什麼不得了的事情一樣。

外頭接到電話趕到現場的警察和醫生看到兩人的慘狀都有些傻眼，從業這麼多年，碰到被雷劈成這樣還是第一次。圍觀的群眾們雖然都沒吭聲，但是心裡忍不住直犯嘀咕：這是造了多大的孽啊！

醫生們沒空想這些亂七八糟的事，他們分兩組給兩個人同時進行檢查和急救，李青嵐瞳孔已經放大了，例行的搶救措施做完以後直接蓋上白布；陳玉成則幸運的被搶回一口氣，戴上氧氣罩抬上了救護車。

姜維望著呼嘯而去的救護車情緒有些複雜。「大師，陳玉成會死嗎？」

林清音摸了摸自己的龜殼。「有時候死亡反而是種解脫，對陳玉成來說，看著自己苦心積慮得到的東西全都化為烏有，會比死還可怕。」

姜維認同的點了點頭。「陳玉成身上背著逃漏稅和非法集資的罪名，就算死不了也逃不掉逃獄之災，看著他這模樣我真覺得解氣。」

林清音呵呵笑了。「解完氣就別在這瞅了，昨天給你那兩本作業你寫完了嗎？」

姜維一口氣差點憋不住。

就不能讓人多感慨個兩分鐘嗎?!小大師，那到底是誰的作業啊？妳一個連作業都不會寫的人說得這麼理直氣壯真的好嗎？

雨淅淅瀝瀝的下了半個小時就停了，林清音看了眼窗外被雨水洗滌一新的城市，將張蕪給的金融卡遞給了王胖子。

王胖子激動得手心都出汗了，趕緊往身上抹了抹，小心翼翼的接了過來。「大師，都給我啊！這不太合適吧？」

「你說得太對了，我也覺得不太合適。」林清音瞅了他一眼。「我不知道怎麼把錢取出來，就煩勞你幫忙了。另外幫我買一套雕刻玉石的工具……」看著王胖子陡然亮起來的眼睛，林清音沒好氣的笑了。「我把陣法雕在玉上，你隨身戴著能保平安。」

姜維聞言期期艾艾的湊了過來。「小大師，我可以買一塊嗎？」

林清音搖了搖頭。「你的福氣足夠庇佑你，給你戴浪費了。」

「我不是給我自己。」姜維苦笑了下。「我爺爺奶奶這兩年操心家裡的事，一下子老了許多，我想花錢給他們兩人一人買一個，能保護他們平平安安健健康康的。」

林清音打開原玉的盒子，從裡面挑出一塊玉石來給姜維看。「回頭你買這樣的原玉給我，一定要通透些的，這樣雕出來的效果才好。」

姜維連連點頭應了下來，心滿意足的回家給小大師寫作業去了。

雨後的城市，靈氣居然比之前還要濃郁了幾分，林清音慢悠悠的往家走，任由帶著靈氣的空氣洗滌著自己的每一寸肌膚。

剛才的雨又快又急，雖然只半個小時的時間，但也留下了不少的小水坑。林清音孩子氣的從一個又一個小水坑上面跳過去，有時候又故意踩兩腳，這種新奇的體驗是她上輩子從來沒有過的，不僅很有趣也能讓身心都放鬆下來，盡情的體驗自然贈與的快樂。

回想起上輩子，她的世界裡除了術數和修煉以外其他都是空白的，沒有春秋寒暑，不關心人情世故，更不懂人世間的七情六慾，也許就是因為這些才導致她最終渡劫失敗。

她在經歷雷劫的洗禮時發現，她的道心居然不圓滿。

當時她不知道自己欠缺什麼，現在她明白了，她上輩子活得太不像個人了。

既然有機會重新開始，林清音決定要追隨內心的想法，不太刻意的限制自己。這個世界雖然靈氣匱乏，修煉起來或許比上一世艱難，但林清音覺得自己在這裡能享受到很多前世沒有經歷的樂趣。

她要好好體驗普通人的喜、怒、哀、樂，享受美食帶來的幸福，也要勇敢的面對作業帶來的鬱悶。

啊啊啊啊，原主為什麼想考大學啊？她真的只想去念個新東方學煮飯。

林清音仰天長嘆了口氣。

什麼都別想了，還是趕緊回家寫作業吧……

回到家，看著擺放厚厚一疊書的桌子，林清音困擾的抓了抓頭髮。

之前姜維用了三、四天的時間幫她把高一的數學全都複習一遍，林清音學完以後把數學作業都寫完了。除此之外物理、化學作業都交給姜維去寫，她暫時不用操心。

林清音看了看語文，又頭大的看了看滿篇蝌蚪似的英語，決定還是先複習歷史，起碼這門課不需要姜維輔導，背點東西她自己就能解決。

林清音前世今生的資質完全一樣，她在前世可以稱得上是修真界的學霸，強大的記憶力只是最基礎的，難的是心無旁騖的專注和堅韌不拔的毅力。在修真界，算卦推演可不像如今給人看氣運算吉凶這麼簡單，能請她來出手的都是事關天機的大事，林清音推演幾十年上百年的時候都有，論專注和耐心沒人比她強。

拿出歷史課本，林清音盤腿坐在床上翻看起來，比起其他物理化學這種費腦的科目，歷史課本讀起來簡直就是一種放鬆。

樓下，鄭光燕被坐在樹蔭下納涼的鄰居王大媽拽住了胳膊，神秘兮兮的把她拉到一個沒人的地方，小聲的和她耳語。「清音媽媽，妳家清音今天又出門了。」

鄭光燕尷尬一笑。「可能是去圖書館了，她除了圖書館和書店也不去別的地方。」

「不是的，是一輛車把她接走的。」王大媽比劃著。「那車又大又高一看就不便宜。」

鄭光燕臉上的笑容快掛不住了，她雖然心裡有些慌，卻不願意讓外人對自己的女兒品頭論足，絞盡腦汁的幫她想藉口。「可能是同學找她出去玩，這麼大的孩子很正常的事。」

「不是同學。」王大媽的表情也有些糾結。「從車裡下來三個男的，一個就是最近經常去妳家的胖子，還有一個老頭和一個四、五十歲的男人。我離得遠沒聽清楚他們說的話，不過那三個人一停下就下車等著，還給妳女兒開車門呢。」

鄭光燕聽得心臟怦怦跳，任她想破腦袋也想不出來接林清音出門的這幾個人是誰。林家的親戚已經好多年不和他們來往了，她娘家那邊的親戚倒是對清音挺好，只是家裡不太富裕，誰家也沒有那樣氣派的車。

看著王大媽探究的神情，鄭光燕勉強笑了笑。「也有可能是學校的老師，現在都快開學了，來接她去學校補課。」

王大媽對這樣的解釋不太信服，有些懷疑的看著鄭光燕。「妳女兒的學校居然派車來接學生？我看那三個人似乎對她還挺恭敬的。」

鄭光燕正色說道：「清音畢竟是拿獎學金進學校的，老師重視一些也是正常。」

王大媽這才想起林清音去年是市裡面的中考狀元，頓時覺得索然無味。

居然是去上學，白讓她興奮一天了！

鄭光燕看著王大媽揹著手又往別處走，有些心累地嘆了口氣，心裡再一次慶幸自己把林清音跳河自殺的事瞞得死死的，要不然這些大媽背後還不知怎麼議論呢。

不過想到王大媽剛才說的話——林清音一早被一輛車接走的事心裡依然有些發沈，自家的條件自己知道，家裡實在是太窮了，她真怕清音被人哄騙了。

現在的女孩子都講究富養，吃的、穿的、用的都是好的，還要經常帶出門旅遊見世面，免得被男人花言巧語騙走。可自己家這幾年為了還債，差不多處於剛滿足溫飽的程度，甚至夫妻倆為了多賺錢，連陪伴女兒的時間都沒有，要不然也不會到女兒跳河自殺才知道女兒遭遇了什麼。

心事重重的回到家，鄭光燕看到門口擺著林清音的涼鞋頓時鬆了口氣，她躡手躡腳的走到女兒的房間門口探頭往裡一看，只見林清音盤腿坐在床上，膝蓋上放著一本書，正讀得津津有味。

鄭光燕猶豫再三，還是決定先不將事情說破，畢竟這兩次的事她都是聽王大媽說的，這樣貿然去問有些太不尊重孩子，還是先弄清楚怎麼回事再說。

雖然心裡拿定了主意，但是鄭光燕做飯依然有些走神，等林清音看完歷史課本從房間裡出來的時候，看到的就是冒煙的廚房和烏漆墨黑的鍋。

正在努力毀屍滅跡的鄭光燕尷尬地搓了搓手上的鍋灰。「要不今晚吃麵條？」

林清音此時無比慶幸，幸好中午吃得多，她現在還不覺得餓，要不然她又要面對鹹死人的白水煮麵條了。

從冰箱裡拿出一根雪糕撕開包裝袋，林清音十分認真地說道：「我晚上就吃這個，我要減肥。」

鄭光燕被女兒噎得說不出話，心忖：妳是欺負我沒減過肥是吧?!

把廚房收拾乾淨，鄭光燕洗乾淨手重新換了口鍋，等燒開水後將麵條丟了進去，然後舀進去兩勺鹽。

林清音雖然從來沒做過飯，但是看媽媽這流暢的手法她就知道，這麵條肯定又死鹹了。

從悶熱的廚房出來，鄭光燕頓時覺得涼爽不少。「我覺得我們家最近好涼快，往年這個時候晚上悶熱的都睡不著覺，可這幾天我連風扇都沒開，一覺就能睡到天亮，上班都不覺得累了。」

林清音咬了口雪糕，試探著問道：「媽媽，妳有沒有考慮過辭職啊？」

「我辭職能幹麼啊？」鄭光燕有些無奈的說道：「像我這種四十來歲的人，沒學歷、沒技術，只能在工廠當個沒有技術能力的工人或是去飯店超市當個清潔工。妳爸更別提了，老老實實上班還能賺點錢，要是辭職自己做買賣，能把家裡賠得底朝天。」

林清音對媽媽的觀點還算挺認同的，她之前就給爸爸媽媽看過面相，兩人都屬於忠厚老實之輩，奈何沒有財運也罷，還都有一絲背削肩尖之相，雖然不至於淪落成乞丐，但也算是天生的窮命。

不過事無絕對，算卦除了能算出人的旦夕禍福外，更重要的一點就是能改禍為祥，上天向來會給世間萬物留有一線生機。林清音覺得，自己父母的人生轉機就在自己身上。

「我這幾天賺了點錢。」林清音咬了口雪糕說道：「妳有沒有考慮過去新東方學做飯？我給妳出錢！」

「噗嗤嗤……」廚房裡煮麵條的鍋突然溢出許多水，爐火熄滅的聲音掩蓋了林清音說話的聲音，鄭光燕見狀也顧不得聽林清音說了什麼，轉身鑽進廚房。

聽著廚房裡叮鈴噹啷的響聲，林清音重重的嘆了口氣，媽媽的八字和廚房實在是不太合，看來自己在家是沒辦法吃一頓像樣的飯菜了。

收拾完廚房的殘局，鄭光燕走出來問道：「妳剛才說什麼？」

林清音面無表情把雪糕塞進了嘴裡。「我說我想去寫作業！」

第十章

早上九點鐘，姜維和王胖子準時來到林清音的家裡。王胖子已經把那二十萬轉到了自己的金融卡上，然後拿了幾張自己的卡跑了好幾家銀行給林清音取了二十萬出來，又找關係買了一套雕刻玉石的工具。

王胖子知道張蕪買的那些玉石都不便宜，等林清音在上面刻上陣法以後更是無法用錢來衡量。王胖子覺得自己平時就給林清音做點雜事，也沒幫上什麼忙，白拿小大師的禮物總覺得有些心虛，一時間不知道該怎麼償還。思來想去他決定把這套不太便宜的工具直接送給林清音當禮物。

抱著一堆東西來到林清音家，王胖子先把錢給了她，林清音連數也沒數，直接連袋子塞到了書桌的抽屜裡。

「我覺得妳還是自己辦個戶頭，以後妳收錢也方便。」王胖子將玉石雕刻工具送到她房間裡，咕咚咕咚一口氣喝下一大杯水抹了抹嘴說道：「現在預約算命的都有五十多個人了，您還接了姜家和張蕪的大生意。張蕪那倒楣蛋先不提，姜家的情況可有不少人都知道，等回頭他家的廠又做起來，肯定有不少人打聽，到時候妳出馬可不該是現在這個價了。我總不能老是換現金，還是自己有張金融卡方便一些。」

林清音點點頭。「你說得對，賺的錢多才能買玉，等把作業補完了我就去辦。」

姜維已經從王胖子那裡知道了張蕪家的事，想到他如今的境遇心裡十分感慨。「張蕪比我們家倒楣多了，我們家頂多落魄兩年，但不像他家，直接賠一條人命進去。」

王胖子搖了搖頭。「你是無妄之災，張蕪則是自找的。他要不是起了發橫財的心思也不會掉到人家的圈套裡。嚴格說，應該是他和陳玉成互相比慘才對。」

王胖子說完和姜維不約而同的朝林清音看去，陳玉成和張蕪現在都死不了，一時半刻也看不出好壞，也就林清音能看出他們未來的命運。

這也沒什麼不能說的，更何況王胖子跟著自己就是為了多拓展見識，林清音也願意指點他。「張蕪因為鬧出了人命，折壽就是他的懲罰，但若是他未來十幾年不生出壞心思，也是可以平安無事。」

「我之前沒見過陳玉成，不知道他之前的命運如何，不過站在窗口瞧見了一眼，已經是短命之相。」林清音將手裡的龜殼放到擺好的小型聚靈陣裡，又在裡面放一顆玉石。「陳玉成害人奪運、天理不容，雷劈之災只是開始，牢獄之災緊隨其後。簡單來說，他剩下的日子裡就是在大大小小的災禍裡度過的，沒有最慘，只有更慘。」

王胖子聽了心裡十分痛快，樂呵呵的掏出手機說道：「我給張蕪發個訊息，看他知不知道坑他的那個王大師倒楣成什麼樣了。你們說，他和我都姓王，我們倆好歹也算是同行，做人的差距怎麼那麼大呢？我就從來不幹這種喪良心的事。」

林清音呵呵兩聲。「那是因為你什麼都不會。」

王胖子頓時委屈了。

小大師妳怎麼這樣說？我們還能不能友好相處了！

山博縣的一個農家小院裡，王五鋒難忍疼痛在炕上打滾，發出痛苦的嘶嚎聲。聽到屋裡的動靜，一個二十出頭的小夥子連忙跑了進來，把跌到地上的王五鋒扶到炕上，臉上帶著倉皇和不安。「師父，你怎麼了？」

王五鋒咬緊牙根，氣喘吁吁的說道：「我布的陣法肯定被人動了，你把我手機拿過來，我要打電話給張蕪問問他是怎麼回事。」

王五鋒為人狡詐，即便是對伺候他的徒弟張作也信不過，連手機都設密碼和指紋鎖，生怕被看去什麼秘密，即使現在疼成這樣，他都不放心讓徒弟替他打電話。而張作對此早已習以為常，他對王五鋒的話言聽計從，天天小心謹慎的伺候，似乎從來沒有不滿。

張作從旁邊櫃子上取了手機恭恭敬敬遞到王五鋒手裡，以往王五鋒講電話的時候都讓張作出去待著。今天他渾身上下宛如萬蟻噬心般難受，能說話都是靠驚人的意志，根本就顧不上旁邊的張作了。

王五鋒沒叫他出去，張作就站在一邊沒走。張蕪似乎料到王五鋒會打電話過來，鈴聲才響兩下他就接了起來。

「王大師，這麼多年還是你第一次主動聯繫我。」張蕪在電話那邊笑得十分解恨。「不知道王大師有何貴幹啊？」

王五鋒已經沒有心情和他繞圈子，忍著椎心刺骨般的難受問道：「你有沒有讓人動你家的祖墳？你千萬要記住，你家祖墳絕對不能讓人動，否則你女兒的病情會急速惡化，活不過兩個小時。」

張蕪看了看手腕上的錶，朗聲笑了起來。「不瞞您說，我剛和我女兒通了視訊電話，她看起來比昨天精神多了。而我家的祖墳……」他故意停頓了片刻才繼續說道：「從今早五點就開始挖了，現在已經遷走了五口棺材。對了，您埋的那個凶物我也燒了，味道特別臭，也不知道您有沒有聞到？」

王五鋒猛然從炕上站了起來，頭重重的撞到了天花板上。「不可能，我在那裡布了絕殺陣，一旦有人破壞就會被陣法反噬，你們絕對不可能成功遷墳。」

張蕪聽到這話不由得慶幸自己請對了人，若是請了不知深淺的人來解決這件事，說不定不但會害了女兒，還要揹上人命官司。

「王大師，天外有天人外有人，你的陣法在我請來的大師眼裡狗屁都不是。」張蕪眼裡閃過一絲恨意。「你壞我家風水，害我兒子的性命，我會親眼看著你遭報應的。」

王五鋒聽著手機裡傳來的嘟嘟響聲，臉上閃過一絲絕望。別人不知道他布的是什麼陣法，可他心裡明白，也十分清楚被大陣反噬的後果。

王五鋒早在十多歲跟師父學看風水的時候就知道自己壽命短，最多也只能活六十年。人人都渴望長壽，王五鋒也不例外，只是平常人對於長壽這事只隨便想想，王五鋒卻不但敢想，他還敢做。

他從知道自己命數的那天起就一直尋找續命的方法，找了十來年還真叫他尋到一個法子，只是這個法子十分陰毒，要將同根同源的十八具屍骨埋入帶有凶煞之氣的絕戶地，布下續命的陣法，用屍骨做媒，用那些屍骨的後代作為載體，將那家活人的壽命和氣運轉為能滋養自己的精、氣、神，雖然收效慢一些，但絕對能延年益壽。

這法子說起來寥寥幾個字，但實行起來卻相當困難。首先絕戶地就不太多，帶著凶煞之氣的絕戶地就更少了。即使找到了凶煞的絕戶地，屍骨也非常難尋，陣法需要的十八具屍骨必須是同根同源，也就是說必須是有相同血脈的一家人。

像這種的只能去可以土葬、有祖墳的地方找找，一般祖墳就兩、三代人，根本就湊不齊這個數量。更何況有祖墳實行土葬的人家對先人的棺木十分敬重，也非常看重風水。他們講究的是入土為安，不會輕易遷墳驚擾先靈。即便是有什麼迫不得已的原因非要遷墳，他們也會尋個好的風水先生找個興旺子孫的好地方，但凡有腦子的人也不會往絕戶地上遷。

王五鋒尋找了二十來年走遍了大半個國家，才碰到張蕪這個大傻子。這種人不坑他，王五鋒都覺得對不起自己這麼多年的辛苦。

自從布下這個陣法後，十來年都沒出什麼事，王五鋒原本覺得自己活到七、八十沒問題了，沒想到張蕪居然後悔了，最可惡的是還真的能找到比他還厲害的風水大師來破他的陣法。

心口又是一陣難忍的蝕骨般的疼痛，王五鋒腿一軟重重的摔在炕上。他撐著胳膊想坐起來，手心卻突然打滑，他這才發現自己的皮肉正往外滲出粉紅色的血水。

「把我的箱子打開。」王五鋒看到手掌上蹭掉的大塊皮肉，眼睛發紅的盯著張作。「箱子裡有一個漆木小罐，你取出來。」

「好的師父。」張作從王五鋒的腰帶上取下來一串黃銅鑰匙，小心翼翼的打開炕上的雕花箱子上的鎖。

箱子裡沒有太多東西，只有幾本破爛的書，一個羅盤、三個裝藥的瓷瓶、一沓符紙，另外還有黑色的漆木罐子。

此時半坐在炕上的王五鋒又軟軟的癱了下去，身體流出來的血水已經布滿了整個炕蓆，他疼得連伸手的力氣都沒有，只能虛弱的催促著張作。「快，快點！」

張作將手伸進箱子裡，但是他沒有拿漆木罐子，而是將旁邊的那幾本書拿了出來，一頁一頁翻看著。

王五鋒眼睛疼得突了出來，面露猙獰之色，用盡全身的力氣說道：「我讓你、拿……罐……子！」

張作慢條斯理的翻著書，沒多久就從裡面找到了自己需要的內容，書上面畫著一個漆木小罐子，看著和這箱子裡的一模一樣。

「替身法……」張作輕笑著朝王五鋒揮了揮手裡的書。「你都這副田地了還想害人，我覺得這個好東西給你用實在是浪費了，不如留給徒弟如何？」

看著王五鋒猛地睜大的眼睛，張作大笑著用鑰匙將房間裡的另一個櫃子打開，裡面一疊疊的都是現金。

「師父，我還真得感謝你這連銀行都信不過的毛病，要不然我還真不敢拿你的卡去領錢。」將所有的錢都裝在了行李箱內，張作又將符紙、瓷瓶、漆木盒子單獨裝在背包裡，這才繼續去翻看那幾本舊書。「你這書上有沒有說你幾天才能死啊？我乾脆直接放火把你燒了，反正這裡又沒人來，等別人發現的時候你早都化成灰了。」

王五鋒此時已經說不出話來，他的眼睛此時鼓得像金魚一樣惡狠狠的盯著張作，喉嚨裡發出咕嚕咕嚕的響聲。

「這麼快就說不出話來了？是不是喉嚨都化成水了？」張作抱著胳膊居高臨下的看著他扭曲的面容，痛快的大笑起來。「真舒坦啊，沒想到有生之年能看到你這副模樣。一直以來你都拿我當孫子使喚，我今天就讓你看看我們倆誰是爺爺。」

張作說著將放在廚房裡的五十斤純糧食釀的白酒推到屋裡，這白酒是今年剛從附近農村買的，足足有六十二度，王五鋒每天都要喝兩杯。

「你不是喜歡喝酒嗎？我今天好好餵餵你！」張作用勺子盛出一舀白酒淋在王五鋒的身上，濃烈的白酒滴在破損的皮膚上發出輕微的嗤啦聲，讓意識有些模糊的王五鋒硬生生的又疼醒了。

一舀又一舀，除了王五鋒的身上以外，張作將白酒灑滿了整個房子。張作看著睜著眼睛只有進氣沒有出氣的王五鋒，十分愉悅的揮了揮手。「王大師，永別了。」

劃燃的火柴落在王五鋒的身上，張作大步的朝外面走去，等出了院子後他又從包包裡取出一張符紙折成紙飛機丟進窗口，農家小院瞬間被火海包圍。

看著最後一口棺材運下了山，張蕪打了個電話給妻子得知女兒平安無事後，他懸著的那顆心才落了下來。

一個雇來填土的當地人忽然跑了過來，神色有些慌張。「張總，我看到山那邊在冒濃煙。我記得那裡沒什麼人家，只有一片林子，是不是林子著火了？」

張蕪站在山上往冒煙的地方看去，那一片除了荒地雜草只有一片面積不太大的林子，此時那裡濃煙滾滾，看來火勢不小。

張蕪趕緊打電話報警，因為這附近多山，為了防山林火災，這裡有支消防隊，不到十分鐘就趕來了，用高壓水槍將火勢壓了下去。

張蕪見沒什麼事了便不再關心那裡，等遷墳上供的事都忙完了，才聽到來看熱鬧的當地人在議論紛紛。「……有一具屍體……腿都燒沒了……」

「沒有證件也看不清臉，不過說腦門上有個挺大的紅痦子，看起來像個桃似的。」

張蕪猛然抬起頭，他現在依然十分清楚的記得王大師的長相，臉挺大、額頭上有一個紅色的痦子，正是桃子形狀。

林清音不像王胖子好奇心那麼重，況且她當初破那個陣法的時候就已算到被陣法反噬的後果，因此她調侃了王胖子兩句後便將心思放回正事上。「姜維，我們今天補物理吧。」

姜維昨天剛替林清音寫完物理作業，也算是重新溫習了高一物理的課程。他從包包裡把帶回家的高一物理課本拿了出來，還沒翻開就見林清音拿了一本初二的物理課本遞過來。

「我們從頭補！」

姜維覺得牙有些疼。「這也太從頭了吧？妳去年中考物理考了多少分啊？」

林清音一本正經的回答。「我中考數學物理都是滿分。」

姜維被林清音給逗笑了。「妳物理滿分的話還叫我給妳補物理幹麼？」

「我忘了啊！」林清音理直氣壯的打開課本。「別傻笑了，講吧！」

姜維倒抽一口氣，心道：妳可真是我祖宗！

姜維以為林清音說她中考物理得滿分的話是開玩笑，可是講起課來才發現她真的是一點就通。只是像他這麼多年沒有接觸過物理書都能找回國中的知識記憶，他覺得林清音怎麼也不應該把國中的物理知識給忘掉才對。

但給林清音補了這幾天的課，姜維已經習慣了小大師從什麼都不會到一講就全會做的變態學習能力。不得不說，給這樣的學生講課十分輕鬆，不管講得多快多難，只要將重點給她串起來，她就能全部理解。

物理的知識對於林清音來說十分新奇，隨著姜維帶她複習國中的物理課程，她也從原主的記憶裡將力、光、電這些東西對她來說全然陌生的東西翻了出來，將它們融為自己的知識。

兩個人一個講得流利一個聽得認真，跟著來混學習氛圍的王胖子也不甘示弱，捧著一本舊書搖頭晃腦的背誦著晦澀難念的古文。

請假回來的鄭光燕站在自家大門外，聽到屋裡傳出來男人說話聲臉色有些發白，她想開門進去又擔心撞見什麼自己不能接受的，一時間十分猶豫。

聽到動靜的王大媽躡手躡腳的走到門口從貓眼上看一眼，她見鄭光燕站在門口發愣頓時有些奇怪，剛要推門出去又想起了什麼，連忙捂住嘴貼在門上向外張望。

在外面站了十來分鐘，鄭光燕終於鼓足了勇氣擰開大門上的鎖，輕輕的推開房門。

正如林清音那天說的，一個二十出頭的男子正拿著筆聚精會神的給林清音講課，林清音認真的看著他寫出來的一串串公式，時不時的點頭附和。一個三十多歲的胖子獨自坐在沙發上，也不知在背誦什麼東西，鄭光燕屏住呼吸聽了兩句，頓時對這個胖子肅然起敬。

能背出這麼深奧到讓人一句都聽不懂的東西，這一定是專門研究古文的專家吧？學問一定很好！

對門的王大媽見鄭光燕開了門，興奮地將門打開，三兩步的就跑進人家屋裡睜大了眼睛，只見到房間裡一派和樂融融的學習景象。

鄭光燕開門的時候幾個人都沒注意到，但是王大媽跑過來的動靜實在是太大了，三個人不約而同的抬起頭來，鄭光燕也瞪大了眼看王大媽。

見四個人都詫異的看著自己，王大媽訕訕的往後退了兩步。「還真是來學習的啊。」

鄭光燕有些不太高興的扶著被王大媽撞到的腰，噼哩啪啦朝王大媽噴火。「王大媽，妳這樣就過分了吧？要是我這麼衝去妳家妳樂意嗎？再說了，妳來我們家看什麼啊？妳說說我們家有什麼好看的呀！」

鄭光燕往前走了一步，將王大媽逼出門外，扠腰怒斥。「我們家孩子請了老師回來補課，妳看把妳興奮的，天天像看賊似的！」

王大媽和林清音家住了十來年的鄰居，還是第一次見鄭光燕發這麼大的脾氣，頓時臉上有些掛不住的替自己解釋。「我這不是擔心孩子嗎？怕他學壞了！」

「那妳關心關心妳孫子行不行，天天網咖玩遊戲，和個野孩子似的妳不管，對我家清音倒是挺上心，妳是不是忘了自己姓啥了？」

鄭光燕故意將聲音放到最大，將左鄰右舍的人都引了出來，這才在心裡悄悄的鬆了口氣，臉上卻依然是憤憤不平的樣子。「大家給評評理，我們清音暑假請了老師在家補課，這王大媽一天二十四小時的盯著，剛才都衝我們家裡看了，這是什麼心態？把我們家清音當什麼人了？」

左鄰右舍都伸長脖子往林家看一眼，只見客廳的桌子上堆滿了書，林清音和一個小夥子正拿著筆一臉茫然的朝外面看，似乎不明白外面發生了什麼事。

想起這兩天王大媽和她們八卦，鄰居們一時間都有些尷尬，紛紛跟著鄭光燕譴責王大媽。「王大媽妳也真是的，小姑娘的閒話是可以亂說的？再說我們家清音可是中考狀元！妳把她想成什麼了？」

正看熱鬧的姜維詫異的看了林清音一眼，沒想到小大師沒有騙自己，她還真的是中考狀元？不過現在這中考狀元都這麼水了嗎？這都什麼記性啊！高中沒上完國中的內容就忘光了，這學習能好嗎？

送走了鄰居，鄭光燕鬆了口氣。按照她的性格是不願意和人吵架。可她實在是怕王大媽那張嘴到處胡說八道影響女兒的名聲，所以才故意吵一架把鄰居都引來看個究竟，以後王大媽再聊清音的事就沒有人會信她了。

拎著買的水果進來，鄭光燕笑道：「剛才讓你們看笑話了，我鄰居那大媽真是讓人頭疼。對了，我聽清音說請人回家補課，所以趕緊買了些水果回來。」

王胖子和姜維都十分恭敬的站起來打招呼。姜維只比林清音大六歲，他十分自然的叫了聲阿姨。王胖子就比較糾結，他是把自己當林清音的徒弟自處的，可若是他按照這個輩分稱呼奶奶什麼的，他怕小大師的媽媽會直接昏過去。

猶豫了半天，王胖子叫了聲大姊，十分嘴甜的誇道：「大姊，我叫王虎，叫我王胖子就行。您長得可真年輕啊，我都不知道該怎麼稱呼您，叫您姊都怕把您叫老了。」

鄭光燕被王胖子逗得開心得合不攏嘴，趕緊把西瓜切好放在桌子上，挑了最好的遞給了姜維和王胖子。

「真是麻煩你們了，大熱天的還跑來給清音補課。」鄭光燕看了看兩個人，有些好奇的問道：「你們和清音怎麼認識的啊？」

姜維毫無心機的說出實話。「就是前幾天早上在公園認識的，小大師幫了我家大忙。」

第十一章

「小大師？」鄭光燕愣住了。「這是什麼奇怪的稱呼啊？」

王胖子連忙朝姜維擠了擠眼，姜維立刻反應了過來，笑著打哈哈。「就是叫著玩的，小大……那個清音叫我小老師，我就順嘴叫她小大師。」

鄭光燕跟著笑了起來，可是心裡卻有些迷惑，總感覺女兒像是有什麼事在瞞著自己。鄭光燕剛回來的時候忐忑不安的，可一開門發現來的兩個男的真的是在和女兒學習，頓時覺得神清氣爽，臉上掛的笑容別提多燦爛了。

林清音和姜維看到鄭光燕回來根本就沒想那麼多，還是王胖子這個老油條想明白了，藉著聊天的機會使勁的捧姜維。「這是我們市的高考狀元。」說著還打開手機找到一個當年的新聞給鄭光燕看。「現在是帝都大學數學系的高材生，今年就要考研究所了。」

如果說剛才鄭光燕對兩人只是熱情的話，那現在看姜維的眼神簡直是要放光了。「高考狀元！還是帝都大學的，哎呀！」拍了拍激動到無處安放的手，鄭光燕都不知道說什麼好了。「阿姨這就做飯給你吃！」

一直埋頭啃西瓜的林清音聽見這句話，直接扔下手裡的西瓜皮一個箭步撲了過去。「媽媽媽媽，妳做飯煙太大、味太嗆，還是別做了。」

林清音覺得她媽對自己的廚藝認知絕對有問題，是什麼樣的自信才能讓她在外人面前想露一手啊！

「煙大嗎？」鄭光燕回頭看了看廚房，林家的廚房在北面的陽臺上，和客廳之間只有道老舊的推拉門。因為年頭太久了，門只能拉到一半，平時做飯油煙經常往屋裡竄。

想想自己家聲音特別大吸油煙效果又不好的老式抽油煙機，再看看桌子上鋪滿的書和練習冊，鄭光燕終於歇了一展身手的心思。「清音說得對，做飯耽誤你們學習。那不然，我請你們出去吃吧！」快速的估算一下皮包裡裝的錢，鄭光燕笑道：「家裡附近有家館子味道挺好的。」

王胖子連忙攔著。「別別別！大姊，我們都不是外人，和清音都很熟，您不用這麼客氣。清音說中午出去吃飯耽誤學習，所以我們已經點好外送了。」他打開外送訂單給鄭光燕看。「還有二十分鐘就能送到。」

鄭光燕本來就是趁著中午提前請一個小時的假回來的，既然家裡沒什麼事，他們又點了外送，鄭光燕決定還是趕緊回單位銷假，時間拖長了下次不好請。

看著茶几上的西瓜吃得差不多了，鄭光燕收拾乾淨，免得他們過來打掃。「我只是回來給你們送水果的，下次想吃什麼就告訴我，哪能讓你們給清音補課還自帶水果呢！」

姜維摸了摸頭髮靦腆的笑著。「阿姨妳別客氣，都不是外人，小大……那個清音幫過我的忙，妳就別見外了。」

林清音在旁邊點頭附和。「對對對，一點小忙。」

王胖子無力的捂住了眼睛，又趕緊笑容滿面的幫著兩人解釋。「清音特別愛助人為樂。」

鄭光燕心忖：你們越說，我就越覺得這個忙有點不普通。

不過家裡有外人，鄭光燕也不好意思仔細追問，客套了幾句以後拎著皮包準備回去上班。「那你們繼續學習吧，我得馬上回單位了。」鄭光燕揮了揮手。「等週末我再請你們吃飯，好好謝謝你們。」

王胖子笑著把鄭光燕一路送到門外，等關上門以後才鬆了口氣。

轉身回到客廳，見姜維已經準備繼續上課，王胖子趕緊擠到兩人中間插了一個問題。「小大師，你們家人知道你出去算命的事嗎？」

「肯定不知道啊！」林清音理所當然的說道：「他們沒問過我。」

王胖子看著林清音黑白分明的眼睛和一臉理所當然的表情覺得心很累。「那妳有沒有想過，如果妳媽發現妳在給人算命怎麼辦？」

王胖子一臉認真地說道：「我給人算命好歹算是家傳，主要也是我書讀不好沒考上大學，畢業以後出去工作薪水又少得可憐。妳想我可是有六間房，我每個月光房租就夠養活一大家子的了，我幹麼累死累活的去賺那兩千塊錢？還不如出去給人算命呢！賺到了我心裡高興，賺不到也有人聊天，總比待在家強。小大師，可是妳和我不一樣啊！」

林清音氣鼓鼓的看著他。「我哪裡不一樣？就因為我沒有六間房？」

王胖子被林清音的重點給氣笑了。「妳有嗎？」

林清音的氣頓時消了下去。「我沒有……」

「這不就得了。」王胖子無奈的說道：「其實重點不是在房子上，我是畢業無所事事，家裡人覺得只要我出門做點什麼都比在家傻待著好，可妳不一樣啊！」王胖子點了點桌子上的書。「剛才雖然和妳媽聊的時間短，但是也能看出來她對妳的課業十分重視，雖說沒指望妳和姜維一樣也考個高考狀元，但是她肯定是希望妳能考所好大學的。」

「我知道！」林清音很鬱悶的點了點頭。「要不是為了考大學我就不讓姜維給我補課了，其實我覺得去新東方學個廚藝就不錯。我都用手機查過，那裡頭教的東西真多，粵菜、魯菜、淮揚菜……」

王胖子有些後悔昨天回答林清音廚師都是哪裡畢業的這個問題了，他沒想到林清音的志向會這麼與眾不同！去新東方學廚藝是怎麼想的啊？還不如去香港唸個風水系呢，起碼畢業絕對沒問題。

發現自己的重點被林清音帶偏了，王胖子直接簡單扼要的給她提供了下問題的關鍵。「妳出去算命，妳媽媽一定擔心妳會耽誤學習，而且……」他有些糾結的抓了抓臉，不知道自己的這個問題犯不犯小大師的忌諱。

林清音看他一眼就明白了他想說什麼。「你是說我媽會問我和誰學到這身本事？」

王胖子鬆了口氣連連點頭。「畢竟像我這種祖傳是算命的比較少。」

林清音瞥了他一眼，都不好意思說他能力有多差，不過王胖子說的問題倒是應該好好想想的。其實林清音剛出去給人算命的時候，根本沒想那麼多，她原本只有賺錢買靈玉修煉這個念頭，可最近和人打交道多了，她也知道應該要考慮家人的想法。

算命是必須要算的，替原主照顧好父母完成考大學的心願固然重要，但是她的修煉也不能放棄。

林清音思索了片刻，覺得若是媽媽真的發現了也沒什麼，反而是自己發愁該怎麼把錢給他們了。現在最關鍵的是傳承問題……外人只關心她算得準不準，而家裡人卻會問她是從哪裡學來的？

「我若說這是我的天賦，你們會不會相信？」

王胖子一言難盡的看著她。「妳覺得呢？」

「可事實就是如此啊。」林清音十分自然的說道：「比如說我讓你給姜維看面相，你能看出什麼？」頓了頓，林清音強調。「說實話，別扯你那套騙人的話。」

王胖子盯著姜維看了幾眼。「長得挺帥的。」

姜維一聽，美滋滋拍了拍王胖子的肩膀，一副哥倆好的樣子。「胖哥，雖然我知道你本事很菜，沒想到你眼光還滿好。」

王胖子伸手將姜維的手拍掉。「聽小大師說。」

「我能看到他鴻運當頭，命宮處盤旋明亮的紅黃氣息，我能看出他福壽綿長。我還能通過每個人的面相看出這個人的雙親是否康健，何時娶妻、有幾個孩子……」林清音神色淡淡的說道：「我能看見人的氣運，所以即使那天姜維坐得那麼遠我也能看出他被晦氣籠罩，才把他叫了過來。」

「我去！您這是開天眼了吧？」王胖子湊過來使勁瞅著林清音的眼睛。「咦，我好像發現特別之處了，小大師的眼睛特別清澈，水汪汪的，好看！」

林清音無語的看著他。「你也就這點功夫了。」

王胖子訕訕的摸了摸腦袋，尷尬的往後退一步。「小大師妳繼續說。」

「除此之外，我對算卦風水這些東西天生就有感悟。」林清音說著將王胖子手裡的書拿過來。「你這本書背了老半天，而我只看一遍就可以記住裡面的內容，不用旁人教就明白怎麼實踐。」

王胖子聽了這番話，心裡頓時像是裝一顆檸檬似的，從裡往外的發酸。「小大師，您這天賦也太好了吧，還要不要給我們普通人活路了。」

「知道這種別人輕易得到，自己卻沒有的滋味了吧？」林清音笑呵呵的看著他，忽然話音一轉冷下臉來刺了他一句。「所以你有六間房子的事以後少說！」

姜維拍著桌子大笑起來，王胖子舉手投降跟著笑了，末了忍不住問道：「小大師妳剛才說的是真的啊？」

林清音一臉認真。「是真的啊，騙你又沒有錢賺。」

王胖子鬱悶的嘆了口氣，抱著書又縮回沙發上開始背誦。人比人真是氣死人啊！

林清音看著王胖子沒有對自己的話產生懷疑，嘴角微微翹了起來。

她並沒有說假話，她修煉仙法，又是神算門的人，用肉眼看出人的氣運是再簡單不過的事情。後面說的話也是真的，有修煉天賦的人不少，但是同時有術數天賦的卻寥寥無幾，要不然她也不會被神算門一眼看中，一進門就直接成了嫡傳弟子，後來又被掌門選為繼承人。在術數一途，沒有人敢和她比天賦，她隱瞞的不過是自己的出生年代罷了。

林清音的視線落在王胖子手裡拿著的書上，決定自己也造一些「傳承」出來。「胖子，你下午幫我買一些筆墨紙硯回來。紙張不要太白，要有些老舊感覺的那種。」

最近，市民公園的大爺、大媽們每天早上除了散步跳廣場舞以外還多了個愛好，那就是聚一處聊關於小大師的話題。

人都有從眾心理，老年人更是如此，要不然那些健康食品也不會光哄騙這些大爺、大媽們了。起初找王胖子預約算命的人，多少都是有些為難事的，比如說想做一個至關重要的決定卻猶豫不決，或是家裡事事不順想讓大師看看哪裡出問題，可後來算命的原因就五花八門了，甚至有的認為自己不去算一卦都趕不上潮流。

有來算命的就有來看熱鬧的，一看這位小大師算的無一不準，心動的就更多了。見這麼多人追捧小大師，那些算過命又應驗的也樂意分享經驗，尤其是上次算出了喜事將近的劉大媽，恨不得全世界替小大師做宣揚，坐個公車都能和後面的小夥子講一路，聽得小夥子一臉愣。

找小大師算命的人越來越多，可鬱悶的是小大師她不會天天來，好在小大師說了有特別急的事可以和王胖子說，在其他的時間單獨給算。

林清音每天早上三點都準時起床修煉，平常都修煉到八點左右，可若是出門算卦，就只能修煉到五點了。

這天又是定好的算卦日子，林清音花幾分鐘洗漱，五點十分就準時出門了。

鄭光燕一直對林清音說的給姜維幫了一點小忙的事感到不對勁，是幫多大的小忙才能讓一個高考狀元天天來家裡補課，還一講就是一天。鄭光燕換算了下行情，若是付費的話，一天的補課費就差不多她一個月薪水的。

她也對林清音三不五時一大早出門的事有些好奇，之前順口問，清音只說去市民公園，卻沒告訴她為什麼那麼早去。

聽著輕輕的關門聲，等了兩天的鄭光燕從床上坐起來，快速的洗漱刷牙換衣服，等她出門的時候已經看不見林清音身影了。

鄭光燕知道林清音去的是市民公園，所以她也沒往別的地方找，直奔公園而去。八月底的天氣也就早上稍微涼快一些，上了年紀的人睡得少，早上起來都喜歡來公園裡走走，活動筋骨。

鄭光燕一進來就被這些人感染到了，有跳廣場舞的、有做早操的，還有快走、慢跑的。她看著身邊的人都卯足勁甩著手走得飛快，也不由自主的加入他們中間，心想著反正也不知道林清音此時在公園哪個角落，跟著他們走一走說不定就瞧見了。

剛走了沒多久，鄭光燕發現加入快走隊伍的人越來越多了，有的人還走著走著跑了起來，嘴裡都嚷著「快點快點」，這一喊就有人著急了，快走的隊伍很快變成了小跑，你追我趕的好不熱鬧。

這積極向上的運動精神可真好！怪不得這些大爺大媽們看來都這麼硬朗呢！

鄭光燕被激勵，精神抖擻走得飛快，甚至琢磨著以後隔三差五也來走走，免得上了年紀身體不好拖累了清音。

「已經來了，趕快啊！」忽然不知道誰喊著，鄭光燕看到自己身邊的人呼拉一下子朝不遠處的一棵巨大的古樹圍了過去，她剛一遲疑腳步慢了兩步，就見原本在她身後的人全都超前了她，奮力的朝古樹跑去。

「哎喲，今天可晚了，也不知道能不能擠到前面了。」鄭光燕聽到一個懊惱的聲音，她轉過頭去就見一個大媽一邊跑，一邊鬱悶的叨唸。「昨天忘了看手機了，我不知道小大師今天來，要不然我四點就在這等了！」

小大師？鄭光燕疑惑的皺了皺眉頭。這稱呼怎麼聽起來這麼耳熟呢？

還沒等想明白鄭光燕就順著人群來到了古樹底下，此時先來的人都已經很有經驗的在旁邊坐下，給來算卦的人留出通道。

鄭光燕伸頭一瞅，忽然僵住了。

她家女兒居然坐在樹底下，一群人樂呵呵的和她打招呼叫她小大師。

鄭光燕一拍巴掌忽然想起來了。

怪不得這稱呼這麼耳熟，那天姜維就是這麼稱呼林清音的啊！

女兒，妳坐在樹下幹麼？妳是想成仙啊！

鄭光燕雖然震驚的想將林清音拽過來問問是什麼事，但是看到旁邊坐了這麼多人她還是忍住了，四處看看找了個人多的地方，學別人的樣子盤腿坐在地上。

鄭光燕沒有太高的文憑，也沒看過教育孩子的書，她只用最樸素的方式和孩子相處，覺得在外面要給足孩子面子，凡事要聽聽孩子怎麼想的，只要孩子不想說的事她絕對不會去逼問，免得讓孩子覺得難堪。因此她雖然被眼前的這一幕震驚了，但她依然下意識找地方躲了起來，免得讓女兒尷尬。

坐在草地上，看著被一群人圍著的女兒，鄭光燕覺得有點頭大。她猜測了林清音早上出門的很多種可能，甚至想到了她可能在打工賺零用錢這件事，可是她猜的是送牛奶、送報紙之類的，卻萬萬沒想到林清音居然選擇了算卦這條路。

「她真的會算嗎？」

鄭光燕忍不住小聲說了出來，旁邊搖扇子的大媽聽見以後不太樂意的瞅了她一眼。「妳是不是第一回來這？」

鄭光燕「啊」了一聲，才發現旁邊的人是在和自己說話。

「我本來是打算來公園活動活動的，剛才看見好多人往這邊跑就跟著來了，沒想到居然都是來看算命的。」

「怪不得妳不知道小大師的名頭，原來是第一次來。」大媽驕傲的昂起了頭。「我都來兩回了。」

鄭光燕聽得目瞪口呆。

這有什麼好自豪的啊大姊？是想告訴我妳閒得慌嗎？

鄭光燕總覺得來這裡算命的人也不太正常，不過話說回來，正常人誰會找半大的孩子算命啊！

心裡正嘀咕著，鄭光燕眼睜睜的看著一個老太太掏出一疊鈔票遞給自己女兒。「小大師，我想算算我兒媳婦肚子裡的孩子是不是孫子？不瞞您說，我家已經三代單傳。」

林清音抬頭看了她一眼，將那筆錢丟了回去，冷冰冰的說道：「這種問題不算，下一個。」

大媽一臉憤憤不平，剛要說話就被旁邊看熱鬧的大爺、大媽們給說了回去。「國家都規定了禁止鑑定嬰兒性別！」

「就是，什麼年代了還重男輕女，說出去讓人笑話。」

「妳來問這事妳媳婦知道嗎？妳就不怕她和妳吵起來。」

大媽被臊得拿著錢氣呼呼的走了，排到二號的一對老倆口拉扯著走了上來。「大師，我們想尋人，不知道能不能算？」

林清音的目光在兩人臉上停留了幾秒鐘，開口說道：「你們命中有兩個兒子，從面相上看長子親緣淡薄，丟的是大兒子？」

「對對對！我家大兒子是五歲的時候走丟，找了一年實在找不到我才又生了老二。」老太太激動的直點頭，轉身還拍了老頭一巴掌。「我就說大師算得準吧。」

老頭此時也顧不得和老太太鬥嘴，又是緊張又是害怕的問道：「可以找到嗎？」

「有八字和照片嗎？」

老太太早就把東西準備好了，寫好的紙條上不但有走失的兒子的八字，就連他們老倆口和小兒子的八字都在上面。照片更是拿來好幾張，除了大兒子從一歲到五歲的照片，還有現在的全家福。

王胖子探頭一看，笑呵呵的看著老太太。「你們準備得真充足。」

老太太很認真的回道：「自那天從你這兒排到號我就開始準備了，多準備點東西，大師能看得更清楚不是嗎？」

林清音把所有的照片都翻看過，又看了一眼全家人的八字，忽然開口問道：「你小兒子是不是這幾天去南方了？」

「是的！」老頭猛然從折凳上站了起來。「前天去香港了，明天就回來。」

林清音點了點頭。「你給你小兒子打個電話，和他說在山上遇到聊得投緣的人不妨多說多問幾句，也許會有意外之喜。」

老倆口驚喜的互相對視一眼趕緊掏出手機打電話給兒子，旁邊原本急著算命的人見狀也不催促，都緊張的盯著老倆口。

「小輝啊？你今天是不是去什麼山了？」老頭問完了緊張的等著回話，幾秒鐘後驚喜的朝老伴點頭。「說是在香港的大嶼山呢，昨天下午就去了。」

老太太急得直跺腳，她嫌老頭囉嗦，一把將手機搶了過來，噼哩啪啦的說道：「小輝啊，我今天找了個大師算了算你哥哥的事。大師說了，你在山上要是遇到聊得來的就多問問家裡的情況，說不定就是你走失的哥哥。」

第十二章

電話那頭的李輝捂著額頭十分無奈的搖了搖頭，應付的答應了兩聲便掛斷了電話。

「這老倆口可真是的。」李輝和對面的男人抱怨。「我一不在家就出去算命，還讓我見人多問問，說不定就能遇到我當年走失的哥哥，這不是瞎扯嗎？」

對面的人說話帶著港腔。「我們這邊的人也比較信這個，大事小事都喜歡去算算！更何況是丟孩子這麼大的事，自然是要多碰碰運氣的了。」

「說得也是。」李輝有些惆悵的嘆了口氣。「只是我哥都走失三十年了，人家要是想相認，早就找回來了。不過這話我不敢和我爸媽說，老倆口執念很深呢！我家以前住的是廠區員工宿舍，一樓有個小院，別人家院子不是搭倉房之類屋子放東西就是種一些棗樹、石榴樹，到了秋天果子多得都吃不完。就我家的院子裡啥也沒有，院子裡被我爸弄得高一塊矮一塊的，說是我哥哥小時候最喜歡玩打仗的遊戲，這就是他和我爸爸的戰場，兩人一人指揮一組坦克車，天天模擬對戰，我哥走失的那天，就是因為他和我媽上街的時候口袋裡裝著的小坦克不知怎麼掉哪兒了，我媽說吃完飯帶他去找，結果做完飯出來發現院子的門開著，我哥不知道跑去哪兒了。」

李輝擦了擦眼角，聲音有些發澀。「後來工廠倒閉了，我們那一帶要拆遷蓋商場，我爸媽哭得死去活來的，說我哥要是回來了就找不到家了，也吃不到隔壁劉大娘家的石榴了。」李輝說著有些苦澀的笑了起來。「劉大娘家的石榴特別酸，我們都不愛吃，我才不信我哥喜歡吃那個呢。」

李輝絮叨了半天，等說完才發現對面的男人表情看起來有些怪異，他這才發現自己剛才情緒有些失控了。「抱歉張先生，說了這麼多家裡的瑣事，讓你見笑了。」

「李輝？你姓李對不對！」張先生有些語無倫次。「你爸爸也姓李嗎？」

李輝有些詫異的看了他一眼，哭笑不得的說道：「我當然姓李了，我是我爸的親兒子。」

「你家是住在紡織廠的宿舍嗎？」張先生有些激動又有些懊惱。「可是我記不起來我家在什麼地方，也想不起來我父母的名字，我甚至連我的大名都不記得，我只記得我媽叫我大寶。」

李輝猛然睜大了眼睛，兩人四目相對，張先生聲音有些發顫。「不瞞你說，我小時候是被人拐走的，被人帶著去了好幾個地方，直到被養父帶到香港才安定下來。」

他看著李輝眼睛裡泛著淚花。「我小時候的記憶太少了，但是我一直記得爸爸和我一起趴在院子裡衝鋒陷陣的情景，我媽說整個紡織廠的孩子就沒一個像我衣服壞這麼快的。」

李輝吞嚥了下口水，有些呆滯的回想剛才老倆口打電話時說的話，讓他遇到聊得來的人多問問，說不定就能找到走失的哥哥。

這是找哪個大仙算的？找了三十年的哥哥居然真就這麼碰上了？這也太離奇了吧！

李輝不知道該說什麼好，他趕緊從口袋裡掏出手機。去年老太太說家裡的老照片都泛黃發皺了，也不知道還能保存幾年，他便把那些照片都送去翻拍處理，手機裡正好有處理過的照片。

張先生認真的看著李輝手機裡的照片，每一張都仔細看好幾分鐘，其中有一張是孩子和爸爸趴在凹凸不平院子裡，兩人雖然都灰頭土臉的，但臉上卻掛著最燦爛的笑容。

張先生的手指輕輕的在照片裡兩個人的臉上劃過，視線最後落在兩人身後的房子窗臺上放著一盆長得十分茂盛的吊蘭，吊蘭上綁著五顏六色的小花。

「媽媽，為什麼我們家的吊蘭不開花？一點都不好看！」

「那我們一起給吊蘭做一些小花好不好？」

「要好多顏色的，紅色、綠色、藍色、粉色，還要黑色的！」

「誰家的花是黑色的啊？」

「我們家的啊！」

模糊的記憶漸漸清晰起來，母親的笑聲似乎就在耳邊，張先生看著吊蘭上那朵與眾不同的黑色小花，眼淚掉了下來。

「李輝，你訂的機票是哪天的？我想和你回家！」

「海草海草……隨風飄搖……海草海草……浪花裡舞蹈……」震耳欲聾的手機鈴聲響起，是一首流行歌，正聚精會神看小大師算命的圍觀群眾們都有些不滿的順著聲音看過去，就連林清音都將說一半的話停了下來，抬頭朝那個剛剛算過卦的老太太看。

老太太手忙腳亂的將電話從包包裡翻了出來，其他人見狀收回視線轉頭繼續看著小大師，誰知林清音卻望著老倆口沒說話。

「小輝啊！什麼找到了？他說他叫大寶？對對對！就是叫大寶！你趕緊看看他左邊屁股上有沒有一塊紅色的胎記，像朵雲彩似的！」

老太太已經忘了周圍的人，兩手拿著電話聲音高了八度，眼淚花花的往外流。「什麼？他不讓你脫他褲子？這個孩子！」

也不知道對面說了什麼，老太太又是哭又是笑的，好半天才把電話放下。

附近一片安靜，還是老頭子率先反應過來，嘴唇哆哆嗦嗦的問道：「小輝說什麼？」

「小輝說他們明天就回來，還說……」老太太看著老頭滿臉是淚的笑了起來。「大寶問你記得嗎？上次打仗你輸了，欠他的新坦克還沒買呢！」

「買，我馬上買！」老頭聽了也跟著笑了起來。

可笑著笑著兩人就嚎啕大哭起來，丟了三十年的兒子啊，終於找到了！

旁邊的人看著也跟著抹淚，一群人上前遞紙巾祝福他們，兩人哭了一場，心裡壓了多年的石頭也卸了下來，他們實在沒想到丟了三十年的孩子居然能用這種方法給找回來，簡直太難以想像了。

老倆口擦了擦眼淚，非常有默契的將口袋裡的錢全都掏出來又湊了七、八百。

「小大師，太謝謝妳了，我們今天沒帶太多錢，明天我們再送來！」

林清音一伸手將錢推了回去。「算命一千就夠了，你們又不須我破災解難的，不用額外給錢。況且你們和長子的親緣雖然淺但並未斷絕，即便是今天沒找我算卦，日後你們也有其他的機緣相認的。」

「那還不知道要等到什麼時候呢，我們都六十來歲的人了，可真的等不起了！」老太太滿眼淚花的笑了起來。「不管怎麼說小大師您都是我們老李家的大恩人，明天我家大寶和他弟弟坐飛機就回來了，到時候我們家擺酒請客，去最好的飯店，您幫我們見證見證。」

林清音聞言有些糾結。「最好的飯店啊？可是我作業還沒寫完呢……」

老太太和圍觀群眾都無語了。

小大師居然還要寫作業，跟自家調皮的孫子孫女似的！

王胖子已經十分了解林清音的吃貨本性，知道她想去，機靈地狗腿獻計。「讓姜維寫，反正他都幫妳寫那麼多了，也不差剩下的那幾門。」

鄭光燕不禁瞪向王胖子。怎麼可以慫恿女兒偷懶！

老倆口千恩萬謝的走了，林清音收起心思給最後一個繼續算命，此時旁邊圍觀的人已經有些坐不住了，竊竊私語討論剛才那一幕。

「說起來小大師自從來這裡算命，都救了好幾戶人家了吧？」

「可不是？那個姓馬的小警察胃癌早期的手術剛做完，連化療都不用，過幾天就能出院。幸虧小大師提點了他，要是拖上半個月、一個月的可不會像現在這樣，好得這麼快。」

「還有那老姜家，他家都倒楣成什麼樣了，公司破產、工廠倒閉、別墅車子都賣了，他家孫子去論文口試的路上，走路腳滑摔暈了過去，差點都沒能畢業。要不是小大師看出了問題替他家解決了，他家現在哪能那麼順啊？我看姜大媽最近意氣風發的，說他兒子的生意又火紅起來了。」

姜家？

鄭光燕轉頭問那個自稱來圍觀了兩次的大媽。「他們說的姜家是不是有個高考狀元啊？」

「對啊，叫姜維，就是他把小大師請回家的。」

鄭光燕這才明白，怪不得姜維天天來自己家義務給林清音補課，怪不得除了補課還幫林清音寫作業，怪不得除了補課寫作業還自帶水果，這哪是幫了小忙啊？

鄭光燕覺得，就是自家女兒讓姜維替她考試，說不定姜維都會同意！

看著坐在人群中侃侃而談的女兒，鄭光燕心情十分複雜，這是什麼時候學的算命啊？她怎麼一點都不知道啊？不過……

鄭光燕捂住了臉。「算得好像還真的挺準的，我都想算一卦了！」

「想找小大師算卦得從胖大師那裡預約。」旁邊的大媽指了指王胖子。「不過聽說現在預約的人可多了，都排到兩個月以後了。妳要是有急事可以提前和胖大師說，他單獨安排時間，不過這種的要一千五。」

鄭光燕心情十分糾結，找女兒算卦還真貴，得花她這麼多的錢呢。

給最後一個人算完卦，林清音站起來朝媽媽這邊走了過來。其實她媽媽跟著人群過來的時候林清音就看到了，只是她見媽媽偷偷摸摸像作賊似的，她便沒說破。

眾人見林清音過來都興奮的從地上爬了起來，心情就和粉絲遇到了偶像一樣激動。鄭光燕見狀剛想溜走，就發現女兒正在看著自己，只能灰溜溜的站了起來，表情像個犯錯的孩子似的。

「媽，妳今天休息？那我們一起回家吧。」

旁邊大媽看了看林清音，不敢置信的又看著鄭光燕，一副被欺騙了的氣憤表情。「妳告訴我妳第一次來。」

鄭光燕尷尬的笑了笑。「確實是第一次來。」

「妳還問我小大師算卦靈不靈驗！」

「她又沒給我算過！」

大媽看了看林清音，一咬牙一跺腳將鄭光燕的手臂抓住。「看在我給妳答疑解惑，妳替我和小大師商量商量，讓我插個隊吧。」

鄭光燕點頭。「不過插隊的價格是一千五，剛才妳告訴我的。」

大媽倒抽一口氣，頓時後悔：我剛才多嘴什麼啊！

鄭光燕心情複雜的跟著女兒回了家，一進門不等媽媽發問，林清音就把之前和王胖子商量的話又對媽媽重複一遍，還回房間把自己親手寫的秘笈拿了出來。

鄭光燕小心翼翼的翻看一下，裡面的字她不但不認識，就連圖案她也看不明白。「這都寫什麼啊？」

林清音隨便指著一行念了兩句。

鄭光燕垮下臉。「聽不懂。」

「聽不懂就對了。」林清音輕咳一聲，十分自然地說道：「媽妳沒這天分。」

鄭光燕對此倒是認同，自己當年上學時候成績就平平，怎麼可能會這種晦澀難懂的東西？只是……

鄭光燕糾結的問道：「妳自學這個就算了，怎麼突然想要出去給別人算卦了？」

「為了賺錢啊！」林清音說道：「媽，妳和爸爸太辛苦了，這樣勞累下去對你們的壽命有損的。你們聽我的，現在就把工作辭了，我在家門口給你們租間小店，你們賣點雪糕、鴨脖子或水果什麼的。」

鄭光燕聽得心裡暖暖的，眼眶也有些發紅。「不用了，我們倆幹什麼賠什麼，妳賺的錢妳自己留著就行。」

「放心，你們開店我會根據你們的八字布一個陣法，雖然不會讓你們發大財，但肯定比現在賺得多，也能輕鬆一些。」

林清音進房間裡拿出一個袋子和兩枚玉墜。「命不是一成不變的，強行改命不可取，但透過自身的變化來改變命格卻是可為的。這玉墜是我按照妳和爸的八字做的護身符，可以強身健體保平安，你們隨身戴著，我保證你們以後順順利利的。」

鄭光燕接過女兒手裡的玉墜心裡說不出是什麼滋味，自己沒能為女兒創造良好的條件，反而讓十幾歲的孩子替做父母的操心。

林清音看著媽媽把穿著紅繩的玉墜戴到脖子上，又把手裡的袋子遞給了她。「這裡面是二十萬，是我給爸做生意的本錢，現在就讓爸辭職回來吧。」

鄭光燕紅著眼睛點了點頭，嗓子像是被什麼東西糊住了，澀澀的有些發苦。她伸手摟住林清音，將她緊緊的抱在懷裡。

林清音渾身都僵住了，前生今世加起來她已經上千年沒和別人這麼親近接觸了，就連上輩子她的娘親也沒這麼抱過她。可是現在，媽媽的身體暖暖的，那種血脈相連的悸動讓她充滿了安全感，讓她捨不得脫離這個懷抱。

母女倆默默的抱了好久，鄭光燕在控制住情緒後終於鬆開了林清音，也想起了讓她忘記一早上的大事。

「清音啊，爸爸媽媽會努力開店賺錢，妳還是要以學業為主啊！」

林清音點了點頭。「我知道的，我還要考大學。」

鄭光燕鬆了口氣。「還有五天就開學了，妳暑假作業寫完了嗎？」

林清音嘴巴開開一愣。

鄭光燕又道：「妳之前是不是讓姜維替妳寫作業了？」

林清音點了點頭。

鄭光燕皺眉。「趕緊回房間寫作業去！不許再讓姜維幫妳寫！」

林清音不敢置信的看著剛才讓自己感到溫暖的媽媽。

變臉也太快了吧！這難道就是姜維所說的人間真實嗎？

林清音被灰溜溜的攆回房間，鄭光燕看著袋子裡一疊疊的錢心情複雜，這是要給多少人算命才能掙這麼多錢啊？

鄭光燕本來只請了半天的假，但現在也不用回去上班了，當務之急是趕快把清音爸爸叫回來商量開店的事。

清音爸爸林旭白天在一家化工企業上班，下班後還兼職當外送員。化工企業是不允許將手機帶進生產區的，鄭光燕在上班的時候很少打電話給他，只有特別緊急的事發生才會打電話到辦公室，讓辦公室的人員喊一聲。

化工廠上班的時間很早，六點半左右差不多就要到，七點之前就要到崗位上工作了。雖然勞動度很大，但是薪水比其他公司要高不少。

電話來時，林旭正埋頭往機器裡倒原料，辦公室的人匆匆忙忙跑過來喊林旭。「你老婆有急事打電話找你，讓你回個電話。」

林旭心裡一沈，連忙把手裡的料桶放下，一邊緊張的猜測家裡是不是出什麼事了，一邊跑得飛快，幾乎是以百米衝刺的速度來到員工的更衣室，慌亂的拿鑰匙開櫃子將手機拿了出來，在將號碼撥出的那一刻，他的心臟跳得十分劇烈。

手機撥出去，一聲兩聲三聲，時間越長林旭心跳越快，就在他想掛掉重新撥打的時候，電話被接通了，手機那邊傳來嘈雜的說話聲，林旭聽到老婆聲音有點遠的說：「……油條和豆漿……豆漿幫我直接裝保溫桶裡……」然後聲音才清晰起來。「老林，你趕緊回家一趟。」

林旭的心依然提得高高的，家裡的經濟不好，除非事關林清音的事以外，夫妻倆基本上不請假，畢竟請假不但要扣薪水也會影響獎金。可是聽電話那頭，又不像是有什麼事的樣子。

林旭抿了抿乾枯的嘴唇。「清音出什麼事了？」

鄭光燕似乎有些糾結又似乎怕別人聽見，壓低聲音說：「你請假回來吧，路上別著急，注意安全。」

老婆雖然說別急，但林旭依然頭皮發麻，和生產經理請一天假後，騎著電動車飛快的趕回家，一口氣不停歇的跑上了三樓。

屋裡似乎聽到了他的聲音，林旭還沒等掏鑰匙門就被打開來，鄭光燕看到他滿臉大汗的樣子心疼的嗔道：「都說了不用著急。」

林旭一頭霧水的進屋，林清音手裡舉著油條朝他揮了揮手。「爸，你回來了。」

林旭看了看女兒又瞅了瞅老婆，心裡十分不解。「妳們叫我回來到底有什麼事啊？請假一天要扣不少錢呢！」

鄭光燕也不繞圈子，直接將林清音給的紙袋遞給了林旭。「女兒給了二十萬，讓我們辭職回家開個小店。」

林旭愣怔的看著裡面一綑綑的大鈔，腿一軟險些跪下。「女兒哪兒來的這麼多錢啊？又發獎學金了？」

提起這錢的來源，鄭光燕的表情十分複雜。「女兒出去給人家算命賺的。」

「啥？」林旭趕緊伸手掏了掏耳朵，磕磕巴巴的。「我剛才耳鳴，妳再說一遍我沒聽清。」

鄭光燕一字一句的又重複一遍。「清音出去給人家算命，賺了二十萬！」

林旭被這句話裡的訊息量驚得張大了嘴，不敢置信的看著在旁邊啃油條的女兒，總覺得自己好像在作夢。

難道最近睡眠時間太少，出現幻覺了？他怎麼不知道自己的女兒會算命呢！

林清音將嘴裡的油條嚥下去，認真的更正。「媽，剛才我沒來得及說。算命的錢我都自己留著了，那二十萬是替人家選了個陰宅的報酬。」

林旭還沒從算命的震驚中回過神來，又被陰宅兩個字擾亂了思緒。

「陰宅?墓地啊，那可不能給人家亂選，容易出事的!那家人怎麼樣了?」

林清音估算了下時間，十分淡定的說道：「還好啦，大概馬上就要破產了!」

林旭頭一暈差點摔倒，聲音裡帶了幾分哭腔。「女兒啊，妳這是詐騙吧!會不會坐牢啊?」

鄭光燕也被這訊息震驚的有些發傻，不過她早上已經了解到林清音算命的實力了，覺得女兒這麼做定是有她的原因的。

林清音拿起一根油條撕開沾上豆漿咬一口，有些小雀躍的晃了晃腿，味道真好。

「那家貪財被人坑了，把祖墳賣到了凶煞絕戶地，為此已經死了一人了。」林清音輕描淡寫的說道。「我幫他把困局破了，幫他們選了能庇佑後代健康的風水寶地。」

林旭爸爸覺得思路有些亂。「那怎麼又破產呢?」

「拿人命換來的財運，自然有反噬。」林清音看著有些忐忑不安的林旭，有些無奈的說道：「你放心，那家人知道自己家會破產的事，人家心裡還謝我呢!」

話音剛落，放在桌上的手機響了，林清音按下擴音，就聽見手機那頭傳來張蕪歡天喜地的聲音。「小大師我的公司今天爆出了產品問題，要談的幾個合約都撤了，之前簽的訂單也全部被取消，我的公司要完蛋了!」

林旭目瞪口呆。

完蛋了你還那麼高興？

張蕪的聲音還沒停。「謝謝您啊！您就是我們家的大恩人！」

林旭搖了搖頭，卻鬆了口氣，心道：有錢人的世界我不懂！

張蕪再三道謝後掛斷了電話，林旭看著林清音的眼神都變了。

女兒給人家洗腦洗的，聽著要瘋似的！

林清音吃了飯沒等休息又被趕回房間去寫作業，鄭光燕一邊收拾屋子，一邊把早上在公園看到的情景給林旭說一遍。

林旭看了看袋子裡的錢又看了看對面的妻子。「女兒算得真這麼準？」

鄭光燕重重的點了點頭。「別的不說，光是那找人的，女兒看了看八字和照片就能算出人在哪兒，簡直太神了。別說旁人，就我看了都心動，好想找女兒算一卦。」

林旭有些擔憂的看了眼袋子裡的錢。「那我們真的去開店？不會把女兒的錢給賠光吧？」

「不會的。」鄭光燕將林清音給的玉墜遞給了林旭。「女兒給的，說我們戴上以後就不會那麼倒楣了。以後家裡的事就聽女兒的，絕對不會賠錢！」

林旭接過玉墜戴到脖子上，也不知是不是心理作用，戴上以後感覺好像沒那麼累了。

鄭光燕摸了摸胸口的同款玉墜，認真地說道：「清音說了，讓我們在家裡附近開一個小店。你看這兩年，我們一個人做兩份工，累死累活，家裡的事完全照顧不到。清音開學就要上高二了，課業壓力比高一的時候大，課業幫不上忙，我們就把家裡顧好。我做飯她不愛吃，以後你就在家給她好好做飯，別讓清音再餓一頓飽一頓的了。」

清音爸爸做生意總是失敗，已經有心理陰影了。「我們開店做什麼買賣啊？」

「清音說了，開個小商鋪，賣些雪糕、水果之類的。」鄭光燕朝屋裡看了看，壓低聲音說道：「我發現最近清音很喜歡吃零嘴，多進點她喜歡吃的東西準沒錯。」

「好，我聽妳的。」林旭重重的點了點頭。「我這就去辭職。」

鄭光燕將袋子遞給林旭。「你先把錢存去銀行裡，這麼多現金放在家裡我不安心。」

第十三章

林旭接過錢出門了，鄭光燕囑咐清音兩句，也準備去辦離職手續，正要出門的時候姜維和王胖子來了。

今天早上算完命林清音和媽媽一起回家，王胖子猜到人家母女兩人肯定要聊一聊，便先去姜維家混了頓早飯，看時間差不多了才叫姜維一起過來。

鄭光燕已經知道王胖子和姜維是怎麼回事了，見到他們不像之前那麼緊張無措。把兩人請進來，鄭光燕趕緊去廚房洗了水果放在茶几上，又把林清音從房間裡叫出來有些不放心的囑咐。「妳不許再讓姜維替妳寫作業了知道嗎？」

林清音瞄了王胖子一眼，垂頭喪氣的點了點頭。「我記住了。」

姜維被這從天而降的驚喜樂得險些撕裂了嘴巴。

幸福居然來得這麼突然嗎？要知道他高中畢業後就再也沒寫過那麼多的字！阿姨，妳真是比我親媽還親啊！

鄭光燕囑咐完林清音，又朝姜維看過去，語氣溫柔的說道：「姜維，真是麻煩你了，又得麻煩你幫清音補課。」

「哈哈哈，應該的、應該的！」

「下回清音再讓你幫她寫作業，你別搭理她，讓她自己做。」

「哈哈哈哈！必須的、必須的！」

姜維笑得嘴角都要咧到後腦杓了。

哈哈哈，有點控制不住自己怎麼辦？

林清音嘆了口氣。既然得自己寫作業了，補課就只能先暫停，她把剩下的作業和課本抱出來放到桌上，對應著作業從課本上找答案。

姜維雖然是學霸，但他更喜歡理科的科目，迷戀那種解開一道複雜難題的爽快感覺，像政治、地理、歷史這種注重背誦的科目反而很少拿到滿分。姜維以前在上學時候做這幾個科目的作業時也經常翻書找答案，雖然他背得不熟練，但是答案在書裡的什麼位置他還是清楚的，所以通常翻幾頁就能找到自己想要看的內容。

姜維以為林清音應該也和自己差不多，誰知林清音皺著眉頭看著作業久久沒有下筆。

「怎麼了？」姜維探頭過去看，林清音正在看著地理試卷上面的選擇題發呆。「這才放假多久啊，妳學的內容就忘光了？書上都能找到答案的，不行就翻書吧。」

姜維說完了有些發愁，小大師看著挺聰明的一個人啊，怎麼記性這麼差呢？

林清音抬頭看姜維一眼，放下筆回到房間，過一會兒姜維看到林清音拿了一個龜殼出來。這個龜殼姜維和王胖子都十分熟悉，最近小大師總喜歡把這個龜殼放在手裡盤，才過幾天就瞧著比之前亮多了。

手裡摩挲著龜殼，林清音在屋裡轉了幾圈，最後從抽屜裡翻出六個一元硬幣，姜維和王胖子都有些不明所以的看著林清音，直到她將硬幣放進了龜殼裡……

不知道是不是錯覺，他們隱隱約約的好像聽到一聲帶著些委屈的哭泣。

林清音坐回位置上，看了眼第一題，然後將龜殼一搖，六枚硬幣掉在桌上，她看了眼硬幣，然後在試卷第一題的括號裡寫了個B。

姜維和王胖子傻眼了。

林清音一邊搖卦、一邊做題，很快就將第一頁的單選題做完了，看到第二大題的是非題，林清音更開心了，連龜殼都不用，直接扔硬幣，正面是對反面是錯。

姜維看得眼花繚亂的，只覺得除了叮鈴噹啷的響聲以外大腦一片空白。當了十幾年的學霸，他還是第一次看到有人這麼做題的。

關鍵是……居然全都對了！

翻書對過一遍答案的姜維一頭磕在了桌子上。

憑什麼連一個硬幣都能做對選擇題啊？

做完前面的題目，林清音看著後面的問答題一愣，姜維看一眼心裡鬆了口氣，選擇和是非題能算卦，簡答題可就沒辦法了，硬幣是無法幫妳把答案寫在紙上。

誰知林清音只略微停頓，又拿起了龜殼，片刻後她忽然拿起地理課本直接翻到七十三頁，姜維忍不住站起來朝書上看一眼，那一頁講的內容赫然就是那道簡答題的答案。

妳快告訴我那硬幣是怎麼告訴妳答案在哪一頁的？

姜維有些崩潰的看著林清音快速的抄完了答案，又拿起龜殼，然後準確無誤的找到下一題的答案。看著旁邊同樣目瞪口呆的王胖子，姜維一臉懷疑人生的拿胳膊撞了撞他。「胖哥，小大師是怎麼看出頁碼在哪裡的？」

王胖子白了他一眼。「我要是會這個不就也成大師了嗎？」

簡答題只有五道，很快林清音就抄完了答案，將寫好的試卷放到一邊，這才發現屋裡的兩個人都神情怪異的看著自己。

「小大師啊……」姜維幽怨的嘆了口氣。「妳這樣不太好吧？」

林清音抬起頭來看著他。「有什麼不好的？老師不准嗎？」

姜維語塞地看了她一眼。

老師倒是沒說過不准……可是老師也想不到居然有學生會搖卦算答案呀！

王胖子將世界觀碎得稀爛的姜維擠到一邊，更加殷勤拍馬屁，順便獻策。「小大師搖卦可真準，不過用硬幣太寒酸，我知道有個古玩街賣東西挺齊全的，不如去那裡選幾枚古幣吧。」

林清音聽到這話忽然心裡一動，伸手拿起龜殼又起一卦，她算這卦比之前算答案的時候都要長，甚至神色也凝重許多。

三分鐘後，林清音放下龜殼。「一個小時後我們出門去古玩街。」

王胖子立刻贊同的一拍巴掌。「小大師掐算出來的時間一定是個好時辰，絕對能選到心儀的古錢！」

姜維看得嘴角直抽。

他覺得這要是在過去，自己肯定是剛正不阿的忠臣，而那王胖子……哼！那就是一個阿諛奉承的太監！

齊城也算是有文化底蘊的城市，兩、三千年前還是王朝的國都，有不少歷史遺跡，近幾十年來經常傳出蓋房子工地挖出古錢幣的新聞。

王胖子之前擺攤算卦的時候天天在市面上混，這三教九流沒有他不認識的，各種地方也沒他不知道的，他就像是個寶藏大叔，林清音需要什麼他都能找到。

王胖子開車載著兩人來到了古玩街，古玩街分兩部分，前面四層高的紅樓，裡面一間間的店面，賣的是書畫瓷器鼻煙壺之類偏藝術品的東西；紅樓後面一條有些年頭的巷子，巷子兩邊是各種店鋪，有的沒怎麼整理看著低矮昏暗像是過去的民宅，有的則掛上大牌匾鋪子也裝潢得氣派，這些店鋪賣的則是各種古董文玩，但是真的假的不好說，全憑買家的眼力。在街道的最後面還有些小攤，每天只需要交十元清潔管理費就能擺攤。

林清音要買算卦用的古錢，王胖子直接帶她來到了後街，此時還不到中午，後街上的人不算多，大部分瞧著像是遊客，沒幾個真來買東西的。店鋪的老闆們有的坐在店裡玩手機，有的則坐在屋簷下面喝茶盤核桃，瞧見看起來像是人傻錢多的人就吆喝兩嗓子，能忽悠進來一個是一個。

姜維雖然是本地人，但還是第一次來古玩街，像傻子似的東張西望，看到店就想往裡進。王胖子一把揪住他的領子，朝林清音努了努嘴。「跟著小大師走。」

林清音摸著龜殼在街道中間停留了片刻，直接朝旁邊的一家店走去。店老闆正坐在屋簷下喝茶，看到林清音挑了挑眉毛並沒有起身，瞅見後頭的王胖子倒是笑了。

「胖哥怎麼有空過來啊？最近生意不好？」

王胖子呵呵笑了兩聲，並沒有直接回答他的問題，反而模稜兩可的說道：「悶得慌出來走走，也來看看趙老闆有沒有收到什麼寶貝。」

姜維剛二十出頭，林清音也只是個高中生，趙老闆以為王胖子是領親戚的孩子出來見世面，不太在意的站了起來，懶洋洋的推開了店門。「你們也算來巧了，十分鐘前我剛收一堆古幣，有些是上了年頭的，喜歡的話可以買兩枚玩一玩。」

林清音進來以後往店裡看一圈，視線停留在櫃檯上的不鏽鋼小盆裡，裡面裝著幾十枚古錢，看起來什麼朝代的都有。

王胖子順著林清音的視線也朝小盆裡看了看，伸手撥弄一下，不甚滿意的搖了搖頭。「這品相都不好啊！趙老闆，你品相好點的古錢呢？拿出來我們看看。」

趙老闆從後面架子上抽出來三本厚厚的古錢收藏冊放在櫃檯上，隨便翻開一本，只見收藏冊裡面的古錢都單獨存放，一目了然。

趙老闆兩隻胳膊撐在櫃檯上給他們介紹。「這些品相都是最好的，一點毀損也沒有，不過價格也略高一點。」

林清音只看了兩眼都不太感興趣的挪開了視線，繼續在那小盆裡找。趙老闆見狀也不太在意，打三個人一來他就看出來了，王胖子根本就沒打算買東西，純粹是帶年輕人出來見世面。

他有一搭沒一搭的和王胖子說著閒話，林清音已經從小盆裡選出了五枚古幣，王胖子探頭看，這五枚古幣表面都有一層厚厚的銅綠，多到都有些看不清楚錢幣的年代了。

王胖子知道小大師除了算命以外對其他的事都不太懂，連忙給她解釋。「小大師，這幾枚古錢上面的銅綠太厚了，即便清除乾淨也會損壞品相，而且我還沒見過這個樣子的古錢呢。」王胖子說著又問：「趙老闆，你看看這是什麼朝代的錢啊？」

趙老闆接過來仔細看了兩眼，上面又是鏽又是銅綠根本就看不清楚原來是什麼圖案，因此不甚在意的遞了回去。「不值什麼錢，要是喜歡的話便宜賣給你，五枚錢給一百塊錢就行。」

交了錢，林清音視若珍寶的將五枚錢幣握在手心裡，雖然她沒說話，但王胖子和姜維都看得出來她眉眼裡透著開心。

「小大師，妳選的錢幣有什麼講究嗎？」出了店鋪，王胖子忍不住問，他雖對古玩不太精通但也了解過一些，這幾枚古幣怎麼看都不像是值錢的樣子。

林清音捏起一枚古錢對著陽光看去。「它不需要值錢，只要有靈氣就好。」

翌日凌晨，林清音布下聚靈陣，將體內的靈氣緩緩的輸送到古錢裡，古錢上面的銅綠和鏽跡立刻消散在空氣裡，露出了隱藏千年的真顏。

將古錢丟進一旁的龜殼中，龜殼頓時發出一聲輕微愉悅的蜂鳴，林清音笑了笑又有些遺憾的嘆了口氣。「可惜少一枚。」

轉眼五天過去了，林清音在開學前將所有的作業核對一遍，發現全都完成了這才安心。

不得不說姜維確實是高材生，連寫作業都努力模仿林清音的筆跡，林清音覺得老師若是不認真看，肯定能騙過去。

比起林清音，清音的爸爸媽媽還要更緊張一些。上學期清音在學校過得不好，功課下滑不說還有了厭世的情緒，這讓清音父母都有些擔心，雖然暑假時候看著清音寫作業、補課、出去算卦都挺快樂的，但是他們擔心一回學校，那些同學又會故態復萌欺負她，便想去學校找老師談談。

但是徵求林清音的意見後，林清音想也沒想的拒絕了。

原主遭遇的事她會替她全部還回去！

看著女兒充滿自信的樣子，鄭光燕心裡踏實不少，把新買的衣服和書包放到林清音的床上，鄭光燕問：「你們明天報到，週一是不是就直接開學考試了？」

看著林清音一臉震驚的樣子，鄭光燕詫異了。「妳放假前帶回來的通知書沒看嗎？」

林清音仔細回溯一下記憶，發現原主看到成績單後直接把通知書塞書包裡就跳河去了，而她根本就不知道什麼通知書。

母女對視一眼，只見林清音沈重的拿起龜殼認真地思考，是提前算出考試的題目，還是到考場上再算答案呢？

看著林清音表情有些沈重，鄭光燕不由得想起林清音期末考砸了的成績，有些心疼的安慰她。「妳一直都是努力的孩子，慢慢來，媽媽相信妳。即使一次、兩次考不好也沒什麼，千萬別給自己那麼大壓力，別再跳河了。」

林清音被灌一腦袋的心靈雞湯，暈頭轉向的回房，翻看一下桌上的課本。總共補了半個月的課，理科的科目還需要從國中從頭學，現在林清音只把數學全都學完了，物理補完了國中部分，高中的課程才學一半。

除此之外化學還沒看，英語完全不會，其他記憶的科目倒是好說，林清音已經自己把歷史書看完了，地理、政治這些都是自己做的作業，那些內容她都記得，沒看過的倒是也能從原主的記憶裡找到，只是也不算太多。

看著五花八門的科目，林清音乾脆給每一門都起了個卦算考試順序。數學、語文、英語這三門主科是排在最前面的，然後是理科的幾門課，最後是文科三門，她倒是有時間把記憶類的科目看完。

林清音拿起上學期末的語文試卷從頭到尾看一遍，然後打電話問姜維，語文有沒有提高成績的好方法。姜維一聽就樂了，騎著自行車直奔新華書店開始大肆選購。

語文方面的習題和作文大全是必不可少的，但是姜維又覺得不能厚此薄彼，光買語文讓其他科目怎麼想？讓數學和英語的面子往哪兒擱？要買也不能光買高一的吧，這開學就是高二，必須全力以赴迎接新學期的到來，乾脆都買！

姜維自認為考慮到的問題十分充分。高中生，哪有不寫習題的？

姜維本來就是學霸，雖然離他上高中已經過去了四年，但是哪個出版社出的題好，哪個系列的題和考試題相似他都記憶猶新。只花了半個小時的時間，姜維就選了滿滿一購物車的參考書、評量等等。

這麼多書他一個人肯定搬不動的，姜維打了個電話給王胖子讓他開車到新華書店門口接自己。王胖子家就住在新華書店附近，認識林清音前他就在後頭不遠的巷子裡擺攤。

這兩天林清音準備開學的事，王胖子只能自己在家看書。雖然家裡開著冷氣煮著茶，但是王胖子仍然背一會兒就分心，覺得不如在林清音家學習的時候精力集中，效率也降低不少。

王胖子正背得難受，就接到了姜維電話，他連忙興奮的拿著車鑰匙出了門。來到新華書店門口，王胖子看到姜維推的滿滿一車的書都驚呆了。「你是準備自己開個書店？」

姜維樂得嘴都合不上了，拍了拍厚厚的評量考卷嘿嘿直笑。「這是我替小大師準備的學習資料。」

王胖子看著姜維的眼神都變了。什麼仇什麼怨啊？對我們小大師也太狠了。

王胖子把車開到林清音家樓下，又哼哧哼哧的把書扛到了三樓。最近一段時間兩人常來林清音家，再加上鄭光燕和對門嚼舌根的大媽吵架的緣故，鄰居們都知道這兩個人是林清音的家教老師。

兩人來的時間正趕上中午下班，鄰居們看著那一後車廂的參考書都羨慕壞了，尤其家裡也有學生的都擠上來看看買的是什麼書，也有來問姜維還帶不帶學生，畢竟像姜維這種負責的好家教他們還從來沒見過。

王胖子樂呵呵的應付一番，和姜維兩個人把買的書扛上三樓搬到林清音的房間裡，林清音原本就不大的房間直接就被占去一半。

收到了姜維的厚禮，林清音倒是挺開心的，歷史、地理這種科目把書背下來就行了，可是語文的各種閱讀理解讓他看得十分頭大，她根本就不理解做人為什麼要有那麼多的情懷，遇到想不通的事，乾脆算一卦不就得了？

姜維把語文的參考書全都翻了出來，不僅有高一的，高二的他也買了不少，作為一個曾經在過年收到過《五年高考三年模擬》這種禮物的人，特別希望別人也能體驗一把這種「快樂」，誰知林清音看著還真挺快樂的，一點都不苦惱。

把桌子上的書都擺放到一邊的書架上，桌子上只留下了語文練習冊。齊城所在的省分是全國高考最難的四個省之一，高中學生壓力非常大。像公立的高中，暑假也只有放一、兩個星期的假期，只有東方國際私立高中特殊一些，學校裡的大部分學生是打算以後出國深造，因此很多學生在假期選擇到國外度假或者參加夏令營，學校就是補課也沒幾個願意來的，還不如痛痛快快給他們放假。

放假歸放假，但是學校可不想他們玩得心野了，所以報到以後開學第一天就是考試，給學生們繃緊神經。只不過開學考不會像月考、期末考那麼嚴格，只是讓學生在班級裡自己做考卷，分數也不會貼在公告欄上。

林清音覺得這兩天她還是能努力一下，物理是來不及補完了，但是語文她還可以搶救。

闊別一個暑假，學生們重新回到學校都顯得有些興奮，有幾個女生嘰嘰喳喳的說著衣裳和首飾，也有一些說著暑假出國旅遊的見聞，班裡歡聲笑語的看起來無比和諧。

坐在窗邊的舒俊逸一撩頭髮正好看到窗外樓下有一個眼熟的身影，他乾脆趴到窗臺上看，有些興奮地嚷嚷道：「同學們，我們班的中考狀元來了。」

「中考狀元？」坐在舒俊逸對面的李明宇哈哈大笑起來。「中考狀元在我們班可是考了三十五名，那我這個考三十四名的算什麼？狀元她爹？」

教室裡頓時傳出了震耳欲聾的爆笑聲，旁邊幾個女孩對視一眼，臉上都帶著壞笑。「狀元她爹，給你家狀元點見面禮唄！」

李明宇嘿嘿一笑搓了搓手，有些興奮地說道：「你們等著瞧。」

早上值日生打掃的掃除用具都丟在教室後頭，東方國際私立高中的這些學生們大部分都是富二代，又都處於中二時期，能幹點值日生就很不錯了，指望他們收拾的乾乾淨淨那是完全不可能。

教室後面的垃圾桶上擺著一盆值日生擦完黑板和窗臺懶得倒掉的黑水，李明宇也不嫌髒，端著盆一路小跑來到教室前門，其他同學一看就知道他要幹麼，有幫著扶門的，有幫忙搬凳子的，還有人樂呵呵的準備拍照，打算拍個組圖發到朋友圈。

走在走廊裡的林清音有所察覺的朝教室看了過去，她忽然停住了腳步，從口袋裡掏出一枚硬幣彈了出去……

舒俊逸扶著椅子，一邊聽著走廊裡的動靜，一邊小聲的催促李明宇。「快一點，她來了！」

「我知道了……」話還沒說完李明宇就聽到清脆的「咚」一聲，隨即他感到手上一空，還沒明白怎麼回事就覺得頭頂上下雨了似的，那盆髒水不偏不倚的正好扣在他的頭上。而旁邊幫著扶凳子的舒俊逸都沒來得及躲開，身上的新運動服被澆濕一半，肩膀上還掛著一塊髒兮兮的抹布。

第十四章

教室裡嘰嘰喳喳的聲音一頓，沈默了兩秒後，所有人都忍不住捶桌子大笑起來，還有人更是笑得眼淚都出來了。

李明宇罵咧咧的從椅子上跳了下來，他抹了把頭上的水，總覺得有股很噁心的抹布臭味。正在他的怒氣達到頂點的時候，門突然推開了，林清音揹著書包走了進來，在和李明宇擦肩而過的時候輕飄飄的說道：「濕身造型看起來不錯，就是很容易劈腿。」

「我靠！」

李明宇本來就生氣，被林清音的話一激，心裡更怒了，伸手就要去抓她的頭髮。可林清音就像是背後長了眼睛，偏偏在李明宇要抓到她的時候快走一步。李明宇踩到地板上的髒水，腳下一滑，一條腿直直的滑了出去，做出一個標準的劈腿。

林清音將書包放到桌子上嘖嘖的稱讚。「姿勢還挺標準的，只是你這球鞋顏色不好，和你犯沖，小心血光之災。」

李明宇此時已經顧不得和林清音吵架了，從來沒有練過舞蹈的人突然來個劈腿，那裡簡直像是要撕裂，痠痛的感覺難以用語言來形容。

他扶著旁邊桌子的一角想借點力站起來，就在他使勁的時候桌子一歪，桌面上的玻璃杯頓時飛了起來，重重的砸在他的腦門上，鮮血流了下來。

林清音手肘撐著桌子頗有些遺憾的搖了搖頭。「告訴你要小心血光之災了。」教室裡一片寂靜，舒俊逸將肩膀上的抹布扯下來丟到了地上。「林清音，妳是掃把成精了？」

「掃把成精？」林清音微微一皺眉，便從原主的記憶裡找到了這句話的來源。這是說她是喪門星啊！

林清音輕笑，環顧了下教室。「既然這麼說，我就讓你們好好感受感受什麼叫喪門星。」

已經習慣了林清音受氣包模樣，突然看到林清音伶牙俐齒的樣子都有些驚訝，只是現在李明宇不但滿身都是髒水還磕破了頭，大家也沒有再逗弄林清音的心思，一個個都有些索然無味的轉過了頭。

班導師于承澤帶著名單來到教室，一進門就看到滿地的水以及渾身濕淋淋的李明宇和舒俊逸，頓時有些頭大的看著這群不省心的學生。「你們又怎麼了？」

李明宇被旁邊的人攙扶了起來，上面下面都疼，他不知道該捂腦門還是該捂褲襠，又氣又羞，臉脹得發紅，朝著林清音伸出了手指，剛要破口大罵又頓住了。

他要怎麼說？他往門上放水盆想倒林清音一身水，結果水盆倒扣在自己腦袋上了；他想抓林清音的頭髮，結果自己腳一滑劈腿了。就連最後被玻璃杯打破頭，也是因為他自己拽到桌子的緣故，人家林清音從頭到尾就沒有碰過他。

李明宇還真的不好意思把這黑鍋往林清音頭上扣，說出來只是徒增笑柄罷了。

看著李明宇臉一陣紅一陣白的，于承澤也不好再追問下去，反正這個班的學生就沒幾個省心的。

擺了擺手，于承澤叫了兩個男生陪李明宇去醫務室，舒俊逸則直接回家了，反正報到這天就是交作業、領課本，整理打掃下環境，再順便領下明天的考試，沒什麼要緊的。

林清音趁著他們鬧哄哄的時候來到自己的位置上，她從書包拿出抹布在桌面上胡亂抹了兩下，其實趁人沒注意的時候掐了除塵術，無聲無息間就將自己的範圍打掃得乾乾淨淨。

報到這天照例是先交作業，東方國際私立高中的校長為了提高教學質量，要求所有學生必須完成作業，否則不許報到，因此即便是再不愛學習的學生也只能在家長的逼迫下把作業寫完，不會寫的猜也要填上。

林清音把帶來的一書包的作業卷子交上後，不由得鬆一口氣。

高中生的暑假作業簡直太可怕了！

于承澤讓幾個男生幫著把作業搬回辦公室，又點了幾名學生去搬新書，林清音見沒自己什麼事，便從書包裡拿出政治課本快速的翻閱，明天要考試了，她還沒複習完呢。

于承澤站在講臺上看著坐在第三排默默看書的林清音，心裡愧疚得嘆氣。他還記得去年這個時候林清音剛進學校時驕傲自信的樣子，可僅僅過一年就變成了沈默不語的小姑娘，成績也一落千丈。

于承澤也知道班裡的學生欺負林清音，但凡他看到的都阻止了，班會上也沒少說。可是後來明面上倒是沒看見，私底下的小動作卻一直不斷，林清音每天都在惶恐不安中度過，根本就沒辦法集中精力去學習，導致期末考試才考了三十五名。

于承澤還記得自己得知林清音跳河後的震驚和後悔，後悔自己不夠注重學生的心理輔導，後悔自己沒把學生之間的惡意當回事，更後悔由於自己的粗心毀掉一個好孩子。

學校也對林清音跳河的事十分頭大，他們花了十萬元獎學金以及免學費的獎勵措施才將林清音招進來，結果一年下來成績退步不說還跳河自殺，傳出去若是外界知道了，誰還把敢把學生往東方國際私立高中送？學校想打造的菁英高中的目標也會更難實施。

校長急得頭都快禿了。

幸好林清音的家長並不打算公開林清音跳河的事，只是有一個要求，就是給林清音換個新班級，學校也打算乘機把學生們重新劃分一下，把那些上進的學生分到一起，說不定還能培養一、兩個出來。

當然，按照成績劃分班級的事不能宣之於口，東方國際私立高中畢竟不是公立學校，來這裡上學的都是大爺。

林清音雖然不知道學校的打算，但是直覺告訴她這次考試十分重要，所以除了修煉就是複習，連找到兒子的李老頭請客說要去很貴的飯店吃飯，她都沒去，犧牲別提有多大了。

發完課本就放學了，于承澤回到數學組的辦公室，翻看著學生們交上來的數學作業。除了暑假作業裡關於數學的部分，還有他發下去的二十張數學考卷。

這些考卷都是于承澤親自出題，不但涵蓋高一所有的各種題型，每份考卷的難易程度也有所不同，主要也是為了讓學生們在暑假期間把上學期學過的內容都復習一遍。不過很多學生都認為老師不會批改暑假作業，不會做的套上個公式瞎寫一通，有的甚至連瞎寫都不願意，直接把原題抄一遍。

當然，班級裡並不都是書唸不好的學生，每個班級都有幾名努力好學的學生，只不過和其他的高中相比，東方國際私立高中的學生更注重英語和才藝這一塊，像數學這種難學又被認為沒用的科目成績都很一般。

于承澤翻沒幾張就看到了林清音的作業，林清音的數學底子還是不錯的，中考時候得了滿分，只是高一時成績沒跟上，期末數學成績將將及格。

于承澤一邊琢磨著要不要給林清音單獨補補課，一邊看著林清音的卷子，看著看著他的神情由漫不經心變得十分專注，連同事們喊他下班都沒有聽見，直到看完最後一份卷子，于承澤才長長的舒一口氣。

不但全都做對了，而且解題思路十分清晰，看來暑假沒少用功，說不定明天的開學考試還能重回第一的位置。

不愧是中考狀元，真學霸！

開學考試不像月考、期中期末考試那麼嚴肅，但也讓學生們把桌子全都分開，除了任課老師以外，班導師要全程監考。

第一門課考的是數學，于承澤和英語老師抱著胳膊往講臺上一站，下面的學生就是想抄都找不到機會，只能捂著眼睛掩耳盜鈴似的相互擠眼。

林清音一個人坐在靠窗的位置上絲毫不受影響。這是第一次參加考試，不過因為考的科目是數學，她做起來毫無壓力，時間才過一半就把考卷做完了。

在林清音的思維裡，根本就沒有檢查這一回事，只要是她寫上的就不可能會有錯，她的自覺比老師的正確答案還準。

寫完試卷，林清音不願意在教室裡發呆，把試卷遞給于承澤後便從講臺上拿著書包出了教室。

于承澤讓英語老師監考，自己拿出紅筆給林清音批改卷子。英語老師李彥宇一邊留意下面的動靜，一邊探頭往試卷上看，雖然他看不懂上面的題，但是于承澤的滿意表情他還是看得懂的，十分鐘後于承澤在試卷第一頁的上面寫下了一百五十滿分。

李彥宇驚訝的張大了嘴，壓低聲音問道：「全對？」

于承澤點了點頭，小聲的和他嘀咕。「暑假時大概沒少用功，學霸就是學霸，一用心努力就上去了。」

李彥宇想著林清音還算可以的期末考試分數不由得有些期待，這一個暑假下來，英語不說考滿分也能考個一百三十分以上吧。

此時校園的涼亭裡，林清音看著蝌蚪文一樣的英語課本兩眼發直，別的科目她努力一下就有不小的收穫，可英語這門課她實在是無能為力。這都是什麼玩意兒啊？

東方國際私立高中裡很多學生都是打算讀完高中後出國的，因此學校對英語也格外重視，除了負責應試的英語老師外，每個班還有專門負責口語的外籍教師。而學校裡的這些富二代們國外旅遊度假夏令營都沒少去，絕大部分人的口語都不錯，所以英語課是最讓老師省心的一門課了。

發下試卷，李彥宇打開錄音機給學生們放聽力，環顧了下考場後滿懷期待的朝林清音看去，誰知林清音拿出筆以後又從口袋裡掏出一個……

李彥宇眨了眨眼睛，才看清楚林清音手裡的東西似乎是龜殼。

考試拿這個玩意兒幹麼？

還沒等想明白，就看到林清音又從口袋裡摸出三枚古錢放在龜殼裡搖了搖，撒在了桌子上。也不知是什麼緣故，那硬幣落在桌上居然一點聲音都沒有，絲毫沒有打擾到正在做聽力考題的同學。

林清音看了眼硬幣，飛快的在試卷上寫了個答案，李彥宇眼睜睜的看了半晌，終於忍不住拽一下旁邊批改數學試卷的于承澤，小聲的和他嘀咕。「你看林清音在幹麼？」

于承澤推了下眼鏡抬起了頭，等他看明白林清音的動作後愣住了……

說好的真學霸呢？人設崩塌這麼快真的好嗎？

李彥宇這個海歸這才琢磨明白了林清音的舉動，有些詫異的摸了摸下巴。

「她是在扔硬幣猜答案？一個硬幣代表一個選項，可只有三個硬幣呀！要是遇到選D的怎麼辦？」

于承澤瞪一眼李彥宇，等聽力測試結束後直接走下講臺，彎起食指叩了叩林清音的桌子，朝她手上的龜殼努了努嘴。「把和考試無關的東西收起來。」

林清音抬頭看了眼于承澤一臉無辜。「這和考試有關啊！我扔答案用！」

于承澤聽到林清音理直氣壯的話險些噎死，胸口憋著的一口氣上不去下不來。要是換成別的學生他連問也不會多問，直接把試卷收走，可是對於受欺負的林清音，他忍不住想多一些耐心。

旁邊的同學看著于承澤站在林清音旁邊都忍不住伸頭看，于承澤不想打擾正常考試，壓低聲音和林清音說道：「多看看題說不定就做對了，別瞎胡鬧。」

林清音點了點頭，等于承澤回到講臺上轉身一看，林清音又開始擲硬幣了。于承澤拍了拍腦門，正要準備再下去的時候，李彥宇一把拉住了他。「讓她扔，等分數出來後她就知道好歹了，到時候你就是讓她扔她都不扔了。」

于承澤一聽覺得也是，他們上學時候也有同學考試扔硬幣、扔骰子的，有那手氣不好的完美避過了正確答案，還不如閉著眼睛瞎猜。

英語考試依然是一百五十分滿分，其中三十分的聽力、四十分的閱讀理解，四十五分的語言知識運用全是選擇，唯一需要寫單詞的就是寫作了，只占三十五分的選項。

李彥宇看著林清音一隻手搖龜殼一隻手答題，速度非常快，有的學生還在讀閱讀理解，她已經翻了兩頁，等其他學生做到第二頁的時候，林清音已經過來交卷了。

李彥宇接過試卷後直接把試卷翻到最後一頁，寫作題全都空著，一個單詞都沒寫上。

離考試結束還有一個多小時，李彥宇從文件袋裡把標準答案拿出來給林清音批改試卷，他倒要看看靠搖硬幣能作對多少題。

聽力題，全對；閱讀理解，全對；語言知識應用，全對。

扣除寫作文，林清音英語考了一百一十五分，雖然不算太好，但是也不能說很差，只是……這分數是靠搖硬幣得來的呀！

李彥宇一臉的鬱悶，他原本是想藉此機會端正林清音的態度，所以才看著她在那兒搖硬幣的，結果這成績也太讓人匪夷所思了……這是什麼鬼運氣啊！有這個手氣去買彩券好不好，在這扔考試答案是不是太浪費了？

鬱悶地寫上分數，李彥宇忍不住提點于承澤。「下午你別讓她扔硬幣了，她那個運氣簡直是在作弊！」

于承澤點了點頭，下午考試前先把林清音叫到教室外面。「以後考試桌子上除了試卷和筆以外，其他的都不可以放。」他看著林清音加重了語氣。「尤其是不允許靠擲硬幣來猜答案！這也就是我們是學校裡的小考試，管得不嚴，要是高考時候妳這樣做，直接就算作弊了。」

林清音略有些遺憾的點了點頭，等化學試卷發下來以後她從頭到尾看一遍，選擇題和非選擇題各占了五十分。

其實沒有龜殼和硬幣也可以靠直覺來做選擇題，只是太慢，不如擲硬幣快。

林清音在第一道選擇題上面寫了A，剛寫完她就有不太對的感覺，於是她將答案換成了

B，可是寫完還是看著不太順眼，林清音又在B上面劃了一道橫線，又填了C……

唉！就說靠直覺做題太慢了，哪比得上龜殼方便啊？

一天的考試結束了，林清音頭暈腦脹的出了學校，感覺比上輩子推衍天機的時候還要勞神。

揉了揉太陽穴，明天還要考一天，可她已經提不起精神看書，暫時也不想看書了，她只想好好的休息休息，不如算個命放鬆一下吧。

林清音掏出手機給王胖子打了個電話。「問問有沒有想算命的，安排五個，我在公園裡等他們！」

林清音在學校附近吃了點東西便坐車來到了市民公園，下了車剛走沒幾步就碰到了姜維。姜維看到林清音一臉菜色的樣子樂壞了，湊過來幸災樂禍的看著她。「今天考試怎麼樣？」

「不怎麼樣！」林清音有些悶悶不樂的說道：「老師不讓我用龜殼算答案，我只能靠直覺來做題，麻煩。」

姜維險些把嘴裡的可樂給噴出來。「妳好歹也是中考狀元啊，拿龜殼考試怎麼想的？老師沒把妳從教室裡趕出來可真夠寬厚仁慈的。」

林清音斜了他一眼沒有說話，姜維摸了摸鼻子訕訕的保證。「我幫妳補課，隨叫隨到，保證讓妳在最短的時間跟上進度。」

「其實我最犯愁的是英語。」林清音斟酌了下說辭。「一看就頭疼，說也說不出來，也不知道要怎麼寫作文。」

「妳英語這麼差嗎？」姜維有些不解的撓了撓頭。「妳說妳樣樣都不太行，中考的時候到底是怎麼考第一的？都是靠直覺嗎？」

「當然不是！」林清音瞪了他一眼。「那時候我是有真才實學的，只不過……」林清音吞吞吐吐的說道：「我上學期末沒考好，回家時一生氣跳河了，等警察把我撈出來以後，我就把學過的東西忘得差不多了。」

姜維聽得目瞪口呆。「小大師妳這脾氣可真夠大的呀！」

「別說那沒用的了。」林清音直接問道：「你說我英語該怎麼辦？其實我要求也不多，選擇題我靠猜就能全做對，關鍵是後面寫作題要怎麼辦？」

選擇題靠猜就能全做對?!

姜維覺得這句話簡直是對所有學生的傷害！即便他這個學霸也不例外，他當年可是捧著英漢大字典背的。

「我覺得妳先背字典。」姜維一臉嚴肅的沒看敢林清音的眼睛。「牛津英漢雙解詞典就挺好，妳知道每個單詞是什麼意思，寫作起來不就容易了嗎？」

林清音看了姜維一眼，總覺得他一本正經的表情下面帶著幸災樂禍的笑。

「然後就是得背書、背課文，背得越多，掌握的語句類型就越多，寫作文的時候就可以套用句子。」

「還有就是刷題了，這個方法不管對哪個科目的來說都管用。」

雖然說的方法好像都挺對，但是……

「我不會背啊！」林清音一臉無辜。「我根本就不知道那些單詞該怎麼讀。」

姜維頓時覺得頭痛了。這是打算讓他從音標開始教嗎？

「實在不行妳去新東方學吧，他們更專業一些。」

林清音眼睛倏地一下子亮了。

夢想這麼快就要實現了嗎？

姜維沒注意到她的神情。「妳是準備晚上學還是週日學？可依妳的時間來。」

林清音吞嚥了下口水。「週日吧，白天我能吃多點。」

姜維不太理解林清音話裡的意思。這是怕晚上補課會餓嗎？

兩個人說著話走到了市民公園門口，王胖子早就在那等著了，看到林清音歡天喜地的跑了過來。「小大師，今天第一個人是插隊的，說不定還有別的外快賺。」

林清音覺得這是她今天除了去新東方以外聽到的第二個好消息了。

姜維還要買晚餐回家，和兩人打了招呼就走了，林清音這次沒去古樹底下，大晚上的那個地方沒有燈。

市民公園有不少供人乘涼和休息的小涼亭，林清音來這裡這麼久對市民公園也熟了，直接選一座離古樹比較近的湖邊八角涼亭。

八角涼亭裡頭有單獨照明的燈，也有石桌、石椅子，相對來說比較方便。

兩人進了涼亭後，王胖子在群裡通知算命的地址，擔心有的上了年紀的人看不明白，還貼心地拍了幾張附近景物的照片發到群裡。

林清音拿了把石子圍著八角涼亭布陣法，如今晚上倒是溫度適宜，只是這臨水又有燈光的地方，難免蚊蟲會多，布上陣法既能擋一擋風也能避免蚊蟲侵擾。

趁著人還沒來全，王胖子和林清音商量事業大事。「小大師，眼看就要立秋了，一晃兩個月下去天就冷了，我們總在公園擺攤不好，要不然我們也弄個小店吧？」

林清音想起自己那僅剩的兩、三萬塊錢，心裡有些發愁。「要多少錢啊？那二十萬我給我媽開店用了，手頭沒那麼多。」

王胖子思索道：「我有一間房子是沿街的二樓，因為工商兩用水電費比較貴，租客到期不想續約了，要不把店開在那裡吧！還能工商註冊什麼的，合乎法規。至於錢的話無所謂，那房子面積不大又臨街，一個月租金也是兩、三千塊錢，還不夠我操心的。」

林清音想了下兩、三千確實不貴，但是王胖子一直白跟著自己跑來跑去的不說，現在總不能還讓人家白出房子，這樣未免有點太不厚道了。

第十五章

「要不然我教你點比較容易學的……」林清音看了看王胖子肥嘟嘟的身材，忽然從口袋裡掏出個石子彈出去，林清音一閃身出現在涼亭外頭的一棵石榴樹下，被石頭打下來的石榴正好穩穩的落到林清音的手上。

王胖子嚥了嚥口水。「要不，還是談談房租的事吧！」

林清音氣得拿著石榴朝他丟了過去。「有眼無珠！」

王胖子慌忙的用手擋住臉，欲哭無淚的說道：「小大師這哪是容易學的啊？我怕我的手都彈到抽筋也打不到那石榴，更別說跑那麼快了，我從小就不愛動彈。」

林清音拍掉手上沾的花粉看了他一眼。「你不是一直想和我學布陣法嗎？」看著王胖子連連點頭的模樣，林清音冷笑道：「那你連石頭都彈不準怎麼布陣法？你以為要一顆一顆擺嗎？這是範圍小，你一個一個也能擺好，要是你必須圍著一座山布陣法呢？」

王胖子這才想起來林清音每次布陣法的時候，都是輕鬆自如的將石子丟出去，每回石頭都能準準的落在林清音想要的位置上，分毫不差。這不僅要靠眼力，更要靠手上的準頭。

「好！」王胖子咬了咬牙。「我聽小大師的。」

接到王胖子的通知，早就等不及的大爺、大媽們趕緊拿著折凳、蒲扇出門了，有些家裡的子女不放心也跟著來了，生怕自家爹媽被人給騙了。

找到丟了三十年的大兒子的李老伯一家四口也來了，上次李老伯擺酒請客的時候，林清音因為趕作業沒去成，李家準備的禮物也沒送出去，這次一看到王胖子的通知，一家四口趕緊拎著預備好的重禮趕了過來。但這次要算命的幾個人已經來了，林清音暫時沒空和他們多聊，李家的四口人便把東西放在一邊，站在後面看小大師算命。

第一個來算命的就是花錢插隊的，說起來和林清音也有些淵源。

「小大師，我叫李玉雙，我媽曾經在妳這算過命。」

林清音點了點頭。「我記得，妳媽曾經以為自己命不久矣，想給妳找親生父母。」

李玉雙驚喜的點了點頭。「小大師，您記性真好。」

林清音當初和王胖子認識就是因為這件事，王胖子沒算準還被李玉雙的媽媽打了，還是林清音說清楚問題的關鍵，講起來這家人還是林清音的第一個客戶。

「早就應該來向您道謝的，只是我媽動了個小手術剛出院，我一直沒空過來。」李玉雙帶著歉意的說道。

「無妨。」林清音看著她問道：「這次找我想算什麼？」

「是關於我那親媽的。」李玉雙說道：「上次您和我媽說，在我三十歲那天有和生母相見的緣分，果不其然，當天中午我們吃飯的時候就有一個女人上門了，說是來找三十年前丟的女兒。

「因為我媽提過這件事，所以我早就有心理準備，可是看到人真的上門了，心裡還是覺得難以接受。她說她當年是未婚懷孕，當時社會風氣保守，她只能偷偷跑出來，連醫院也不敢去，找兩個上了年紀的婦人幫著接生。

「她雖然生了我，但是無法養我，因為對方是個有婦之夫，不能給她名分，也沒法幫她養孩子。她在生產之前就打聽了，我父母一直沒孩子，她便把我放到了我家門口，一個人去了南方打工。其實她要找我的話並不難，她當初扔我的時候就把我家的情況打聽得清清楚楚的。可是這麼多年她都沒來過一回，過了三十年突然來表達母愛，我實在難以接受，總覺得她的動機不是那麼簡單。」

林清音點了點頭。「妳想算什麼？」

「她找到我以後只說是想尋親，彌補當年的遺憾，可我並不覺得這是一個遺憾！我爸媽疼我到骨子裡，別人家孩子有的我也有，但凡我喜歡的，不管多貴爸媽都省吃儉用的滿足我，從小我就是在愛的包圍下長大的，她那種虛假的母愛我才不稀罕。」

李玉雙冷笑。「她見打動不了，便在我家附近租一間房子，每天我帶著龍鳳胎出去玩的時候她就湊過來套近乎。這一陣我媽動手術住院，她又跑前跑後的伺候燉湯，看著倒是挺盡心。這才多長時間，我媽就被她哄得暈頭轉向的，一個勁在我面前誇她好，讓我就當多個親戚一樣相處，可是我心裡總覺得不踏實。」

李玉雙猶豫道：「無論她在我面前表現得多愛我、多對不起我，我不但感覺不到她的愛，反而有些怕。小大師，您能幫我算算她到底是為什麼來找我嗎？」

林清音摸了摸龜殼，說道：「妳和她親緣淡薄，從妳的面相上看不出她的情況，妳有她的照片嗎？要高解析度沒有修過的。」

「有！」李玉雙早就聽自家老太太說過小大師這裡算卦的情況，來之前特意找藉口給那個女人拍了張照片，不僅沒有美顏還拍了大頭特寫，生怕林清音看不清楚。

林清音就喜歡這種準備妥當的客人，不浪費時間。

接過李玉雙的手機，林清音看了照片兩眼，問道：「她叫什麼名字？有沒有她的八字？」

李玉雙立刻說道：「她叫王彩霞，她來的時候我看過她的身分證，只知道出生日期不知道她的生辰八字。」

「只有出生日期也可以，可以根據她的面相推算出八字來。」林清音打開書包，從筆袋裡拿出一支中性筆遞給了李玉雙，又拿出一個筆記本遞給了她。

李玉雙寫下日期，林清音用手指點了點王彩霞的照片。「她的鼻梁上有一個疤，結合她的出生日期，她應該是離婚的狀態。」

李玉雙對王彩霞的事情不了解，她根本就不想和她說話。對於這個當年拋棄她又突然出現打破她平靜生活的人，李玉雙對她一點好感都沒有，也不允許她到自己家來。那個女人看從自己這裡行不通，便天天和她媽媽套交情，也不知道打什麼主意。

「王彩霞命裡有一女一子，女兒的親緣淡薄，只生無養，兒子和她倒是感情深厚，但看來後嗣即將要斷絕。」

李玉雙心裡一凜，知道這就是王彩霞來這裡的關鍵了。「大師，您是說她兒子的孩子出問題了？」

林清音將手機還給李玉雙。「隔代的面相只能看出這麼多。」

李玉雙只得到一個模稜兩可的答案，心裡有些失落，剛要掏錢就聽到林清音說道：「我直接給王彩霞的兒子起個卦吧，能算得更清楚一些。」

李玉雙沒想到有這樣的意外之喜，連連點頭。

林清音拿出龜殼從口袋裡掏出三枚古錢放進去，在前世的時候林清音通常是用六枚古錢起卦，甚至還用過十八枚。

來這看算命的人經常看到林清音撫摸她的龜殼，但是很少看見她使用，一個個都很興奮的圍了過來。

完整的一卦是由六根「爻」組成，一般會這個的都是有點真本事，但一般人都必須拿紙筆將卦面記下來，在所有卦面都出來以後再行分析。可林清音早就跳過這個階段了，三枚古錢連續搖了六次，卦面完整的在她腦海中合為一體，幾乎是一瞬間她便解開了這個卦。

摸了摸古錢，林清音說道：「她的兒子婚姻坎坷，且自身有影響生育的頑疾，在後嗣上十分艱難。唯一的孩子有先天疾病，也就這兩天的事了。」

李玉雙有些茫然。「那她什麼意思？兒子靠不住想找我來養老？」

林清音看著她的臉搖了搖頭。「妳兒子有離巢之難，她可能是為妳兒子來的。」

李玉雙臉色一變，眼裡多了幾分恨意。「扔了我還想把我兒子偷走？」

林清音隨手將古錢和龜殼收了起來。「命運是隨著際遇的不同而變化的，命裡雖然有這一難，但在這之前，一切皆有可能發生變化，妳只要留心看著孩子，不會有大的危險。」

李玉雙點了點頭，從皮包裡掏出一千五百元和一個厚厚的紅包遞了過來。「上次多虧了大師的勸解，我媽才安下心來做手術，這是一點小心意請大師笑納。」

林清音接了過來，捏著厚厚的一疊錢心裡十分舒爽，白天考試的煩悶全都隨著一沓沓的錢煙消雲散了。

自己的存款再加上今天賺的錢，應該夠買一塊上好的玉石了！

將錢放到皮包裡，第二個人是個五、六十歲的大媽，她迫不及待的坐到了林清音的對面，可說話卻不像她的動作那麼爽利，反而有些扭扭捏捏的。「大師，我其實是想給我兒子和兒媳婦算，最近他倆正在鬧離婚。可我兒媳婦人太好了，我捨不得讓她走。」

「若是雙方都不想離婚，我可以幫忙化解一下，但我不能因為妳一個人的想法就強行干涉別人的決定。」林清音態度十分堅定。「這種牽扯因果的事我是不能做的。」

大媽一聽急得眼眶發紅，也不顧家醜不可外揚，和林清音說明了事情的真相。「其實我兒子和兒媳婦感情是挺好的，就是因為孩子的事鬧得要離婚。我媳婦之前生過一個兒子，四歲的時候死了，媳婦的姊姊家的兒子前一陣也生病夭折了。我兒子當時多嘴，說家裡是不是有什麼遺傳疾病，要不然怎麼就養不大孩子呢？我媳婦不高興了，說她姊姊家的大女兒都十歲了也好好的，怎麼就賴到她家人身體有病上面。」

老太太嘆了口氣直犯愁。「就因為這件事我兒媳婦非要離婚，說不肯連累我兒子，我兒子本來沒有要離婚的意思，這幾天被吵得也生氣了，有些當真的意思。」

王胖子在旁邊聽得很無奈。「大媽，有些遺傳病是傳男不傳女的，說不定妳家兒媳婦基因裡就帶著這個，到醫院檢查一下不就得了。我們小大師是算命，不是看病的。」

林清音連忙點了點頭，自從她給小馬警察看出胃癌後，有不少懶得去醫院的大爺、大媽都起了讓林清音做健檢的心思，林清音讓王胖子把這種的活都拒了。術業有專攻，她只能看籠統的情況，卻看不了細緻的，什麼胃炎、胃潰瘍這種她真的無能為力啊！去做個胃鏡檢查一下不好嗎？為什麼要找她一個算命的看病？

「我當婆婆的，怎麼好意思說讓兒媳婦去檢查身體啊！我兒媳婦最近本來就敏感，我若是再多嘴，恐怕她會以為我也嫌棄她呢！」大媽嘆了口氣。「我兒媳婦真的是好人，說起來還是我先認識我兒媳婦的，有一回我騎自行車出去的時候正好遇上大雨，我連人帶車摔倒在路邊，許多人路過都不敢扶我，是兒媳婦把我扶起來送回家的。

「我老伴去世以後，兒媳婦又把我接過去住，我小兒子從國外回來後在一所學校當英語老師，每到週末我兒媳婦都叫他來家裡吃飯，她是打心裡把我們家的人當親人啊！」大媽說著更難受了。「小大師，妳幫幫忙看一眼，我是真捨不得我媳婦。」

王胖子聞言連忙勸道：「大媽，我們小大師的時間真的很少，今天晚飯都沒吃抽空過來的，一會兒算完五個人還得回家寫作業。妳還是讓妳兒子、兒媳來一趟吧……」看了眼手錶，王胖子說道：「七點半之前都可以。」

林清音點了點頭也沒收大媽的錢，直接給下一個算卦。

大媽走到一邊為難的直嘆氣。「他倆不相信這個，要不然我早就拉他們來了！」

旁邊圍觀的一個熱心的老太太把大媽扯到一邊，小聲的出主意。「妳和妳兒子、兒媳說妳腳扭了，讓他們來接。」

大媽聞言有些猶豫，老太太急得直催她。「這眼看都快七點了，回頭小大師走了，再輪到妳不知道什麼時候。」

這句話頓時讓大媽下了決定，她都排了大半個月的隊，若是錯過這次機會只怕小倆口真離了婚，她連忙拿出手機走到一邊打電話。

林清音給剩下的三人算完卦後環視一圈，朗聲說道：「今晚就到這裡了，大家該散步散步、該回家回家，都散了吧。」

大媽一聽就急了，跑過來拉著林清音說道：「小大師不是說等到七點半嗎？現在才七點二十啊，妳稍等等，我兒子、兒媳正趕過來呢！」

林清音看著她笑了。「我這不是為妳清場嗎？」

大媽一聽鬆了口氣。

旁邊人聽明白了小大師話裡的意思，都互相催促著離開，很快涼亭裡除了等兒子的大媽以外，就剩下找到親兒子來的李老伯一家人了。

李大媽拉著自己的長子走到小大師前面，開心得合不攏嘴。「小大師，這就是我丟了三十年的兒子，現在的名字叫張易。」指了指旁邊另一個年輕的男人說道：「這就是我的小兒子李輝，那天他按照大師的指點很快找到了我的大兒子。」

提起那天的事李大媽還和作夢一樣。「小大師您可太神了，我和我那些親戚說的時候他們都不信，說光看照片和八字就能找到人？他們還以為我白天說夢話呢！結果小輝把小易領回來的時候，他們全都傻眼了。」

李輝有些心虛，其實當初他接到電話的時候也完全不相信啊，還和張易吐槽，結果吐著吐著居然對上號了，沒想到坐在自己對面的人居然就是丟了三十年的親哥。

這神奇的尋親經歷讓他觀念都重塑了，現在無論做點什麼他都想算一算。

看到久聞大名的小大師，李輝兩眼直放光，要不是在小大師這排隊的人太多輪不到他，他能把自己算到破產！

再次回到家鄉的張易是在香港長大的，那邊的人本來就很推崇風水算卦一說，甚至知名大學還有專門的風水系，培養了不少知名的風水大師。

張易是生意人，他本來是信佛的，那天去山上就是為了去廟裡燒香，結果半路碰到了李輝，兩人聊一聊還挺投緣，結果李輝接了通電話，聊到最後佛還沒拜就直接認了親，為此張易十分糾結自己要不要改個信仰。

把自己準備的禮物送上，張易又掏出一個厚厚的信封。「本來早就想拜訪小大師的，但王大師說您課業繁忙，我們也不好輕易去打擾，這是一點薄禮請您收下。」

林清音接過那個厚度十分可觀的薄禮笑得十分開心。「張先生是從事房地產生意的？」

「是的，我的父親是個房地產商，他退休後我負責公司的業務。」張易想起養父來滿目溫情。「這次我來尋親養父也是支持的，當年我被人販子拐走後就病倒了，人販子帶著我輾轉去了好幾個地方，最後看我病得快不行了，就把我扔了，我就是那時候遇到了我養父。」

林清音笑了笑。「你福氣很好，除了幼時的坎坷以外，一生都很順遂。」

張易聽到這句話以後隨即喜笑顏開的道謝，別看林清音年紀小，可張易對林清音真是打心底崇拜，什麼都不用問直接能把你的事算得清清楚楚、明明白白的，就問你服不服？

「我們公司在香港和南方一帶還算小有名氣，本來近幾年沒有開拓市場的計劃，可這次認了親以後想在齊城開發一個住宅項目。」張易看了看旁邊年邁的父母。「我想給我父母建一套最好的房子，有個大院子的。」

「大院子啊……」林清音聞言很羨慕，上輩子她是自己獨占一座山峰的人，這輩子別說山峰了，連房子都是又破又小的，她也想要院子。

也許是林清音的願望太過於強烈，張易彷彿聽到了她的心聲。「我比較信風水，好住宅尤其得有好風水，不知道小大師願不願意幫忙費費心，等房子建好以後，您選一套最喜歡的，算我送的。」

林清音嘴角翹了起來。「自然可以的，即便是買的地風水一般，也可以透過設計和法器來改變那裡風水。」

一間房子雖然不便宜，但能和這樣一個有真本事的大師交好完全值得，以後小大師的名氣傳出去，別說是一間房子，就是一棟別墅人家都未必看得上眼。自己這是幸運才在小大師未發跡的時候搶占先機，以後求小大師的地方還多著呢。

小大師一會兒還要給別人算命，張易沒敢太耽誤小大師的時間，和小大師互換了聯繫方式就走了。

目送著張易一家人離開，林清音忽然覺得有些心慌，似乎有什麼不好的事要發生。神算門裡的人直覺都非常準，他們雖然無法給自己算卦，但是他們對自身安危的直覺比算卦還要精確，林清音現在只有一個念頭，趕緊離開這裡回家。

林清音立刻抓起書包站了起來，大媽見狀有些著急了，拉著她的胳膊不讓她走。「小大師麻煩妳再等一分鐘，他們已經到了。」

林清音心頭的危機感越來越重，恨不得直接將手抽回來。「今天不算了，明天我再找妳。」

「哎，小大師，他們來了！」大媽朝涼亭外面一指。

林清音抬頭一看，兩男一女氣喘吁吁的跑了進來。「媽，妳沒事吧！」

大媽高興的指著其中一對男女。「小大師，您看這就是我兒子、兒媳婦，妳快幫忙給算算！」

林清音沒有看他們倆，而是有些絕望的看著另一個人，她終於知道自己為什麼會感覺不安了。

她的英語老師怎麼也跟著來了?!

李彥辰和姜美玲兩個人剛跑到李母身邊要扶她，李母一伸手先拽住了他倆。「你們怎麼來得這麼慢，再晚一步小大師就走了！」

李彥辰看了看面前高中生模樣的女生有些不解的問道：「媽，您這是幹麼啊？不是說摔著了嗎？到底有沒有事啊？」

「我沒摔倒！」李母對自己騙人這件事絲毫不覺得愧疚。「我不這麼說你們會來嗎？」

夫妻倆聽了都很無語，拿手背抹抹額頭上的汗鬆一口氣。「媽，以後妳有事說事別嚇唬人可以嘛！」

李母沒搭理他倆，畢恭畢敬地和林清音說道：「小大師，這是我大兒子李彥辰和兒媳婦姜美玲，旁邊那個是我小兒子李彥宇。」

林清音看著李彥宇熟悉的臉，心裡有點想哭。

其實這個真不用介紹，她很熟悉呢，白天還給我監考……

李母介紹完了還問李彥宇。「你怎麼跟著來了？」

李彥宇無語的看了她一眼。「還說呢，我今天給大哥送東西，一進門就聽見大哥嚷嚷說妳在公園摔倒了，我們三個就一起跑來了，您這是弄哪齣啊？」

「這事和你沒關係，一邊待著去！」李母把自己的大兒子和兒媳婦拉了過來。「這是小大師，別看小大師年紀小，但是算卦特別準，我想你們要孩子的事也別生氣，讓小大師算算一定沒事。」

「林大師？」

「算卦？」

夫妻兩個同時轉過頭看向林清音，卻發現林清音和李彥宇兩個人對視著，氣氛似乎有些凝重。

「你認識這個小姑娘？」李彥辰靈光一閃猛地轉過頭，多看了林清音兩眼。「小宇，這不會是你們學校的學生吧？」

林清音臉色有些發白，心裡一陣陣的後悔。

她就知道自己的直覺絕對不會出錯，剛才應該直接跑人！

第十六章

當著老師的面不敢說話，林清音只能偷偷給旁邊傻眼的王胖子使了個眼色，讓他想個辦法打一下圓場。活了這麼多年這還是她第一次覺得有些無助，出來算命當場被老師逮到了怎麼辦？

王胖子無能為力的回了個眼神，身為學渣的他從小到大看到老師都腿軟，他真的不敢插嘴啊！再說了他是畢業以後才從事算命這行業的，實在是沒有這方面的經驗。

看著林清音的眼神飄來飄去，李彥宇陰惻惻的笑了。「林清音，妳英語考試的時候沒算夠是不是？」

摸了摸鼻子，林清音默默的退後一步，尷尬的為自己辯解。「剛才我說了今天不算的。」

只怪剛才被張易送房子的承諾衝昏了頭腦，才沒及時感應到危機的來臨，要不然她早就跑了！

一聽見小大師說不算，李母頓時急了。「別！別！別！小大師，我這排了半個多月好不容易排到的，妳今天好歹替他倆算一卦，要不然他倆的婚姻就完了！」

李彥宇看了看自家迷信的老母親，又看了看明顯想逃跑的林清音，呵呵了兩聲。「林清音啊林清音，沒想到妳還這麼多才多藝呢！妳這才藝挺特殊啊？」

沒等林清音回答，李母啪的一巴掌拍到了李彥宇的後背上。「怎麼和小大師說話的！真沒禮貌，要叫大師！」

李彥宇頓時無語，只能瞪著林清音。

林清音癟著嘴，心裡幽怨。

大媽求您別說話了……李老師的眼神看起來比剛才更可怕了！

李彥辰聽明白自家老媽把自己忽悠出來的目的，心情複雜的看一眼旁邊低頭不語的妻子。夫妻二人從恩愛走到今天的生疏，李彥辰比誰都難過，可是現在不是他想放棄，而是妻子不想要這樁婚姻了。

李彥辰知道，姜美玲是怕拖累自己，也害怕再次體驗到喪子之痛，所以她寧願不要這段婚姻。

輕輕的嘆了口氣，李彥辰的聲音有些苦澀。「媽，妳不知道我和美玲之間的事，就別瞎攪和了。」

「我不知道沒關係，小大師一算就知道了。」李母期待的看著林清音。「小大師，您給他倆算算唄。」

李彥宇冷冷道：「呵呵，小大師！」

林清音兩手捂住了臉。

不想說話，牙疼！

李彥宇看著林清音的樣子氣得直笑，考試時候扔古錢猜答案、放學後到公園算命，怎麼這麼有想法呢？有這精力多背兩個單詞至於考試得那麼少……的分嗎？

李彥宇想起了林清音的卷子，除了寫作題，前面靠搖古錢選的答案全對，難道是白天猜得太準，給她產生了自己會算卦的錯覺？

「媽，妳有空在家看看新聞多好，別信那些有的沒的。」李彥宇看了林清音一眼沒好氣的笑道：「她就是我們班的一個學生，平時拿個龜殼擺弄，妳還以為她真會給妳算卦呀？」

李母白了他一眼。「怎麼能叫龜殼呢？那是法器！再說了，小大師平時不用龜殼的，普普通通的她看面相就能算出來。是不是，小大師？」

林清音垂著頭。

不想說話，我想回家！

李彥宇看著林清音蔫頭蔫腦的樣子忍不住笑了，伸手去扶自家老媽。「行了，我們自家的事回去說，林清音還要回去複習功課呢，明天還有幾門課要考試。」

「和你說有什麼用？你是能算卦還是會看相！」李母啪的一下把李彥宇的手拍了下來。

「我和你說，我排了半個多月才輪到我，要是錯過這次至少還要等兩個月，你知道小大師多難約嗎？」

林清音深吸了口氣，看來今天這卦是躲不過去了，反正都這樣了，那就早算早回家吧！一轉身坐回到石凳上，林清音朝李彥辰和姜美玲兩人做了個請的手勢。「那快點吧，別耽誤時間。」

夫妻倆對視一眼也在林清音對面坐下來，倒不是他們相信林清音，而是大家都看出來今天這卦要是不算的話誰也走不了，乾脆就當是哄老人家開心了。

林清音靜下心來藉著涼亭裡的燈仔細觀察兩人的面相，便知道兩人婚姻的癥結出在姜美玲身上。

撫摸了下手裡的龜殼，林清音用篤定的語氣說道：「從面相上看，妳有一個哥哥和一個弟弟都在幼年的時候夭折了，兩人去世的時候年齡應該都不超過六歲。」

心不在焉的姜美玲聽到這話猛然站起來，聲音高得有些破音。「妳是怎麼知道的？」

李母拍了拍姜美玲的手，和顏悅色的說道：「小大師算卦沒有不靈驗的，妳只管相信她就是。」

李彥辰和李彥宇兄弟兩人對視一眼，心裡都十分震驚。

他們只知道姜美玲有個姊姊，可從來沒聽她家人提過曾經有兄弟的事。其實姜美玲對哥哥、弟弟的記憶也十分淡薄，只隱隱約約有個印象。還是這次姊姊家的兒子夭折了，姜母才哭著提起這段舊事，也正因為如此姜美玲才決定和李彥辰離婚的。

「我前陣子去做了基因檢測，我家有一種罕見的遺傳病，這種病傳男不傳女，女孩子只攜帶基因但不會發病，但男孩子活不到成年必定死亡。」姜美玲神色複雜的看了李彥辰一眼。「其實你說得沒錯，我們家的人確實有病。」

李彥辰頓時慌了神，趕緊起身過去哄姜美玲。「我當時氣得口不擇言，不是有心的，我真的沒有嫌棄妳的意思，我沒想離婚。」

姜美玲搖了搖頭，聲音裡帶著幾分落寞。「是我嫌棄我自己，我不想再將自己有病的基因傳下去了，我們倆離婚對誰都好。」

不只是嫌棄，其實還有害怕，她害怕自己生不出健康的孩子，她害怕重蹈母親的覆轍，她已經歷過一次喪子之痛，實在是不想再經歷第二次。

林清音雖然對愛情這種東西看不明白，但是她卻看得懂面相。「你們夫妻恩愛，感情雖有些小波折但不至於走到離婚的地步。」

姜美玲心裡發苦。「大師，您既然都算出來了我想離婚的緣由，何必再勸呢？」

林清音誠實的指了指旁邊的李母。「因為妳媽付了錢呀！」

面對齊齊看過來的目光，李母驕傲的挺起了胸。「一千塊錢，我自己出的錢！」

林清音看著神色各異的一家人，語氣慢悠悠的又拋下個地雷。「而且你們離婚的話，妳肚子裡的孩子怎麼辦？」看著同時轉過來的四個腦袋，林清音指了指姜美玲的肚子。「你們命中有兩個女兒，此時都在妳的肚子裡，應該有一個多月了。」

這回連李彥宇都猛然站起來，不敢置信的看著姜美玲的肚子。

姜美玲下意識摸了摸十分平坦的小腹。

她上個月的月事是什麼時候來的？仔細回想，她才發現自己已經快兩個月沒來月事了，外甥夭折再加上遺傳病的事讓她身心憔悴，她根本就沒注意到這件事。

「懷孕了？還是女兒？」見慣了小大師算命的李母最先回過神來，隨手拍了站著發愣的李彥宇一巴掌。「還愣著幹麼？趕緊去公園門口的藥店給你嫂子買驗孕棒！」

李彥宇這個未婚的青年羞得滿臉通紅，可是看著他哥樂呵呵的看著他嫂子完全沒有想動腿的意思，李彥宇只得認命的往公園門口跑。

這叫什麼事啊！

六角涼亭離公園北門不遠，李彥宇人高腿長的，十分鐘就拎了個袋子跑回來，裡面裝了七、八種驗孕棒，看樣子似乎是不知道買哪一個，乾脆把所有的都買了。

李母將袋子搶了過來，拉著姜美玲去旁邊的洗手間，過了五分鐘李母興高采烈的扶著姜美玲出來了。「我就說小大師算得準吧，你們還不信！」

李彥辰小心翼翼的扶著姜美玲，有些期待又有些不安的問道：「真的懷了？」

姜美玲神色複雜的點了點頭。「兩道槓，已經很清楚了。」

看了看兩人之間似乎沒什麼矛盾了，林清音鬆了口氣。「好了，問題解決了，我該回家了。」

「哎哎小大師您請留步！」

這回不用李母開口，李彥辰把林清音叫住了。「大師，我妻子懷的真的是女兒嗎？」

「對啊，雙胞胎女兒。」林清音說道。「我不知道這個時候醫院能不能檢查出來，你們可以去問問。」

聽林清音語氣篤定，李彥辰夫妻心裡十分踏實，連懷孕的事都能算出來了，那性別肯定不會算錯。

夫妻倆手拉著手除了傻笑沒別的反應了，還是他們家老媽想得全面，乘機問林清音。「大師，您看我兒媳婦這種遺傳病，有沒有方法避免啊？」

林清音想了想，說道：「倒是可以戴一個護身符，除了保平安以外也有強身健體的功效。但是能不能阻止基因遺傳我不好說，暫時也沒有這方面的先例。」

「護身符啊？」李母看了看兒媳婦紅紅的眼睛，乾脆點了頭咬牙問：「小大師，護身符多少錢啊？」

「看妳要哪種了。」林清音指了指王胖子脖子上掛的護身符。「這種用好玉做的護身符價格比較貴，靈氣本身就有淨化身體的作用，再加上陣法的加持會比其他材質更靈驗一些。」

王胖子連忙跟李母炫耀自己的玉。「這是小大師根據我的八字特別雕的，我這才戴了兩天，就覺得渾身上下都輕鬆，晚上也睡得好了。」

李母聽得兩眼直放光，正要開口決定的時候又聽林清音說道：「石頭的也可以刻，只是石頭本身沒有靈氣，效果只有玉器的十分之一。另外還有用紙做的護身符，便於隨身攜帶，效果和石頭的差不多，但若是髒污或是被雨淋濕了就會失去效果。」

李母有些猶豫不定。「小大師，這三種是多少錢呀？」

林清音看了王胖子一眼，示意他說個合適的價格。

王胖子沈吟一下說道：「玉的護身符要二十萬，您別嫌貴，我們小大師買玉非常挑剔，買玉挑的是通透水頭，可小大師看的是靈氣。說實話，有時候二十萬的玉都未必能找到有靈氣的，每回小大師出門買玉都會算好方位才去，要不然真的很難碰到。」

「石頭的當然便宜一些，不過這石頭不是河邊隨便撿撿就成的，也需要精挑細選，起碼拿在手裡要好看吧？這個只要兩萬塊就行了。那紙做的是最便宜的，不過小大師用的是上等的硃砂和黃表紙，這個不是小攤小販隨便買的，都是需要特製的，非常稀少。」王胖子伸出手指。「這個只要兩千塊！」

李母第一個想法就是把紙的劃去，紙質的價格雖然很划算，但是一般這種都很難隨身攜帶，放皮包裡、口袋裡感覺效果又差了些。

石頭的價格倒是十分適中，兩萬塊就一只金手鐲的錢，可用處卻比金手鐲大多了，不過李母總覺得送給兒媳婦一個石頭的飾物不太講究，可玉的要二十萬呢。

李母忍不住伸手摸了摸王胖子脖子上的玉珮，入手冰冰涼涼滑潤潤的，看著成色好，雕出來也漂亮。

李母咬了咬牙。「我給我媳婦買玉的！」

姜美玲聽了急得直跺腳。「媽，買個紙的就行了，二十萬可是妳養老的錢。」

李母笑著拍了拍姜美玲的手。「妳不是已經把我接到家裡來養老了嘛，有妳在我還需要養老錢嗎？」

見婆婆疼自己，姜美玲不禁又哭又笑說道：「可是這也太貴了。」

「不貴不貴，小大師是有真本事的人，她雕的護身符肯定物超所值！」李母盤算了下家底。「王大師，我給我兒媳婦買個玉的，我自己買個石頭的，給我家兩個兒子一人一個紙的就行。」

王胖子朝她豎了個大拇指誇讚。「今天是您賺到了，這可是小大師第一次說賣護身符，下個想買的還不知道要等到什麼時候呢！這樣，今天我冒著被罵的風險送您個福利，免費送妳一卦，可以插隊那種！妳什麼時候想算和我預約。」

「就這麼說定了。」李母聞言喜笑顏開。「王大師，您可真是好人！」

王胖子把林清音的戶頭帳號發給了李母。「不算什麼，等您轉了帳以後記得把八字給我寫下來，越精確越好！小大師收到了錢好抽空去給您選玉，還得焚香淨身祝禱什麼的，麻煩著呢。」

李母被哄得樂呵呵的，一抬頭看見自己的小兒子，連忙把他揪了過來。「剛才我聽說你是小大師的老師？」

李彥宇心情複雜的點了點頭，在這半小時之前他還是堅定的唯物主義者，可現在三觀都碎了還有什麼好說的？

自己的學生會算命，居然還算得那麼準，要不是親眼所見他真的不相信！

「好好照顧小大師，不許對小大師沒禮貌！」李母鄭重的囑咐了兒子，又恭敬的林清音說道：「小大師，他要是做得不好妳回來告訴我，我說他！」

林清音眼睛一亮，頓時點了點頭。「好！」

李彥宇瞪大眼，啞口無言。

妳答應得倒是挺快！

看著老媽又圍著兒媳婦噓寒問暖去了，李彥宇呵呵了兩聲。「今天考試的英語選擇題都是妳算出來的吧？」

林清音沈默了，這個要不要承認呢？

李彥宇看著她的表情還有什麼不明白的。「呵呵，小大師，妳這算作弊吧！」

林清音抬起頭。「難道校規裡有說過考試的時候不能算卦？」

哪家神經病學校會規定這條啊？不過話又說回來，誰家的學生會算卦啊！

師生相對無言，王胖子聽說林清音考試算答案汗都流下來了，也顧不得心底對老師的畏懼，堅強的過來打圓場。「小大師這裡的事結束了，妳該回家複習功課了，不是說明天還有考試嗎？」

林清音頓時抱著裝滿錢的書包跑得飛快，喊道：「李老師再見！」

李彥宇看著林清音的背影氣得直笑。

回頭等妳成績出來我看看妳複習得到底怎麼樣！

李母和兒媳婦說完了話，一抬頭發現林清音已經走了，頓時懊惱的捶胸頓足。「你看看，還沒好好謝謝小大師呢。」

李彥宇想到林清音今晚的收入，心裡冒著酸溜溜的小泡泡。「媽，妳已經謝出去二十來萬了，還想怎麼謝啊？」

「那是買護身符的，我今天運氣好才碰到小大師肯賣護身符，以前也有人問過，小大師從來都不搭理。」李母用眼睛狠狠的剜了李彥宇。「你在學校看到小大師記得和她預約一下，讓她給你算算你什麼時候才能交到女朋友。都快三十歲的人了還孤零零的沒有女朋友，也不嫌丟人！」

李彥宇聽到自己被四捨五入的年齡心都碎了。「媽，我才二十七！」

「你喊什麼喊？」李母捂住了耳朵一副嫌棄的模樣。「都三十來歲的人了一點也不穩重！」

李彥宇抓狂了。「我才二十七！」

「別忘了去找小大師算算啊！」李母將話又轉回來，然後揮了揮手。「好了你趕緊回家吧，別來你哥家，你嫂子還要休息呢！」

摸了摸自己的寸頭，李彥宇決定絕不去找林清音算卦，要不然他的面子往哪兒擱？

兩天考試很快過去了，老師們都熬夜批改試卷並且排好名次。

學校打算對高二年級重新分班，所以這次的排名將不公布，只發試卷講題，私底下將名次作為分班的參考。這次分班既是為了林清音，也是為了一部分還想好好學習的學生。

林清音這大半個月在姜維的輔導下才複習一半的課程，但考試時她連做帶算的居然考了第十五名。不過看了成績單就知道，她名次排在這裡多虧了滿分的數學，這次數學考卷有些難度，很多學生都在這上面失了分，高二一班只有林清音一個人得了滿分，而第二名的分數和她相差三十五分之多。

林清音數學考卷相當完美，背誦為主的文科類考卷也不錯，英語好歹得了一百一十五，物理還勉強。最慘不忍睹的則是完全沒有複習到的化學，除了選擇題以外其餘的一律沒做，成績直接不及格。

李彥宇在教師系統裡看到成績單後，特意去化學組辦公室問化學老師要來林清音的試卷，看著大面積的空白，李彥宇居然有一種慶幸的感覺，幸虧英語選擇題占了五分之四，要不然成績肯定和化學一樣慘。

這種能掐會算的本事真的是讓人羨慕又頭疼，李彥宇都不敢細想林清音到底實際會多少內容，他怕真相讓自己承受不住！

為了不讓家長把這次分班和成績聯想在一起，學校打算在開學一個月後會召開家長會，以培養重點不同作為理由通知分班的事，分完班再進行月考。校長特意叮囑一班的班導師于承澤，讓他多關注林清音的情況，千萬別讓班裡再出現什麼校園霸凌的事，要不然他真的無法和家長交代了。

林清音沒見過校長，自然不知道他怎麼想的，反正她熬過了考試這關，終於有心情好好回饋她的同學這一年來對她的關愛了。

東方國際私立高中除了學費特別貴以外，和其他高中相比最大的特點就是教學環境和設施非常好。校園綠草如茵，各種運動設施十分齊全，教室裡不但有中央空調，還擺了十幾盆的花卉植株。

但高中的學生們根本就沒有耐心伺候花，有時候值日生想著就澆一次，有的時候懶得去提水，連澆花也省了，好在這些花都是好養活的，雖然長得有些雜亂但都生機勃勃。

教學樓每天早上有專人開門，林清音早早的來到了教室，放下書包後她拿出一把剪刀來修剪花卉。

林清音雖然沒養過花草，但是這些植物本身就是屬於有靈氣的東西，看著哪個地方的靈氣足就留著，看著哪個枝葉要枯死了便修剪，這樣修剪完一盆後居然還挺有型的。

接著她隨手從口袋裡拿出幾顆鵝卵石放在花盆裡，林清音給花盆調整了個合適的位置，繼續修剪下一盆。等她修剪完所有的花盆，將枯枝雜葉從樓道旁邊的垃圾口丟下去，高二一班的同學才陸陸續續的到了學校。

風水學認為，萬物源於一氣，五行的盛衰、陰陽之氣的清濁都會影響到人體之氣，改變人的吉凶禍福。

林清音自然不會在教室裡設大凶的陣法，這樣做實在是有違天和，對自己的氣運也會造成不好的影響，她講究的是自然之道，設的陣法也是如此。

「道設生以賞善，設死以威惡」，林清音設的這個陣法就像是一個小型的天道，不同的作為會產生不同的氣運，吉凶福禍也隨之而生。

說白了就是，欺負人、做壞事的等著倒楣去吧！

第十七章

李明宇揹著書包悠悠哉哉的進了教室，報到那天他想捉弄下林清音，沒想到把自己整到劈腿了還把頭給撞破。其實頭撞了還算小事，主要是劈腿太猛導致某個不可言喻的部位有些拉傷，一碰就疼，現在走路都怪怪的。

李明宇心裡實在是有些憋屈，但他這種過於自我的人自然不會反省本身的錯誤，反而覺得是林清音烏鴉嘴害他倒楣，一直憋著壞念頭找林清音出氣。

看到林清音正站在座位旁邊的過道上擺弄著窗臺上的一盆花，李明宇夾著兩條腿走到自己好哥們舒俊逸的旁邊，朝林清音的方向努了努嘴。「你沒替兄弟我報仇啊？」

舒俊逸不以為意的撩了下頭髮。「這兩天不是考試嘛，老師一早就來班裡，我沒空搭理她。你倒好，破了點皮連考試都逃過去了，運氣真好啊！」

李明宇不好意思明說出自己的實情，打哈哈笑了兩聲，拉著舒俊逸往林清音方向走。「想起那天的事我就氣，找她算帳去。」

其實論容貌，林清音長得不差，當初剛開學的時候還讓不少男生眼睛一亮，有事沒事往她跟前湊。可林清音是那種認真唸書的好孩子，根本就不想和他們閒扯淡浪費時間，幾次下來有幾個男生面子掛不住就覺得林清音看不起人，開始帶頭欺負她。

欺負人是會上癮的，看著林清音兩眼含淚不敢說話的樣子他們就很有成就感，其他的同學看見了也跟著有樣學樣，一個學期下來林清音就成了全班的受氣包。

舒俊逸當初就是帶頭欺負林清音的人之一，他家裡有點錢，人也長得小帥，國中時在女同學之間一直無往不利，沒想到剛上高中就在林清音這碰了個釘子，總覺得有些丟臉。他對林清音多少有些因愛生恨的意思，班裡就他和李明宇兩個最喜歡對林清動手動腳。

東方國際私立高中的學生不像公立學校那麼多，每個學生都是單獨的座位，沒有同桌，中間都有走道相隔，相對來說上課也比較不會被影響。

舒俊逸穿過走道來到林清音身後，伸手去抓她的馬尾，林清音就像是腦袋後面長了眼睛，在同一時間忽然往旁邊邁一步，舒俊逸腳底一滑直直的往前踉蹌了兩步，整張臉結結實實的摔在花盆裡。

林清音站在旁邊目睹了全過程，笑得眉眼都彎了起來，還不忘搖頭嘆氣添柴火。「多好看的花，怎麼被你啃了？」

花盆裡早上剛澆了水，泥土濕答答的還沒有乾，舒俊逸一臉栽下去滿臉黏上厚厚的一層泥，連嘴巴都進去不少。

鬧哄哄的教室一下安靜了下來，隨即又爆發出劇烈的嘲笑聲，一邊笑還一邊砰砰的拍桌子，教室裡亂成一團。

以前被全班嘲笑的人是林清音，現在成了舒俊逸。

舒俊逸本來就是好面子的人，之前被髒水淋了一身就被笑到下不了臺，但好歹有個比他更慘的李明宇吸收了大多數人的目光，才讓他不至於太過尷尬，可今天倒楣的就他一個，李明宇還在一旁震驚呢。

將嘴裡的泥吐了出來，抬手胡亂的把臉上的泥抹了下來，有些狼狽的吼一聲。「笑什麼笑！」

林清音輕笑一聲轉身準備回座位，舒俊逸腦子一熱往前一步伸手又要去抓，可他這一腳恰好踩到他剛剛甩下來的濕泥土，腳一滑順勢做個標準的劈腿，結結實實的坐在地上。

瞬間，嗷一聲破音的慘叫響徹教室，甚至蓋住了其他同學的笑聲。

林清音轉過身抱著胳膊朝一旁看傻眼的李明宇挑了下唇角。「這個姿勢看起來很眼熟啊。」

李明宇頓時想起自己拉傷下體被脫褲子檢查的恐懼，下意識夾緊了雙腿，用十分同情的眼神看著自己的好兄弟，心忖：什麼都別說了，去醫院吧，那裡我熟。

夾著大腿的李明宇艱難的將舒俊逸扶了起來，舒俊逸總算知道那天李明宇的表情為什麼那麼難看，感覺下面的筋就像是斷了，太他媽疼了，而且還不好意思用手捂著。

李彥宇抱著教案和英語課本從門外走了進來，看到舒俊逸髒兮兮的臉和詭異的姿勢問道：「你怎麼了？」

「我滑倒了。」舒俊逸有些難堪的夾住了腿，彷彿這樣可以緩解一些痛苦。「老師我要去醫院。」

「去吧！」李彥宇又點名叫一個男生。「你去學校醫務室幫他叫一輛車。」

目送著夾腿雙人組的背影，李彥宇有些不解的搖了搖頭。「才開學三天，你們班就有兩個受傷的了，你們平時在教室是不是太鬧了？」

其他人回想起兩人受傷的經過都忍不住去看林清音，李彥宇和舒俊逸的劈腿說起來多少都和她有些關係，可是林清音連碰都沒碰他們。

李彥宇到教室外面給于承澤打電話說了剛才發生的事，有幾個不喜歡林清音的女生乘機湊在一起嚼舌根，說林清音是掃把星，誰沾上她誰倒楣。

有個叫伊海燕女生說著說著覺得口渴了，從抽屜裡拿出一個保溫杯，一邊說捏造著林清音莫須有的壞話，一邊用手轉開保溫杯蓋子。

漫不經心的擰一下，保溫杯的蓋子扣得緊緊的沒擰開，她說話的時候手上忍不住加大了力氣，只聽「砰」的一聲，強行擰開的杯蓋和一團熱蒸汽同時躥了出來，杯蓋上的熱水正好滴在她拿杯子的手上。

伊海燕忘了手上拿著的保溫杯，下意識把手一甩，杯子裡的熱水瞬間把圍在一起說閒話的女生全都燙到了，尤其是她自己燙得最慘。

剛打完電話進來的李彥宇看到這一幕後目瞪口呆，有些頭大的點一個同學。「趕緊去校門口讓醫務室的車等一等，把這幾個也帶去。」

越是這麼湊巧越是有人不信邪，總有幾個腦袋不清楚的人想嘗試嘗試，結果一天下來，高二一班足足有十幾個人都送去醫院，可問起來全是自作自受，和旁人一點關係都沒有。

可這次受傷的人也太多了，以前學校一年也出不了十個送醫院的，這次連學校的校長都驚動了，親自到高二一班去一趟，叮囑他們老老實實唸書不許鬧事。

從教室裡出來，校長忍不住犯嘀咕。「你們說高二一班是不是風水不好？怎麼就他們班出的事多呢？要不要私下找個風水大師來看看？」

李彥宇想到林清音。「呵呵！」

在高二這麼關鍵的階段，一開學班上就十幾個學生請病假，老師都覺得頭疼，只能先拿出開學考試的試卷一邊講解，順便把高一學的內容重點再講一遍。

林清音倒是挺願意複習的，除了語言類的她覺得壓力有點大以外，其他的她都不愁，只要是把課補完了她就能跟上。

只有英語這門課，她是真的無能為力啊！

也許是林清音的表情太過明顯，李彥宇一眼就看見了她，用食指關節叩了叩桌子。「林清音妳講講二十三題。」

林清音看了眼試卷。「選Ａ。」

「為什麼選Ａ？」

林清音頓時頭皮都炸了，盯著試卷看了兩眼，總算想出一個完美的答案。「因為只有Ａ是正確的。」

李彥宇心裡發涼。這可是試卷上最簡單的一道選擇題啊！小大師妳到底會多少啊？可是當著這麼多同學的面，李彥宇又怕問多了讓林清音出醜，想了想還是讓她坐下，硬著頭皮替她圓場。「林清音說的這個答案是對的，我們先來看題……」

林清音鬆了口氣，那種提心吊膽的感覺消失了，看來老師不會再問她了。

用一節課的時間把試卷講一遍，李彥宇環視著教室裡的學生。「下午的兩節自習課用來考英語，難易程度和剛才講過的試卷差不多，我看看我剛才講了那麼多，你們到底有沒有用心聽。」

聽著下面的哀嚎聲，李彥宇將視線停留在林清音身上。「下午考試的時候桌子上只允許留中性筆……」想了想，李彥宇補充道：「中性筆只能留一支，別的都放在抽屜裡，否則按作弊處理。」

不是他不體貼學生，他實在是怕小大師拿著一把中型筆都能來一卦。他只是想看看她的英語能力到底怎麼樣，若實在不好的話，私底下他也能幫她補補課。

作為一個留學回來的高材生，李彥宇真的不想教出一個英語文盲。

聽到李彥宇帶著明顯指示意味的話，林清音一臉淡然。沒龜殼有什麼大不了的？本掌門沒有龜殼，照樣也能當掌門！

下午自習課，李彥宇準時抱著英語試卷走進教室，每組一疊往後傳試卷。林清音坐在第二排，拿到試卷後連題目也不看就往上寫答案，李彥宇在教室裡轉一圈，把多餘的試卷收回來，等路過林清音的時候探頭一看，頓時傻眼。

我聽力還沒開始放，妳怎麼就做完聽力題了？

打開錄音機放出聽力題，李彥宇忍不住走到林清音的背後探頭去看，只見林清音每道題都從A寫起，若是這道題的答案是A的話那皆大歡喜，如果正確答案是D就能看到前面劃掉的A、B、C，一看就是憑直覺在選答案。

李彥宇看得都想哭，有個會算卦直覺又準的學生太可怕了，簡直是防不勝防啊！

在這種開外掛的直覺下，別的學生做完聽力的時候林清音已經做到閱讀理解了，人家剛做完第一篇閱讀理解林清音已經在看後面的寫作了。

看到這裡，李彥宇準備去看看其他同學答題的情況，選擇題靠直覺也就算了，這寫作題靠的是實打實的基礎。昨天的開學考試林清音可是把寫作題全都空白，僅僅一天時間怎麼也不可能有太大的飛躍。

李彥宇剛要邁腿就看到林清音把卷子翻到最後一頁，她直接跳過了改錯題，開始看最後那道書面表達題，也就是英語小作文。

題目是邀請一個國外的朋友來家裡做客，向他介紹一些習俗和禮儀知識。

林清音只看了眼題目上的文字，就開始洋洋灑灑的寫了起來，寫的信裡面還增添了不少題目沒有要求的內容，讓這封信看起來更加充實飽滿。起初李彥宇看到林清音用的句子和短語都超過現在所學的內容還挺高興，覺得自己小看她了，可看著看著李彥宇的笑容就僵在了臉上。

這作文內容怎麼看起來這麼眼熟？

他連忙從口袋掏出手機按照林清音寫的作文搜索，很快就找到了某年高考試卷的標準答案。那道寫作題和現在試卷這道題差不太多，只是多了餐桌禮儀的介紹，而這部分正是剛才讓李彥宇覺得豐富了細節、讓內容更加飽滿的關鍵。

李彥宇看一遍標準答案，又看一遍林清音的試卷，連標點符號都一模一樣。

這是提前把寫作的題目算出來然後背了一篇作文嗎？記憶力還真是夠好的！妳有這記憶

力多背點單詞不行嗎？詞彙量上去了什麼樣的作文寫不出來？

李彥宇看著林清音的後腦杓都想哭了。

小大師，妳算一卦要一千塊錢，用在課堂小測驗上是不是有點太浪費啊！給自己算卦不用錢是不是？

寫完最後一個單詞，林清音滿意的把筆收了起來，一伸手將試卷遞給站在自己身後的李彥宇。「老師，我做完了！」

李彥宇接過考卷無奈點了點頭。「那妳自己複習別的內容吧。」

話音剛落，李彥宇就見林清音從抽屜裡掏出一本高考英文寫作大全來，還將龜殼也取了出來。

李彥宇看到這一幕眼淚都快流下來了。

妳這是準備算下一次英語考試的作文了嗎？題目我還沒出呢！

受傷的學生請假一天全都回到了學校，高中課程不比其他學年，落下一天的課很可能後面的內容就跟不上了，只要是能下床，家長們抬也會把他們抬學校來。

來是都來了，就是一個個看起來都非常慘。

當眾表演了標準劈腿的舒俊逸終於體驗到了李明宇那種難以言喻的痛苦，也明白了李明宇夾著腿走路的苦衷，因為他比李明宇還慘。

舒俊逸拉傷得比較嚴重，白天上課，晚上還要去醫院門診打消炎止痛針。其實打針也沒什麼大不了的，就是他受傷的經過和部位太過特殊了，就連醫院的護理師都認識他了，給他打針的時候都忍不住笑出聲，這讓好面子的舒俊逸遭受到身體和心靈的雙重打擊。

他覺得自己活了十多年還是第一次這麼丟臉！

同樣覺得丟臉的，還有班裡那幾個燙傷的女同學。

被燙傷的幾個女生都起了紅紅的水泡，手上還可以包紮起來，可臉上的只能露著了，一個個又紅又水靈的大泡被塗上油亮的燙傷膏，格外引人注目，這對注重外貌的女生們來說簡直生不如死。可家長們又不允許她們以這樣無關緊要的小事請假，一個個都被強行的送回了學校。

東方國際私立高中的不少女生都有化妝的習慣，這幾個燙傷的也不例外，平時她們不搽粉底都不出門，可現在好了，別說粉底就連素顏對她們來說都成了奢望。可她們又不想讓班裡的男生看到自己的模樣，只能一個個的都戴著口罩上學，別說抹藥，就連水泡都被緊緊的蓋在口罩裡，卻不知道水泡被這樣包住反而很難癒合。

喜歡給林清音編造瞎話的那個女生被燙得最嚴重，沒幾天她捂得嚴嚴實實的水泡就感染了。家長知道原因後又是一頓罵，趕緊送她去外科擠膿上藥，然後帶她去門診打消炎針。

正在打針的舒俊逸看到她的樣子險些吐了，拿出手機拍了她的照片發到朋友圈嘲諷一番。感染化膿的女生氣得眼睛都紅了，掛著點滴在醫院轉了一圈便把舒俊逸的病情打聽了出來，當即把舒俊逸苦苦隱瞞的事情發在了朋友圈裡。

第二天班上同學看舒俊逸的眼神都不一樣了，就連頭幾天劈腿的李明宇都受到了異樣眼神的關愛，這可是那個部位拉傷的人啊，也不知道以後還能不能用了。

很快舒俊逸和李明宇分別多了一個外號——舒公公和李公公。

這對十六、七歲的男生來說可謂是最大的羞恥，他們也第一次體會到了語言暴力的傷害，痛苦得生不如死！

就這樣還不算結束，高二一班的同學們發現他們最近都有些走霉運了，自行車爆胎、坐轎車上學的發現車胎扎了釘子都算小事。他們遇到水坑必定會平地摔且面朝下，彎腰下蹲褲子一定會開裂，洗了頭去上學肯定會有鳥屎從天而降，簡直倒楣到喝涼水都塞牙。

學校裡喜歡霸凌同學的不只有高二一班的學生，別的班級也不少。

可同樣的有心眼壞的同學，就有單純心善的好學生，林清音索性用學校的樹木和池水為陣眼擺出一個天然的陣法，看看那些天天摔得灰頭土臉的人還有沒有精力去欺負別人。

在陣法的作用下，所有人的氣運都悄悄然的發生了變化，心善喜歡幫助別人的最近好運連連；不欺負人也不幫助人的一如以往沒有變化；而那些以欺壓旁人為樂，喜歡用校園暴力彰顯自己能耐的學生簡直可以說是烏雲罩頂。而這種變化並不只是在學校裡有效，只要氣運變壞了到哪裡都倒楣，就連家人也會沾染上他們的霉運。

運氣好的事通常不會引人注意，但是倒楣的人湊在一起就格外引人注目了。

東方國際私立高中的校長王清豐因為林清音跳河的事就掉了不少頭髮，好不容易搽了一個多月的生薑養回來不少，可看著學校裡的學生一個接一個的出意外，他的頭髮又開始大把大把的掉了。

雖然學生發生的磕磕碰碰基本上都是自己作出來的，家長不會怪罪到學校，但是王清豐依然發愁，學校總共就兩千多名學生，這幾天陸陸續續有六百多個進了醫院，學校的教學進度都受到影響，而且這讓不明所以的人知道也影響學校的名聲啊！

正當王清豐愁得直轉圈的時候，一個電話又打了進來。「王校長，我們學校高二一班有個學生為了偷懶沒走天橋過街而是翻越護欄，結果腳卡在護欄裡摔倒了，把護欄拽塌了一百多公尺，交通警察都來了。」

王清豐摸了摸越來越亮的腦門忍不住哀嚎一聲。

「這又是哪個作死的學生呦！」

此時放學的學生們都在圍觀被護欄壓住的朱鑫達，上學期就是他往林清音的桌洞裡放刮鬍刀的薄刀片，害林清音手指被劃破了好幾道，疼了好幾天都拿不住筆。

林清音走出校園門口，看一眼還躺在護欄底下的朱鑫達，嘴角露出一抹嘲諷的笑，馬路中間，交警叫不少人幫忙抬護欄，要不然朱鑫達卡在裡面的腿是沒有辦法抽出來。

看了半分鐘，林清音若有所感，她轉身朝學校附近的一條小路走了過去。

這條小路兩邊都是低矮的圍牆，因為年久失修已經有些不太結實。政府最近決定把這一片老房子全部拆掉改建，這圍牆也是要拆除的一部分，牆上用紅筆寫了個大大的拆字。

林清音走得不急不慢的，等走到小路中間的時候，她停下來綁鞋帶，就在這時身後傳來一串腳步聲。

林清音站起來朝後頭一看，是班裡的五個女生，跑在最前面的就是曾經打過林清音耳光的林素素。

林素素一直和林清音不對盤是有原因的，她在國中時就喜歡舒俊逸，本以為一起上了同一所高中能有結果，沒想到舒俊逸一上高中居然瞧上了林清音。

雖然林清音根本對舒俊逸沒那個意思，舒俊逸也在被林清音拒絕後惱羞成怒開始以霸凌她為樂，但林素素並沒有因此釋懷，反而對林清音懷有很重的敵意和怨。

憑什麼一個窮丫頭可以得到舒俊逸的注意？

林素素不敢去質問舒俊逸，便拿林清音出氣，不僅在班上籠絡了不少女生孤立她，甚至還經常找藉口抓林清音的頭髮打她的耳光。原主不堪受辱跳河自殺，林素素就是原因之一。

林清音往旁邊的一棵樹下挪了兩步，漫不經心的看著林素素。「妳跟著我有什麼事？」

看著林清音一副高冷的樣子，林素素恨得牙癢癢。

一個暑假過去了，原本她以為再見到的會是一個唯唯諾諾膽小自卑的林清音，卻沒想到林清音看起來就像是忘了上學期的欺辱一樣，居然有膽子對班上的同學冷嘲熱諷了。最可氣的事，她發現林清音似乎比暑假前更好看了。

其實林清音的外貌變化並不大，只是因為修煉的緣故皮膚比之前好，再者就是不凡的氣質讓她看起來更加的清新奪目。

「妳這個窮丫頭怎麼好意思還待在學校裡？」林素素嫌棄的撇嘴說道。「成績還不如我好，我要是妳早就羞愧的自殺去了。」

「不就是有妳這種沒羞沒臊的人襯托嗎？我覺得我挺好的。」林清音嘴角翹了起來，故意拿林素素最在意的事刺激她。「起碼長得比妳好看！」

林素素聽到這些話險些被氣炸了，尤其林清音在說這句話的時候下巴微微抬了起來，更襯得她臉型姣美、五官精緻，再配上那不屑一顧的神情，好看得讓人挪不開眼。

明明放假前還沒這麼好看的，林清音這個暑假是去做美容了嗎？林素素嫉妒得有些發狂。憑什麼林清音可以吸引到舒俊逸的注意？明明自己和舒俊逸才更相配才是！即便舒俊逸變成了公公，那也只能是自己的公公，別人都不能碰！

林清音看著林素素猙獰的表情，從口袋裡拿出了手機調出攝影模式將鏡頭對準了林素素。

這一舉動徹底把林素素激怒了，她嘴裡不乾不淨的怒罵，舉起手就想過來打林清音的耳光，可她剛邁出一步正好踩在一個香蕉皮上，頓時身體失衡朝後面連倒了兩步。

旁邊跟來的四個跟班見狀爭先恐後的伸手去拉林素素，可是人一多就容易混亂，也不知道是誰絆了誰的腳，五個人一起摔到圍牆上，頓時把破舊的圍牆撞出一個大洞，隨即整面牆都塌了，一堆磚頭落下來將五個人壓在底下。

林清音將影片保存好，又到磚頭前嘖嘖兩聲。「剛才忘了告訴妳們了，從面相上看，妳們五個今日都有血光之災，應該遠離圍牆一帶，不過現在說似乎也不晚。」

林素素氣得喉嚨一甜，頭一暈當即昏死過去。

第十八章

林清音將影片發到班級群裡，還不忘標註班導師于承澤。「老師，有五個同學把圍牆撞塌了，我該找誰呀？」

剛把朱鑫達從護欄底下拖出來通知家長去交警隊處理事故的于承澤聽到手機提示滴滴響個不停，打開群一看，頓時兩眼直冒金星。

「校長，又出事了！有五名學生被倒塌的圍牆給暈了！」

正在拿手捋頭髮的校長王清豐手一哆嗦，一大把髮絲離開了頭頂，王清豐難過得眼淚都掉下來了，也不知道他是為了學生還是為了那一把頭髮。

根據林清音發的定位，校長帶著一堆老師又急匆匆的趕往小路，看著兩邊待拆的破房子，王清豐氣得肝都疼。「就不能好好的放學回家，一個個跑到這種沒人的地方幹麼？」

林清音拿著手機給五個女生各自拍了不少特寫，鼻青臉腫是最輕的，林素素看起來最慘，額頭被磚頭砸破了不說，崩飛的碎磚頭還把她上眼皮劃出一個好大的傷口，雖然不至於喪命，但破相是肯定的了。

而上眼皮的位置正好是人的田宅宮，現在林素素一道長長的傷口貫穿了大半個田宅宮，便成了有凶無吉的面相——家境破敗，一生無財！

救護車將林素素五人送到了醫院急診室，負責這片拆遷的部門也趕緊召集施工隊將這個地方用擋板封起來，免得再有人被坍塌的牆體砸傷。

林素素五個人的家長也趕到了醫院，本來他們還以為自己的孩子是在學校受傷的，質問起校長和老師來一個比一個咄咄逼人。

林素素的父母本來就因為家裡生意不順有些氣急敗壞，再加上好好的女兒毀了容頓時滿腔都是怒火，叫嚷著要給孩子轉學，威脅讓學校賠錢，最後還鬧到報警的地步。

王清豐本來想著自己學校的事，私下解決便罷，奈何林素素的家長太不理智，他只好將林清音拍攝的影片拿了出來。

影片裡林素素表情猙獰嘴裡罵咧咧的說著髒話，然後一腳踩上香蕉皮張牙舞爪的連著倒退兩步，重重的撞在牆上，而其他受傷的四個女生都是因為扶林素素才一起摔倒的，說起來林素素有連帶責任。

影片清清楚楚明明白白的，這件事和學校一點關係都沒有，完全是林素素自己惹出來的禍。這下子其他四個女生的家長不樂意了，將林素素的父母圍了起來，叫囂著讓他們付醫藥費。

王清豐心累得捂住了胸口，覺得必須要找個大師來看看風水了，總覺得最近學校有些邪門。

作為北方的一座小城，風水之說在這裡並不算盛行，頂多一些生意人講究一點，普通人根本就接觸不到這些東西。王清豐在建這所學校的時候本來是想找個風水大師指點的，後來有人和他說學校是教書育人的地方，搞這種東西傳出去不好，王清豐這才歇了心思。

可他現在無比後悔當初這個決定，一定是建校的時候沒看好風水，才導致學校裡招的學生良莠不齊！

原本他是打算建一所培養高素質的貴族菁英高中，可現實讓他無比傷感，菁英學生沒看見幾個，現在學校基本上成了考不上公立高中的富二代聚集地了。

按照他們惹禍出事的頻率來看，王清豐覺得自己剩的這點頭髮也快保不住了。

不管怎麼說還是先找風水大師來看看再說，不過這事不能透漏出去，必須悄悄的。王清豐叫上學校的管理層，想想又喊來幾個年輕的老師，現在網路發達，上頭的資訊也多，說不定這些年輕老師反而知道更多這方面的東西。

王清豐坐在會議室裡抹了把臉。「最近學校的事大家也都知道了，大大小小的意外出了不少，雖然這些意外都可以歸結為湊巧，但這湊巧也太多了。我們學校除了要約束學生的行為、加強管理以外，也要從其他方面想想方法，再這樣下去外界的閒言碎語肯定少不了，對我們學校的名譽也會造成損傷。」

于承澤對此是最有感觸的，學校出事的這些學生裡頭他們班占了不小的比例。大到被圍牆倒塌砸得昏迷不醒的林素素，小到平地摔磕破嘴的幾名女生，什麼扯到蛋、拉傷筋，跨越圍欄反而拽掉圍欄的事一件接一件，奇葩的受傷方式簡直突破他的想像力。

他覺得除了校長以外，第二個要禿的就是他了。心累到想哭！

李彥宇這幾天也跟著圍觀了不少事故，因為被林清音打開了新世界的大門，李彥宇思考的方向和校長有些相似，只是他想得比校長更深一些。

李彥宇這幾天登記了所有受傷學生的名單，並向這些學生的班導師詢問了他們的情況，他很快就在這些學生身上找到了共同點，那就是霸凌過同學。

「校長，我有一件事不知道該不該說。」

王清豐抓腦門的手一頓，迫不及待的指了指他。「有話快說！」

李彥宇打開自己的筆記型電腦並連接到會議室裡的投影機上，打開了做好的表格。「最近學校裡出的事比較多，所以我向學校所有班級的班導師都了解一下情況，做了這個圖表。」

李彥宇拿雷射筆圈了一下圓餅圖。「我們學校有兩千三百八十五名學生，最近受傷的有六百三十二名，占全校學生的百分之二十七。我對這六百三十二名學生大致了解過了，這裡面有一些成績好的，但大部分都是平時讓老師頭疼的對象，而他們有一個共同點就是曾經對同學實施過校園暴力，無論是肢體上或者是語言上，他們都給別人造成過傷害。」

「而且我發現一個很有趣的現象。」李彥宇說道。「我發現這些學生受傷的情況和他們霸凌同學的程度成正比。」

于承澤聞言仔細回想班級裡的情況連連點頭。「我們班確實是這個情況。」

王清豐聽到這裡也猛然醒悟過來，將視線放到高二一班的資料占比圖上，圖片上顯示高二一班幾乎全軍覆沒，除了零星幾個比較老實的學生以外，其他的全都受傷了，不過有一些不太嚴重不耽誤上課，所以他都沒有注意到這個細節。

林清音跳河的事除了班導師于承澤、校長王清豐以及少部分管理層以外，大部分老師都是不知道的，連高二一班的任課老師們都沒有察覺到曾經發生過霸凌，因此在李彥宇調查以後發現林清音曾經遭到全班霸凌後，第一個念頭就是——不可能。

可事實擺在眼前，李彥宇琢磨了半天有了新的猜測。

也許林清音在磨練自己的心志？畢竟以小大師的直覺和算卦的準確度，怎麼看都不像是會被欺負的人。

李彥宇是知道林清音的手段的，他也猜到這件事肯定和林清音有關，再結合東方國際私立高中現在比較猖獗的校園霸凌事件來看，李彥宇覺得林清音肯定是在做淨化校園的好事。

不過李彥宇不會傻到暴露林清音會算卦擺陣的事情，只是將事情往校園霸凌上引去。

「我發現平時那些樂於助人、喜歡幫助同學的學生沒有一個受傷，而且有幾個學生還十分幸運的考到了非常難考的證書。我覺得我們老師可以回去多引導，讓學生們正視校園霸凌的危害，也讓他們明白善惡終有報的道理。他們以前是聽不進去這些，可現在他們自己就是慘痛的例子，我相信他們應該知道怎麼做。」

王清豐點了點頭。

校園霸凌也是他最近關注的重點，藉機展開一次思想道德教育也挺好的。不過大師還是得找，要不然他不放心！

「你們有沒有人認識懂風水的大師？」王清豐壓低了聲音說道：「我們請人來看看是不是建校的時候犯了什麼忌諱，我怎麼覺得這學校離我的理念越來越遠呢？這也太跑偏了！」

「我倒是聽說過一個。」教務主任推了推鼻梁上的眼鏡說道：「我最近聽我媽嘀咕說什麼小大師，據說相當的靈驗！」

李彥宇聽到「小大師」的時候不自覺的睜大了眼睛，下意識換了個坐姿，大腦飛快的運轉著。

最近學校受傷慘烈的學生幾乎都有過欺凌別人的事例，這樣大規模的集中在一起倒楣，小大師在裡面做了手腳是毋庸置疑的。話又說回來，學校裡能有這種本事的也就只有小大師一個人了。

李彥宇之前聽過「校園霸凌」這四個字，但他一直覺得這四個字離自己很遙遠，可是經由這次調查才發現，校園霸凌在東方國際私立高中尋常得就像是家常便飯。他只是粗略的統計了下數據就聽到好幾起讓人恨得怒火中燒的霸凌事件，若是一件件找下去，還不知道可以扯出多少來。

平心而論，李彥宇覺得林清音做的這件事簡直是太棒了，對於被欺負的學生來說不僅是身體上受到傷害，心裡的創傷可能是幾十年，甚至一輩子難以磨滅的，嚴重的甚至會影響一生。原本可以很美好的高中生活在他們心裡也許會是一輩子不願意回想的惡夢。

而施暴的學生將自己的樂趣開心建立在別人的痛苦之上，隨意的踐踏欺辱他人的尊嚴，完全沒想過被他欺壓的那個人的感受。即便是被家人、老師抓到了，一句輕飄飄的對不起就結束了。

憑什麼啊？誰稀罕他們道歉啊！不說被霸凌的學生，就連他都希望看到的施暴者遭到報應。

既然校長處理這件事力道不夠，那還不如讓小大師來修理那些人渣呢！

校長王清豐聽到教務主任推薦「小大師」眼睛都亮了。「肖大師？是姓肖的大師嗎？他懂風水這一塊？」

教務主任汪海遲疑的搖了搖頭。「其實我也了解的不多。有一次週末去我媽家的時候聽我媽和我爸嘀咕著什麼小大師，我也沒聽清楚是小大師還是肖大師。我當時還斥責了他們兩句，說別被騙了，當時我媽挺不高興的，說找過小大師的人就沒有說不靈驗的，現在排隊都排到好幾個月以後去了。」

「好幾個月啊……」王清豐有些犯愁，他摸了摸越來越油亮的額頭。「我也等不了那麼久啊！這樣汪主任你回去先問問大師的聯繫方式，看能不能給我們排到前面一些，錢的方面好說。」

環視了下會議室，王清豐說道：「其他人也都打聽打聽，要是知道哪裡有可靠的看風水的大師也推薦一下，我們齊心協力早點解決學校裡的怪事。」

李彥宇轉了轉手上的中性筆，眼皮微垂。「校長，其實現在也沒什麼不好的，那些喜歡欺負同學不是受傷就是進醫院了，少了他們學校的氣氛比以前好多了，現在上課的時候課堂秩序不知道有多好。」

王清豐看著李彥宇的眼神都無奈了。「學生都少了，上課秩序能不好嗎？」

作為校園霸凌重災區班級的班導師，于承澤也尷尬的揉了揉臉。「校長，我有個建議不知道合不合適……」看著王清豐點頭，于承澤說道：「這學期高二本來就要重新分班，乾脆把受傷住院的那些學生分到一班，好學生再根據先前側重的條件單獨分。」

王清豐聞言有些遲疑。「家長會不會抗議？」

「想想您的建校理念啊校長！」李彥宇使勁鼓吹。「家長要是不樂意就讓他們把人領回去，少了這些毒瘤，我們學校才有可能建成你理想中的菁英高中！再說了您缺那幾個學費嗎？」

六百多個人，每人每年學費五萬元左右……

「我缺！」王清豐老實的點了點頭，他欲哭無淚的拍了拍桌子。「你們的薪水多高自己不知道嗎？我們學校這些場館設施綠地植株每年維護更新的費用有多少你們不知道嗎？還有那些外籍教師，那是論小時付費啊！每天每個班都有一個小時的外教課，這加起來要多少錢啊？」

李彥宇尷尬地咳嗽了兩聲，畢竟他也是拿高薪水的一員。「我們正常教學進度肯定是不能拖延的，可這些學生不知道什麼時候才能回來上學，等他們回來早就跟不上學習進度了。等分班開家長會的時候，您就說學校會根據教學進度單獨給他們補課，說不定家長還認為學校貼心呢！」

教務主任汪海看了看投影螢幕上的數據，轉頭和校長建議道：「高一剛開學應該沒有這種情況，讓班導多強調引導。高二、高三的讓班導確認一下，看看這些出意外的學生是不是都有過對同學校園霸凌的過往。若是和李彥宇老師調查的結果一樣，我贊成把他們單獨分在一班，別讓他們影響其他的學生。」

學生科科長也點了點頭。「現在有不少學生道德敗壞，這些必須加強教育，別讓一粒老鼠屎壞了一鍋湯，不值得為這些學生毀了我們學校的榮譽。他們不是喜歡霸凌嗎？讓他們互相欺負去，也都嘗嘗是什麼滋味。」

王清豐摸了摸腦袋。「先按你們說的辦，不過分班的時候也留意，輕傷的和輕傷的分一班，缺胳膊斷腿毀容的放一班，這叫因材施教。」

李彥宇差點沒笑出來，頭一回聽說因材施教是這麼用的！

「不過大師還是要請的。」王清豐又將自己開會的目的強調一遍。「不請人看看風水我總覺得不放心。」

散了會，李彥宇決定還是把這事和林清音說一下，讓她有個準備。不過今天正好是週日，除了高三以外別的年級都休息，而林清音留在學校的資料裡只有父母的電話。

李彥宇沒敢擅自打過去，想了想決定還是去哥哥家問問親媽，老媽在小大師那算過命，絕對有聯絡方式。

李彥宇到大哥李彥辰家的時候，李彥辰正搬著個板凳削水果，老太太和大兒媳婦姜美玲妳一口我一口其樂融融，再看李彥辰也就剩下果核的時候才撈著啃兩口。

哥這家庭地位……

李彥宇逐個打了招呼，先問了問姜美玲的身體情況。

那天林清音算卦時說姜美玲懷了雙胞胎，而且都是女孩。當時姜美玲就用驗孕棒一測，果然發現懷孕了。

見提起姜美玲，李母先笑了。「你們說小大師神不神？前天我陪你大嫂去醫院驗血照超音波，單子上寫著兩個胚胎！」

「還真是雙胞胎啊！」李彥宇雖然知道這個結果，但是經過專業的醫療檢測證實心裡還是很震撼的，他實在想不明白這到底是怎麼算出來的，這本事也太神奇了。

話又說回來，連這個都能算得這麼準，算英語小作文題目好像也沒什麼難的了，人家這也是真本事啊！不過要是小作文能自己寫，不要背別人的就更好了！

李母拿牙籤叉了塊蘋果塞嘴裡，瞄一眼李彥宇。「跑來吃飯了？」

「不是，有事要問您。」李彥宇掏出手機。「媽，妳有林清音的電話嗎？」

李母一臉茫然。「誰是林清音？」

「哎呀，就是我的學生！」李彥宇都無奈了。「給我嫂子算卦的那個！」

「哦，你說小大師啊！」李母喜孜孜地掏出手機。「怎麼能叫人家名字呢？一點禮貌都沒有，不恭敬！要叫小大師！」

李彥宇無力的捂住了臉。「媽，我是她老師！」

「老師又怎樣？」李母瞥他一眼。「老師不也要找小大師算卦。」

李彥宇覺得在他媽心裡，小大師比他這個親兒子地位高多了！

李母翻了翻手機遞給了李彥宇。「我只有這個群，是王大師建的，要找小大師都必須透過王大師預約。王大師說，小大師上學忙著呢，不能隨便打擾！」

李彥宇看到群裡面有王虎的聯繫方式，便打電話過去了。而王胖子是老油條了，他嗯嗯哈哈的把李彥宇應付一番，說一堆廢話也沒把林清音的手機號碼給李彥宇，而是記下李彥宇的電話，準備讓林清音自己決定要不要回電話。

此時林清音趁著週末讓姜維幫自己補物理課呢，這一週開學學的都是新知識，和之前複習過的內容銜接不上，她學起來略微有些吃力，想趕緊把學習進度補上，免得寒假還得繼續補課。

給林清音補課十分輕鬆，姜維不需要顧及林清音的理解能力，只要把重點提煉出來，基本上他講過的內容林清音一聽就會。

剛講完一個章節的新內容，林清音的電話就響了，王胖子把李彥宇想聯繫她的事說了，並把手機號碼發了過來。

林清音似乎對李彥宇打電話找自己的事一點也不驚訝，拿著手機回了房間，撥通了李彥宇的電話。

李彥宇沒問林清音被同學欺負的事也沒問是不是她設的陣法，而是直截了當的將校長的分班和請大師的決定告訴她，末了李彥宇說道：「教務主任說他聽說過一個小大師非常靈驗，校長讓他試著把人請來看看。」

林清音笑了。

當我是那麼好請的嗎？

東方國際私立高中的班導師們私底下調查班裡的霸凌事件，學校的管理層則費盡心思到處去打聽大師。因為這種事不能太張揚，也不能拖太久，那天開會的十來個人費了好大力氣才湊齊了五個懂風水的，學校便找了個週末把這幾個所謂的大師都請了過來。

東方國際私立高中占地面積非常的大，校園綠樹成蔭、草地成片，小橋流水樣樣不缺，從景致上來說還沒有哪一所學校能比得上，看著就讓人覺得心裡舒服。

最早到的大師叫張運，他開了個風水周易的店，平時給人算算結婚日子和搬家的日期，有時候還能照著書給人家裡指點一下屋子裡的擺設。其實他也就是個翻黃歷的水準，今天過來純粹是東方國際私立高中給的出場費太多了，兩千塊錢，足有他半個月的薪水。

第二個叫朱振鋒，自學了點風水知識，早些年還給人挑過陰宅，現在在一家工廠當保全。請他來的是總務處的一個主任，兩人算是老鄉，知道他會點這方面的知識，所以讓他來試試看。

第三個是某知名大學建築系畢業的年輕人叫王金航，在學校時候參加過周易文化研究的社團，也聽過一些關於道教文化的知識，略微知道點皮毛，自認為一般人都不如他懂得多。

第四個是副校長從齊城最大的道觀裡請來的道士姓秦，大家都尊稱一聲秦道長，五十來歲的年紀看起來性子十分溫和。

第五個來的居然是王胖子。

這五個人裡，唯一知道學校怎麼回事的就是王胖子，他這次是替小大師來看看熱鬧的，也順便看看有沒有人能發現小大師設下的陣法。

看見站一排風格迥異的五個人，王清豐心裡安穩不少，覺得自己這稀稀疏疏的頭髮總算是有救了！

校園裡空蕩蕩的，王清豐帶著五個大師在校園裡繞場，教務主任帶著十來個老師在後頭跟著，時不時的竊竊私語幾句。「我覺得學校風景挺好的，不像是風水不好的樣子。」

「以前不是常有人說，過去的墳場都批給學校了嗎？用學生的陽氣鎮住下面的陰氣，你說我們學校底下會不會也是墳場？」

「那倒沒有，以前我們學校的這個位置是個工廠，沒聽過墳場的事。」

「這風水的說法到底可不可靠啊？我總覺得像是騙人的！」

後頭的老師們越說越熱絡，前面幾位大師的腳步也越走越慢，都想從後頭的議論中找點靈感，一會兒好把校長糊弄過去。

足足走了一個小時，他們才把學校逛完，王清豐帶著幾個人來到一旁草地上的陽光長廊裡，王胖子一屁股坐在長椅上，接過一瓶礦泉水咕咚咕咚先喝了半瓶。

把水分完，王清豐小心翼翼的看著幾個人問道：「各位大師，我們學校的風水到底怎麼樣啊？」

周易店主張運和在鄉下看陰宅的朱振鋒都低頭喝礦泉水不吭聲，不是他們不想說，實在是不知道說什麼。

他們來之前還特意看過關於學校的風水書籍，可來了卻發現沒有一個可以對上的，也看不出什麼氣運走勢，索性先閉嘴，聽聽別人怎麼說，到時候附和兩句就好了。反正他們只是為著這兩千元的上門費來的，改風水這事實在是超出他們的業務範圍。

秦道長看來倒是有些實力，他一路拿著羅盤跟著轉，這會又在本子上寫寫畫畫的不知道演算著什麼，凝重的神情讓王校長都不敢多問，生怕打擾他的思路。

王清豐看秦道長還沒算完，便轉頭問王胖子。「王大師，我們學校的風水怎麼樣？」

「挺好的呀！」王胖子一臉坦然。「風清氣正，是個好學校。」

第十九章

王清豐想到自己學校泛濫的校園霸凌事件，有些心虛的輕咳了兩聲，轉頭問張運和朱振鋒。兩人費盡心思從風水書上摘了幾句玄而又玄的話背了幾遍，最後表示沒什麼毛病。反正有毛病他們看不出來，也想不出解決辦法，沒毛病是最完美的答案。

這兩個人說完，秦道長也終於算完了，王清豐鬆一口氣，迫不及待問道：「秦道長您看我們學校的風水有沒有什麼問題啊？」

秦道長是有點真材實料的，他有些遲疑的看著本子上的數據。「你們學校的風水真的挺好的，就和王大師說的一樣，特別風清氣正。要是有那種喪盡天良的人進了你們學校，絕對活不過三天！」

王清豐差點哭出來，建校這麼多年，他第一次知道自己的學校這麼有性格。

王胖子聞言倒是對秦道長刮目相看，看來這群人裡頭，就秦道長還真懂一些，旁人多半都是來混那兩千塊錢的。

「秦道長，我們學校在之前也沒有什麼特別的，自從九月開學以後突然有一批學生接二連三的受傷住院，實在是影響了我們教學進度，您看有沒有方法讓我們學校不那麼⋯⋯

呃……」

王清豐想了半天都想不起來一個不影響自己正直形象的詞，為此沒忍住又揪下來兩根頭髮。「我希望我們學校的風水能柔和一點，都是學生，有什麼不妥還能再教化啊！實不相瞞，最近學校出事的太多了，有幾個女學生被校外一面倒塌的圍牆砸傷了，不是斷胳膊、就是斷腿的，最嚴重的那個現在腦袋上纏滿了紗布，臉上腫得老高，肋骨都被砸斷了。還有個卡在馬路護欄上摔倒的，那護欄賠多少錢就不說了，就那寸勁差點沒把他整廢了；還有兩個下體拉傷的男生因為走路的姿勢怪了些，放學回家的路上被變態騷擾了，差點沒保住清白不說，還挨了頓胖揍，現在和那個被砸斷肋骨的女生住同一間病房……」

張運有些不解。「這和你們學校也沒關係啊！」

王校長心累的嘆了口氣。「要是一、兩個我也不會多想，可好幾百個人呢，我總覺得和學校的風水有關，可是我們學校以前也沒有出現過這麼多人受傷的事啊！」

「你說是風水突然變化嗎？」秦道長低頭看了半天的羅盤，最後堅定的搖了搖頭。「這不可能，你們學校根本就沒有影響磁場的法器，所以肯定不是後天人為的，我覺得這樣就挺好的。」

王清豐憂心忡忡的嘆了口氣，看來這回請來的幾個人挽救不了自己的頭髮了，實在不行去剃個光頭算了。

剛畢業的王金航見王校長獨獨忽略了自己，心裡便有些不爽，認為他小看自己。同時他覺得一起來的四個人一點眼力都沒有，這王校長擺明是請風水師來挑毛病的，這一個個都說挺好是不是都不想賺錢啊？

「我不贊同他們的看法，我覺得你們學校的風水很有問題！」王金航高傲的站了出來，不屑的看一眼坐在一起的四個人。「我不像那些人靠背幾句不知真假的風水書就出來糊弄人，我是認真研究過的！」

王金航站起來開始指指點點。「我覺得你們學校的風水出問題主要是因為東邊的那棟實驗樓比教學樓高了三、四層的緣故！學生是什麼啊，國家未來的幼苗，最需要的是陽光和雨露的滋養！太陽是從東方升起的，可這實驗樓恰好就將初升的太陽擋住了，教學樓是一點陽光都曬不到，幼苗曬不到太陽會好嗎？將來花朵能盛開嗎？」

王清豐一臉傻眼想反駁。「可是……」

「我知道你想說什麼！你是想說中午太陽轉過來就能曬到了是吧？可是你南邊的圖書館也比教學樓高啊！西邊倒是沒有遮擋，但夕陽代表什麼？年邁、黃昏！不但沒辦法滋養學生，反而給學生帶來了負面的影響。」王金航拿著摺扇一拍手掌。「你們學校的設計規劃就有很大的問題！」

王胖子抬頭看了看陰暗的天，站起來拍了拍王金航的肩膀。「小兄弟，以後看到陰天沒太陽的時候，出門記得帶個指南針，要不然容易走丟。」

王金航將王胖子的手推開，頗為防備的看著他。「你這話是什麼意思？」

「你還問我什麼意思？」王胖子指了指實驗樓的方向。「那個地方是西，圖書館是在教學樓的北面，這兩個建築根本就不會遮擋教學樓的陽光！」

王金航下意識反駁。「不可能，學校大門不是在南邊嗎？我們一進來就往東走的，我當時還問了校長一句呢，他說那邊是東邊！走了沒多遠我就看見實驗樓，怎麼到你嘴裡又成西邊了？」

王胖子使勁憋著笑。「我們在學校進門東邊的小花園轉了一圈，是從西邊出口出來的，你從那就分不清了吧？」

看著王金航傻眼的樣子，張運和朱振鋒笑得肚子都疼了，就連秦道長也在極力的控制著自己的嘴角，免得影響自己的形象。

一路上被迫接收了無數白眼的朱振鋒忍不住譏諷的笑了。「連最基礎的方向都分不出來還想看風水呢，也真夠能胡說八道的！」

張運也跟著笑。「方向都弄錯了還看什麼？要不你自己重新走一圈回來重說！」

「算了吧，就他這方向感迷路了可怎麼辦？」王胖子朝秦道長努了努嘴。「道長，您把羅盤借給他用，拿著羅盤走不容易丟！」

秦道長是個好心的人，沈吟了片刻，小心翼翼的將手裡的羅盤遞了過去。「羅盤你看得懂嗎？要不要我教你怎麼用？」

王金航臉上臊得紅一塊、白一塊的，狠狠瞪了幾人一眼。「你們這是嫉妒賢能！心胸狹隘！看不得比你們強的！你們愛請誰請誰，我還不看了呢！」

王胖子看著王金航掉頭就走的方向拍著大腿直樂。「走反了走反了，大門在你後面，聽我口令，向後轉！」

王金航走得飛快的步子猛然停住，轉身就往回跑，看那抹眼睛的動作像是哭了。

秦道長有些尷尬的將羅盤收了回來，不解的問道：「剛才我問的那句話是不是不對？惹他生氣了？」

「沒有沒有，是我惹的、我惹的。」王胖子隨即又向王清豐道歉。「對不起啊校長，我把你們請的人給氣跑了。」

王清豐心累得揮了揮手，走就走吧，連方向都搞不清估計也看不好風水，關鍵還是在剩下的四個人身上。

「四位大師，我們學校的風水你們看有什麼方法可改改嗎？」王清豐有些發愁的說道：「我們也不求多好的風水，只要最普通最正常的那種就行。」

張運和朱振鋒一聽這話又非常有默契的把頭垂下來了，默默的去撕礦泉水瓶上的商標。

王清豐是做教育的，也曾經當過老師，一瞅這樣就知道，這兩人肯定不會，要是上學的話就是最差的。

他只能將冀望的目光放在秦道長和王胖子身上。「二位大師有沒有什麼主意？」

秦道長搖了搖頭。「這學校的一草一木都融於自然，無論從哪裡入手都會破壞這裡的和諧，貿然行事說不定會有適得其反的效果，我沒那麼有本事。」

王胖子摸了摸胖乎乎的下巴，有些不解的問道：「王校長，按照貴校的風水來說，只有做過惡的人才會倒楣，若是有大善之人來這裡還會增加福運，這麼好的風水你改什麼？」

王清豐苦笑道：「最近受傷的人太多了，這樣發展下去肯定會影響招生，也會影響學校的名聲。」

秦道長把羅盤收了起來，耿直的搖了搖頭。「這個我真的不會！」

張運和朱振鋒見狀鬆了口氣，也順勢表達了自己無能為力。

就剩下王胖子了，王清豐可憐巴巴的瞅著他看，王胖子想了想說：「其實這件事也不是不能解決，只是不到時候，你安心等著就行。」

王清豐緊張又期待的看著王胖子。「要等到什麼時候啊！」

「這還用說嗎？」王胖子理直氣壯的說道：「當然要等到你們學校裡作惡的那些學生全都受到了懲罰才算到時候。」

王清豐咬了咬牙，心一橫。「那能不能讓懲罰來得更快一些？早點結束就好！我現在最怕聽到電話響，心臟快撐不住了！」

王胖子沈吟了下搖搖頭。「順其自然最好。」

王清豐沈默一下，轉頭問教務主任。「你媽說的那個很靈驗的小大師聯繫上了嗎？」他發現今天請來的這些人都指望不上！

教務主任汪海攤了攤手。「老太太說幫著預約，排到了八十七號。她說小大師不是每天算卦的，得看她心情，我們這個至少排兩個月以後去。」

王清豐急得直拍手。「不一樣，我們是改風水不是算卦，我們出錢多啊！」

王胖子在旁邊聽了若有所思。「出多少錢啊？」

王清豐一跺腳。「要是處理不了，我還是按照今天的標準給兩千元車馬費；若是能讓我們學校的風水恢復正常，我出十……萬？」看著王胖子和汪海都一言難盡的表情，王清豐要哭了。「難道我給少了？給多少合適啊？」

「我也不知道。」汪海使勁的回想。「我聽說杭州的馬大佬請人看風水都幾百萬呢！」

王清豐捂著胸口差點吐血。「不能和大佬比，人家財產都是拿億當單位的。再說花這麼多錢請大師，董事們也不會同意的。」摸了摸自己油亮的腦門，王清豐下了狠心。「我們出十五萬！」

王胖子點點頭。這個價格也行，反正對小大師來說根本就不費什麼事！

王校長說完拽著汪海往外面走。「我和你去問你家的老太太要小大師的聯繫方式去。」

王胖子來之前特意跟林清音打過招呼，林清音也沒提讓他給聯繫方式什麼的，王胖子就當沒聽見，晃到秦道長旁邊和他互留聯繫方式。

財務主任拿了四個裝著兩千塊錢的信封分別給了請來的四個大師，剩下的那一個是給找不到東南西北的王金航預備的，結果他被當場打臉哭著跑走，省下了兩千。

既然學校的事暫時解決不了，一行人浩浩蕩蕩的往學校門口走去準備回家。剛出了長廊，站在門口曬太陽的警衛看到了，按了學校大門的開門鈕將大門打開了。

「今天麻煩幾位大師了。」王清豐不忘和王胖子、秦道長幾個人客套，錢都花了，再多說兩句好話又不用花錢，說不定以後有什麼事能用上這個關係。

忽然，大門口傳來一聲聲的厲喝，幾個人轉頭一看就見一個三十多歲的男人抓著一個女士的皮包飛快的從學校大門跑進來。進了校門他還四處張望，看到一邊站著好多人連忙就往另一個方向飛奔而去

一行人看著這一幕正傻眼，就見兩個警察從校門外追了進來，嘴裡還大聲喊著。「站住！趕緊站住！」

王胖子立刻反應過來。「前面那個是搶了人家的皮包吧！他怎麼跑進來了，這不是自投羅網嗎？」

王清豐剛想問為什麼是自投羅網，就見那搶了皮包的男人回頭看一眼追他的警察，卻沒防備腳下草坪邊上二十公分高的護欄，登時被絆一跤飛了出去，咣噹一聲撞在樹上暈過去。

結滿了觀賞木瓜的大樹被撞得微微晃動兩下，熟透的木瓜接二連三的從樹上掉落下來，全都砸在劫匪的身上。

兩個警察氣喘吁吁的跑過來，站在草坪外面直喘粗氣。王清豐趕緊跑過去，有些忐忑不安的打了聲招呼。「警察先生你好，我是東方國際私立高中的校長，這……」他指了指昏迷不醒的劫匪欲哭無淚。「這在我們學校撞暈了不用我們賠錢吧。」

「不用不用！」警察擺了擺手說道：「這事交給我們處理就行了。」

正說著話，一個三十多歲的女人也氣喘吁吁的跑了進來，看到暈倒的劫匪害怕的直掉眼淚。「我從銀行提了十萬塊錢，剛一出銀行大門就被這傢伙搶走了，要不是你們正好路過，我的錢肯定追不回來了。」

「沒事，這是我們的工作職責。」警察走到劫匪身邊把皮包拿回來遞給了失主。「妳數數裡面的錢看看對不對，然後麻煩妳和我們到派出所做個筆錄。至於這個……」警察有些發愁。「看來撞得挺嚴重的，給他叫個救護車吧，別弄回派出所再出事。」

兩個警察叫了救護車後想起了站在旁邊的王清豐，連忙再三感謝。「幸虧你們學校這草地外邊修了道這麼矮的護欄，要不然我們一時還逮不到他。」

王清豐艱難的擠出一個笑容，心道：我要說我們學校風水好你們信嗎？

五分鐘後，增援的警察到了，救護車也呼嘯著進了學校，幾個警察押送暈倒的劫匪去醫院，剩下的則和失主回派出所做筆錄。

看著又恢復寧靜的校園，王胖子笑了。「我就說你們學校風清氣正吧？像這種幹壞事的人進你們學校根本甭想走著出去。」

王校長欲哭無淚。「我們學校這是成精了嗎？」

和幾位大師從校門口分開，教務主任汪海開車帶著王校長去了自己父母家。老倆口正在看本地新聞呢，見到汪海都有些詫異。「你不是說這週不來了嗎？」

汪海立刻說道：「我是為了學校的事回來的。爸、媽，這是我們校長，我們這次來主要是想向你們打聽一下小大師的聯繫方式。」

「這回知道急著找小大師了，之前你還和我說她是騙子呢。」汪母駁了汪海一句，從茶几的抽屜裡拿出了老花眼鏡戴上。「王校長先坐下，我這眼睛不太好，我得慢慢找。」

正說著話，電視上正在播報新聞，說一個五十多歲的外地人偷了一個幾個月大的男嬰，還沒出住宅區就被抓到了。孩子家裡和附近都裝有監視器，證據確鑿，孩子的媽媽李女士也報警要求嚴懲嫌犯。這時嫌犯自稱是孩子的親外婆……

這充滿了狗血加懸疑的情節立即聚集了所有人的目光，就連心不在焉的王校長都抬起頭看電視。這時畫面一轉，鏡頭裡出現了孩子母親抱著男嬰哭訴事情經過的採訪鏡頭。

汪母一拍大腿，興奮的直嚷嚷。「老頭子，這個是不是就是找小大師算命的那個女的，叫李玉雙！果然讓小大師算中了，要不然這孩子真的會弄丟。」

王清豐一聽小大師算的頓時來了精神，他很想知道這小大師到底靈不靈驗，別千辛萬苦的請回去，再和今天上午似的白忙一趟。

汪海也是這個想法，畢竟這人是自己推薦的，他也擔心請個不可靠的會害他丟臉。

汪母現在是小大師的忠實粉絲，每次小大師算命她都跑去看熱鬧，說起這些事來頭頭是道：「這個李玉雙一出生就被親媽給丟了，養母把她當親生女一樣養大，現在結婚生孩子了，那親媽突然回來認親。李玉雙總覺得心裡不對勁，所以找小大師想算算她親媽來找她是什麼目的。

「當時小大師用龜殼起卦，算出親媽有一個兒子離婚喪子，這輩子多半就一個人過了，又說李玉雙的兒子有雛鳥離巢之難，推算出這親媽是為了偷李玉雙的兒子來的。李玉雙當時千恩萬謝的走了，她不在我們群裡，所以我們也不知道後續，我還想打聽打聽呢，沒想到上新聞了。」

汪母看著電視上播放的清晰的監視器路線，哈哈直笑。「這李玉雙肯定早就做好準備了，就等著甕中捉鱉呢！這個缺德的人，就該把她抓起來。」

新聞說，警方已經拿到嫌犯和她兒子的聊天記錄，案件還在進一步調查當中。

汪海打開手機搜了本地新聞，果然有這個新聞的詳細報導，據說這嫌犯怕兒子老了以後沒有孩子養老，便想偷一個孩子回來。偷誰的都是偷，那還不如偷一個帶血緣關係的。於是她按照當年拋棄孩子的記憶來到齊城，根據老住址和當年調查的訊息很快找到了李玉雙的養母家，便有了後來發生的事。

王清豐也湊過去看，裡頭的消息和老倆口說的一般無二，頓時心裡堅定了不少，看來這個小大師是真有本事的。

汪母不用看，她知道的八卦更詳細，畢竟對著媒體李玉雙是不會說出找人算命提前算到了這件事。汪母與有榮焉的昂起了頭，神氣的瞥了汪海一眼。「你不是說我和你爸遇到的是騙子嗎？這回信了吧！」

「信信信！我信！」汪海頭都大了。「我要是不信會給我們校長推薦小大師嘛！媽，妳翻了半天找到沒啊？」

「找到了！」汪母打開一個群遞給了汪海。「這是小大師的群組，不過小大師不在裡面，都是小大師的助理王大師幫忙管理。你們可以透過王大師預約，加錢的話可以插隊！」

汪海嘖嘖了兩聲。「連大師都有助理了，一看就不一般。」

王胖子離開學校後並沒回家，直接去林清音家裡，姜維正在和林清音補課呢，一看王胖子都笑了。「今天王校長請的大師都怎麼樣？」

王胖子一口氣喝了半瓶礦泉水，抹了抹嘴笑道：「就一個秦道長看著還不錯，別的還不如我呢！」

正說著話，汪海申請加好友的通知發了過來，王胖子看著手機找林清音要主意。「小大師，你們校長說了，要花十五萬請妳！」

「十五萬啊！」林清音支起胳膊用手背托住下巴。「我有點心動怎麼辦？」

姜維哈哈大笑。「要是換我，我也心動啊，小大師妳這陣法也太厲害了。」

「不過是天理循環一報還一報罷了。」林清音用手點了點桌子，心裡有了個主意。「其實這一段時間之前行過惡的都已經遭到報應了，即便我的陣法撤掉，他們身上的氣運也不會變好，頂多不會像現在這樣頻頻進醫院而已。王校長其實並不是不明辨是非的人，他只是不希望學校繼續有這麼多學生進醫院。」

王胖子坐在林清音的對面有些擔心。「那妳要不要去見他們啊？你們校長會不會猜到是妳設的陣法。」

林清音輕輕一笑，畢竟她有被霸凌到跳河自殺的過往，學校本就透著心虛，再說這陣法只是懲惡揚善而已，還真不是什麼惡毒的陣法，學校就是猜出了前因後果也拿她沒辦法。

誰讓她是校園霸凌的受害人呢？

林清音放下筆又從桌上拿起龜殼。「約他下午一點見面。」

接到了小大師的助理王大師的電話，王校長和汪海簡直可以用欣喜若狂來形容。汪母見小大師接下了這樁生意也挺高興，站起來要去給兩人做飯。「中午你們就在家吃，等吃完飯一起去學校。」

汪海迷惑。「您也要去學校？您去幹麼呀？這和您沒關係！」

「我都好些日子沒見到小大師了，想她了不行？」汪母白了他一眼，又興致沖沖的說道：「一直都是看小大師算卦，還沒見過她做風水法事呢！我要去看看熱鬧。」

汪海剛要再勸，就聽王清豐說：「沒事，大娘願意去就一起去學校看看，正好我們都沒見過小大師，認錯了也不好，到時候大娘幫我們引薦引薦。」

汪母拍了拍胸膛。「你放心，包在大媽身上。」

吃過了午飯，汪海開車載著王校長和自己爹媽去了學校，林清音那邊王胖子是一定會跟著的，除此之外閒得沒事的姜維也跟來了。

上午王清豐叫來一堆人陪著大師轉學校，下午他不好意思再把人都叫回來，好不容易歇了個週末，占用人家一天時間有些不太好意思。可光他和汪海兩個人，又覺得對大師不夠重視。

王清豐想了想，乾脆把于承澤和李彥宇叫來了，畢竟高二一班是最近發生意外最多的班級，也讓大師好好看看高二一班到底有什麼特別特殊的地方。

王胖子將車停在學校門口，打開駕駛座的門下了車，王清豐滿面的笑容僵在臉上，有些遲疑的看著他。「王大師，您怎麼又來了？」

還沒等王胖子說話，汪母就伸手拍了王清豐的胳膊一下。「這位就是小大師的助理王大師。」

「哎呀你看這可真是巧了！」王清豐聞言連忙上前握住王胖子的手。「要是早知道，我們就不費那麼多事，直接和您預約就行了。」

王胖子挺著肚子樂呵呵的說道：「沒有經過小大師的允許我不能貿然給她安排，您上午就是問我也沒用。」

王清豐的眼睛瞄了瞄王胖子的車，有些期待的搓了搓手掌。「那小大師現在答應來了吧？」

王胖子往車上一指。「她來了。」

第二十章

話音剛落，姜維推開副駕駛座的門走了下來，王清豐眼睛一亮連忙迎了上去。「這就是小大師吧！我怎麼看著這麼眼熟呢？」

汪海也附和地點了點頭。「好像在哪兒見過！」

「這個我認識啊！」堪稱百事通的汪母湊了過來。「這個小夥子叫姜維，是前幾年我們這裡的高考狀元。」

王清豐拍了下腦袋，這才想起來。身為一個學渣聚集的學校，東方國際私立高中考上一所大學的都不多，王校長只能看別的學校的狀元眼饞。為了激勵自己學校的學生，他每年都搜集高考狀元和各類學霸的資料，所以對姜維還真是有印象。

「哎呀，不愧是高考狀元，涉獵的知識領域就是廣泛，居然連風水都懂。」

汪母又拍了王校長一下。「你認錯人了，這不是小大師。」

姜維笑著點了點頭。「小大師是我們家的救命恩人，今天我只是過來當跟班的。」說著姜維走到車的後門位置，準備替林清音開門。

看著自家校長激動又發亮的眼神，李彥宇忍不住捂住了眼睛。

校長，一會兒見了那位小大師您可別哭！

姜維用畢恭畢敬的態度打開了車門，在萬眾期待的目光下，林清音從車裡邁了出來，手裡摩挲著她的龜殼。其實她不太明白為什麼要這麼麻煩，但是王胖子和姜維說要有大師的排場，先從心理上壓倒他們，那她也配合。

王清豐和汪海兩個人都激動的準備上前去握手了，等看清楚從後門下來的小大師的樣子，兩人都愣住了。

汪海有些疑惑的撓了撓後腦杓，小聲的和王清豐嘀咕。「校長，這個小大師怎麼看來也眼熟？是不是也是高考狀元啥的？」

王清豐盯著林清音的臉，神情有些恍惚。「這個不是高考狀元，這個是中考狀元！」他回頭看著一臉茫然的汪海，差點把自己的頭髮給揪下來。「這就是我們學校特招進來的中考狀元林清音！」

除了汪海，站在後面的于承澤也在傻眼，他甚至有些沒反應過來，為什麼自己班的學生站在那裡。

「難道她也是小大師的助理？我去看看車裡還有沒有人！」汪海悶頭就要往車那邊走，汪母一把抓住他白了他一眼。「怎麼這麼沒禮貌，這就是小大師。」

拍開沒眼力的兒子，汪母笑容滿面的走過去，和林清音打招呼。「小大師好久沒瞧見妳去公園了。」

林清音點了點頭。「最近姜維在給我補物理課，過幾天我就去。」

聽到兩人的對話，王清豐才回過神來，一臉不敢置信的走了過去。「小大師就是林清音嗎？」

「是啊！」汪母一臉的理所當然。「要不然我們為什麼叫她小大師？因為她年齡小啊！」

王清豐看著面前的林清音不知道說什麼，他終於知道為什麼高二一班受傷的人格外多了，因為那些受傷慘重的都是欺負過林清音的學生。最近學校裡的古怪也找出原因了，只是王清豐還真說不出責備林清音的話來，因為她本人就是校園霸凌的受害者。

王清豐摸了摸自己稀疏的頭髮，無奈嘆了口氣。「林清音啊……」

林清音淡淡一笑。「王校長，我今天不是以學生的身分來的，而是你們請來的大師。」

王清豐回過味來，這事還真只有林清音出手了，只是現在的狀元都這麼神嗎？課外生活居然這麼豐富多彩，居然連算卦看風水都會，多才多藝得讓人瞠目結舌。

他朝林清音伸出手。「歡迎林大師，久仰大名了。」

林清音一手托著自己的龜殼一手和王清豐握了一下。「王校長好。」

于承澤看著林清音像是大人似的和王校長寒暄，總覺得有一種「不知今夕是何年」的感覺，他扭頭想和李彥宇表達一下複雜的心情，就看到李彥宇淡然自若的看著王校長和林清音似乎一點都不吃驚，這心裡承受能力也太好了吧？

于承澤心情複雜的自我反省，覺得自己心態不行，還不如年輕的李老師。

王校長領著林清音進了校園，倒不知道該往哪裡走了，有些尷尬的撓了撓頭。「要不我們去辦公室吧。」

「那倒不用。」林清音看了眼手機上的時間。「我作業還沒做完呢，這個星期老師發了好多試卷，直接說風水的事吧。」

見林清音主動提起風水的事，王清豐終於舒了口氣，臉上的笑容也自然了許多。「我們學校最近發生的事妳也知道，那些喜歡欺負同學的學生一個個都出了意外。當然我不反對惡有惡報，但這惡報能不能稍微隱秘一點？不然有些還能教化嗎？而且……現在市中心醫院都快被我們學校給包了，傳出去不好聽。」

林清音看了他一眼，神色淡淡的說道：「當初校園霸凌發生的時候，學校這麼上心就不會發展到今天這個地步。」

「是是是，妳說得對，是我們之前的處罰措施不夠嚴厲，以後我們一定加強這方面的監管和處罰力道，以後再發現霸凌情形嚴重的，全部開除。」王清豐掏出手帕擦了擦臉上和腦門上的汗，等拿下來的時候發現沾了一縷頭髮，頓時心都碎了。「小大師，您快幫幫忙吧，再這樣下去我就要愁禿了！」

林清音的目光在王清豐的臉上轉了轉，見他確實真心實意的打算這麼做，才朝著校門內的一塊巨石指去。「這塊石頭古怪嶙峋、稜角過於凌厲，立在學校裡會激發學生們心底的戾氣。你叫人將這塊石頭挪走，再從這裡立一座十三層的文昌塔，塔身要面朝五方。文昌塔本有旺文啟智、利學業、旺讀書的作用，再加上吸納各方的文氣，學習的氣氛自然會好起來。」

王清豐一拍巴掌恍然大悟。「我就說嘛，學校的老師都是我高薪聘回來最優秀的老師，就算是學生資質不好，也不會差成今天這個地步，肯定都是這塊石頭害的！汪主任，你趕快叫人找輛車來，現在就把這塊石頭拉走。」

汪海趕緊去打電話，王清豐又小心翼翼的看林清音的臉色。「小大師，那我們學校現在的風水還要怎麼改？」

林清音掏出一把玉石，這些都是她修煉過後取走靈氣剩下的廢玉，雖然看著不如最初那麼透透了，但是品相並沒有被破壞。

王胖子看了眼林清音手上的玉，連忙和王校長討價還價。「王校長請小大師的費用是十五萬，但這法器必須額外出錢，要不然你那十五萬都不夠買玉。」

王清豐看了眼林清音手裡個頭不算小的翡翠和羊脂白玉，當即咬了咬牙。「只要保證有效果就行。」

林清音算了算自己要入帳的金額，臉上終於多了幾分笑容。「我還要在這上兩年的學，人又跑不了，你害怕什麼？」

王清豐一想也是，沒有比林清音更讓人放心的了，自己學校的學生，還能提供售後服務。

東方國際私立高中在東南西北四個方向各有一棵年歲久遠的古樹，每棵樹都是王清豐在建校的時候花大錢移過來的。

林清音根據不同的方位在不同的玉石上雕刻出陣紋，然後埋在古樹底下。

王清豐看著有些不安的問道：「小大師，玉會不會被人挖走啊？」

林清音搖了搖頭。「等陣成以後埋進去的玉會和古樹融為一體，沒人能把它挖走的。」

王清豐聞言頓時放心不少。

林清音帶著一行人在學校的東西南北四個方位各停留了片刻，將手裡雕刻好符文的玉石埋入相關方位，另外一枚玉石則穩穩的拋入學校池塘的正中心。

林清音將最後一枚最大的羊脂白玉遞給王清豐。「擺文昌塔的時候，將這枚白玉作為陣眼埋在塔底即可。」

王清豐小心翼翼的將玉石接過來，有些不安的問道：「我要是埋偏了怎麼辦？」

林清音微微一笑。「校門口那塊巨石的底部有一個尖銳的突起，正好將地面磨出一個圓形的小坑，你把這塊玉放在那個坑裡就行，然後再將文昌塔落在這塊玉上。」

王清豐聞言有些迷惑，這塊石頭在建校的時候是他看著挪進來的，下面雖然也不算十分平滑，但記得並沒有突起啊。他剛要問林清音，就聽見校門口鬧哄哄的，原來是找的吊車到了。

幾個工人將繩索捆在石頭上，隨著一聲聲口令吊車穩穩的將石頭抬了起來，放到一旁的卡車上。王清豐趕緊到原先擺巨石的地方去看，果然有一個拳頭大小的坑，頂部略微大點，底下則逐漸縮小。

王清豐將林清音給的玉石放在了坑裡，不大不小剛剛好。將玉石收起來，王清豐對林清音確實打心眼裡佩服，叫起小大師來也比剛才流暢了許多。「小大師，您這算得也太準了。」

王胖子得意洋洋的晃了晃腦袋。「要是不準的話，怎麼可能有這麼多人等著我們小大師算卦呢？」

也不知道是不是心理作用，王清豐覺得近日來心裡那種煩躁不見了，渾身上下舒坦許多，似乎連頭上剩下的稀稀疏疏的頭髮都比以往結實了。

摸了摸光溜溜的額頭，王清豐忽然想起一件事。「小大師，妳有沒有讓人長頭髮的方法？妳看看我這腦袋，再操心兩年就要和葛優一樣了。」

「葛優？」林清音想起前幾天陪爸媽看了點電視，也認識了幾個演員，她看了看王清豐的面相果斷的搖了搖頭。「放心好了，你沒那麼大的財運。」

王清豐臉一黑。這句話太扎心了！

「頭髮！我說頭髮的事！」王清豐摸了摸自己的腦門。「以前我還能摸到一些髮根，最近一段時間感覺連髮根都掉光了似的。」

王胖子認真看著王清豐腦門，忍不住豎起了大拇指。「王校長，您的腦門盤得可真好！亮錚錚的！」

王清豐聽見這誇獎險些都哭了。

林清音伸出兩根手指。「兩萬元，除了生髮還有強身健體的功效！」

「好，我馬上轉帳！」王清豐掏出手機，先把自己生髮的錢付了，只要能有一頭又黑又亮的頭髮，別說兩萬，五萬他也付！

如今已經有戶頭的林清音再也不用像以前那樣苦哈哈的數現金了，看了眼到帳金額，林清音從口袋裡摸出一塊石頭，又從書包裡把刻刀拿了出來。「把你的生辰八字給我！」

王清豐連忙把自己的生辰年月告訴了林清音，就見林清音拿著刻刀飛快的在石頭上雕刻起來。那刻刀看起來普普通通的，但是在林清音的手上不知為何格外鋒利，就像是切割豆腐，輕輕鬆鬆就在石頭上雕刻出複雜的紋路。

很快林清音將雕好陣法的石頭遞給了王清豐。「這塊石頭你隨身帶著，晚上就放到床頭，很快就能見效了。」

王清豐美滋滋的把石頭收起來，彷彿看到了自己滿頭黑髮的模樣，到時候他一定是全市最靚的校長！

目送著林清音帶著兩個助理離開，汪主任彷彿像是作夢一樣。「校長，您說林清音這麼有本事怎麼會被校園霸凌呢？」

王清豐摸了摸光溜溜的腦門面露深思。「老話說，這種有大本事的必須得經歷一些曲折磨難方能成就大事！那篇課文怎麼說的呢？天將降大任於斯人也，必先苦其心志，勞其筋骨！這就和唐僧取經似的，得多經歷些磨難本事才能磨練出來。你看現在的林清音和去年剛入學的時候，簡直判若兩人，這就是歷練過的！」

汪主任聽著王清豐一本正經的胡謅，居然還覺得有些道理。

一直沈默沒有說話的于承澤忽然反應過來，忍不住拿胳膊撞了撞李彥宇。「上次英語考試那答案是林清音算出來的吧？」

李彥宇看著後知後覺的于承澤，神色複雜。

你現在才知道啊?!

王清豐和汪海囑咐于承澤和李彥宇兩個人，對林清音會算卦的事要嚴格保密，免得太多人知道影響她正常的校園學習生活。但是也說私下裡有朋友親戚需要這方面的業務可以大力推薦，這可是我們學校的特殊人才啊！

王清豐摸著林清音給的石頭，眼睛從有濃密黑髮的李彥宇和于承澤頭上滑過，最後落在汪海的頭上，頓時十分欣慰。

汪海眼看著有地中海的趨勢，自己的髮量很快就能戰勝他的。

略帶著些小得意，王清豐揮了揮手上的石頭。「你們應該也求個這種東西，什麼招桃花的、求平安求福氣之類的，肯定靈驗。」

李彥宇在校長說完以後默默的從脖子上取出一個透明的小袋子，裡面裝著一個三角形的黃色符紙。

王清豐湊過來看了兩眼，有些詫異的看著李彥宇。「你這是符紙嗎？從哪兒求的？」

李彥宇指了指林清音離開的方向。「我媽找小大師給我大嫂算卦，之後又給我們全家都求了護身符。」

所有人都一言難盡的看著他。嘴真是夠緊的，校長找小大師都找瘋了，你竟然一點口風都沒漏！

于承澤也悄悄鬆了口氣，剛才他還以為自己當了這麼多年的班導師還不如年輕的李彥宇沈得住氣，原來他早就知道真相了，怪不得他這一路臉上的表情都這麼微妙；怪不得他在開學考試第二天又重新舉行英語測驗，他一定是那時候知道林清音的身分的，所以想故意試試她的不用龜殼做題的真實能力。

「哎，你們開學之後的那個英語測驗，林清音得多少分啊？」

李彥宇表情扭曲一下，艱難的說道：「滿分。」

于承澤驚訝的看著他。「這不是很好，比開學考試時的英語成績好多了。」

想到那天的情況，李彥宇頓時覺得有些頭疼和無奈。「聽力我還沒放錄音她就做完了，作文是提前算好背過的，一共用了半個小時就給我一張滿分的試卷。」

于承澤沈默了片刻，艱難的替林清音描補。「不管怎麼說，這也是實力的一部分對吧！」

「那倒也是！」李彥宇幽怨的嘆了口氣。「我覺得林清音以後要是辦個中考高考猜題班之類的，準能成千萬富翁，簡直一點都不給老師活路！」

于承澤和李彥宇對視一眼，都無奈的嘆了口氣。

學校的事已經有著落了，這一天也過去得差不多了。王清豐回辦公室發了封郵件，讓高二、高三所有班級全部打亂重新分班，這次出事的學生一律往後面班級放，分配最嚴厲的老師當班導師，以後再抓到校園霸凌的事情，輕的記過、重的開除，讓學校早日恢復風清氣正的日子。

發完郵件，王清豐小心翼翼的摸了摸自己五千塊錢買來的石頭，總覺得放口袋裡不保險，還是得像李彥宇那樣掛在脖子上牢靠。而且那個位置離腦袋近，可能功效會更強一些。

王清豐開車去市裡面接連逛了好幾個商場的首飾專櫃，也沒看到賣袋子的，正有些發愁，看到旁邊一對男女買的串好的金珠子送的小絨布袋子還不錯，如果加根繩子正好掛在脖子上。

王清豐目送著那對男女離開，輕輕敲了下櫃檯。「給我拿一顆這樣的金珠子。」

櫃姊笑容滿面的說道：「先生，一顆珠子串起來可能不好看，一般都三顆搭配在一起。」

王清豐揮了揮手。「這個不重要，反正我也不戴它！妳用紅繩給我編條項鏈，我要把那紅袋子戴脖子上。」

櫃姊傻眼了。這是什麼造型啊？

櫃姊一頭霧水，還是按照王清豐的要求編好紅繩，王清豐迫不及待的把石頭放在紅色的絨布袋子裡掛到脖子上。

摸了摸胸前的石頭，王清豐頓時覺得自己的頭髮安全了許多，走路都不怕風了。

就這麼帶了幾個小時，當天晚上王清豐洗頭的時候驚訝的發現原本一揪一大把的頭髮居然一根沒掉，比他抹生薑管用多了。雖然新頭髮暫時還沒長出來，但頭上原本這些在苟延殘喘的細弱髮絲居然捱過了洗頭這一關，就讓王清豐對林清音十分信服。

躺在浴缸裡，王清豐腦補一下自己頂著烏黑亮麗的黑髮吸引一堆羨慕嫉妒恨目光的情景，人生簡直太舒爽了！

老師們在週一看到校長發的信件後都忙碌起來，所幸因為前期就做過這方面的統計工作，只用了兩天時間就把所有的班級全部排好了。

發給校長的班級名冊裡，前面幾個班級是學生們的各科成績情況，後面幾個班級則備註了最近的傷病情況，最敗類的那些人都分到一個班去。

做好了分班名冊，學校立即召開家長會，通知重新分班的事。為了確保分班順利，王清豐還悄悄把林清音請到辦公室，求她卜算個開家長會的好日子。

林清音已經把欺負原主的那些同學都報復過了，除非他們以後能改過自新做善事，否則未來氣運一直不會太好。既然把這筆帳都結了，林清音也不願意和他們糾纏太久，按照插隊的價格收了王校長一千五百塊，然後幫他算了一個開家長會的好日子。

到了開家長會的那一天，王清豐發現平時挑事的那些家長都因為有重要的事沒來，委託給親戚、朋友或者下屬來參加；住院和受傷請假的那些學生家長也很樂意，因為學校說等學生回學校後，會有專門的時間補課，若是和別的班級一起恐怕跟不上進度，家長們覺得挺有道理的，沒一個人提出反對意見；而那些好學生的家長們，見把那些表現不好的學生都分出去了，自然支持學校的決定，十分痛快的在分班知情書上簽字。

原本讓學校中很多老師害怕的事，居然這麼順利的完成了，王清豐得意洋洋，就像自己偷偷掌握一門致勝的法寶，打心眼裡透著舒爽。

開完家長會的第二天，學校就將新的分班名單公布出來，為了節省時間連座位表都排好了。新的座次表參考學生的成績和身高因素，算是比較公平合理的一種。

林清音依然在高二一班，班導師還是于承澤，不過她的位置從第二排靠窗調到了第二排的正中間，林清音一坐下就覺得這是最容易被老師注意到的位置，看來以後上課想摸龜殼不太容易了。

這段時間，林清音晚自習都沒上，每天放學就揹著書包找姜維，終於把物理課給補完了。化學課除了姜維補課，林清音也拿著國中課本自學，平時學校的自習課基本守在了化學老師的旁邊。

化學老師對於林清音找自己補國中化學十分無奈，可是于承澤知道了後，一個勁的給林清音說好話，拜託化學老師多費心。就連校長都時不時的親自來過問，看到林清音像看到自已親生女似的，那叫一個和藹可親。

林清音如今除了化學和英語以外，其他科目已經完全跟上了進度，就連化學眼看著也補到了高一的部分。林清音強大的學習能力讓化學老師對她刮目相看，一開始還存著有些敷衍的心態，等給林清音講了兩天課以後頓時改變了這個想法。

沒什麼比給林清音上課更爽的事了，這種一講就透、一點就明白的學生教起來，讓他渾身上下都透著舒爽，簡直太有成就感了。

李彥宇見林清音各個科目都跟上來了，只有英語還需要算，頓時心裡有些酸溜溜的。妳就不能在英語上用些心嗎？哪怕找我補課也行啊！我又不找妳要補課費！

或許是李彥宇的怨念太強烈，林清音上了幾次英語課以後就有些坐不住了，她趁著下課趕緊打了電話給姜維。「我記得你之前說過要讓我去新東方學英語的？怎麼還沒約好？」

其實林清音對於去新東方的事期待很久了，這是她來這裡第一個嚮往的地方，和當初第一次嚐到美食的滋味一樣激動。

現在家裡的一日三餐是廚藝還算不錯的爸爸掌廚，雖然比不上外面大廚的手藝，但比喜歡做死鹹的白水麵條的媽媽已經好太多了。

可林清音心裡一直藏了一個新東方的夢，粵菜、魯菜、淮揚菜、浙菜、川菜……林清音覺得學廚藝比學英語有用多了。前者可以讓她享受美食，後者，她至今不知道學英語有什麼用，她又不去國外給人算卦！

可是她又不太明白為什麼學英語的要和學做菜的在同個地方，不過既然能摸進新東方的大門已經很好了，細節不用在意太多。

姜維接到林清音的電話後，趕緊又去一趟新東方在齊城的分校，精挑細選後終於選定一個一對一教學的英語老師，約好了週日上課。

星期天一早起來，林清音總覺得心裡有些悶悶的，習慣性的卜一卦，卦象顯示不太順利。

醫者不自醫，算卦也一樣，涉及到自身的事通常算不出來，一般是靠直覺感應想，像林清音這種連吉凶都能測出來的已經是世間少有了。

雖然算出了此次出門不太順利，卻沒有讓她不安的感覺，所以林清音還是按照原計劃出了門，被姜維領進了新東方的大門。

看著一間間明亮的教室和不絕於耳的英語聲，林清音心裡的疑惑越來越多，眼看著就要走到最後一間教室，林清音突然抓住姜維。

「能先帶我去看看做菜的教室嗎？我早飯還沒吃呢！」

——未完，待續，請看文創風1125《算什麼大師》2

2022年12月出版

下堂妻幫夫改命

文創風1122～1123

阻止前夫黑化成反派，拯救蒼生的重任就包在她身上！
她有現代人的智慧，老天的金手指，娘親的「鈔」能力，
這妥妥的天選之人，要翻轉命運豈不信手拈來？

一朝和離為緣起，千里流放伴君行／樂然

好心沒好報啊！救人出車禍竟穿越了，一醒來她就身穿喜服在花轎上，
更離譜的是剛拜完堂，屁股都還沒坐熱，一紙和離書下來就要她走人？
從新娘轉作下堂婦也就罷了，還被託付一個三歲小叔子要她養？
要不是繼承原主的重生記憶，這一波三折，她的心臟早就承受不住。
原來貴為國公的夫家，遭人構陷通敵賣國，一夕之間被抄家流放了，
天知地知她知，若放任前夫晏承平黑化成滅世暴君，那可不是開玩笑的！
為了扭轉命運的軌跡，她只能偏向虎山行，喬裝打扮帶著小叔上路，
好在老天給她神奇空間開外掛，娘親生前也留給她一大筆私房錢，
她能順利打點好官兵，又能護晏家人周全，一路將流放過成郊遊。
當散財仙子助晏家度過難關，她是存了一點抱金大腿的私心，
等前夫跟上輩子一樣成功上位，屆時論功行賞肯定少不了她一份，
未料，這人突如其來示好要她喜歡他，徹底打亂了她的盤算。
先不要啊！單身那麼自由，她可沒有復合再婚的意思……

為流浪貓狗加油 和貓寶貝 狗寶貝

廝守終生(一定要終生喔！)的幸福機會

對人來說，貓寶貝狗寶貝只是生活的一部分，但妳（你）對牠們來說，卻是生活的全部，領養前請一定要考慮清楚——

▲ 任何角度都有型的帥哥 Jimmy

性　　別：男生
品　　種：米克斯
年　　紀：3歲
個　　性：害羞安靜、喜歡跟熟人撒嬌
健康狀況：已結紮，四合一血檢過關，預防針完成狂犬疫苗，體內外驅蟲完畢
目前住所：新竹縣關西鎮（關西浪巢狗園）

本期資料來源：Xin小姐

第337期推薦寵物情人

『Jimmy』的故事：

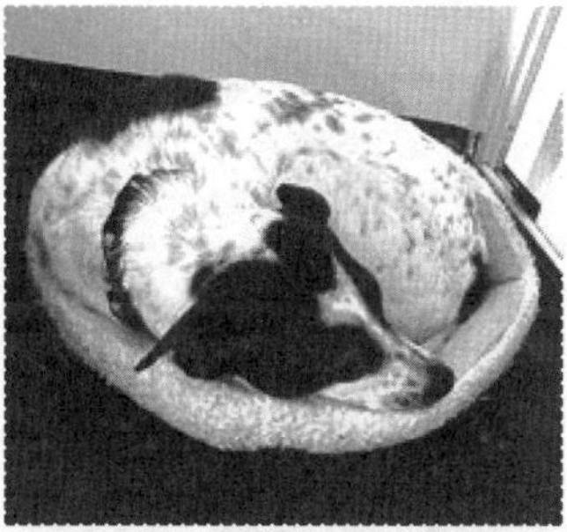

歷經三年五轉的孩子Jimmy重新找家中！瞧瞧這身乳牛似的斑紋，配上時不時露出微笑，一舉一動頗有明星的上鏡潛質，牠是電影「101忠狗」中哪一隻的後代呢？答案是，族繁不及備載，燒香問祖先才知道（笑）～～

據Jimmy的友人現身說法，牠親人親狗，不怕生，愛吃不護食，更不會亂吠，妥妥的優良模範生，不過剛到新家時，有時候會縮在角落獨處，看似缺乏安全感，其實是對新環境很茫然而無所適從喔，這時只要安靜地陪伴牠、等待牠，慢熟的孩子不是難以馴服，而是需要一點時間，一旦牠認定您，就會親暱得形影不離。

至於Jimmy的其他優點有待領養人發掘中，牠的一拖拉庫友人代表Xin小姐，提供了Line ID：0931902559，藉此窗口真心希望誠意的有緣人，快快展示您的完美認養資格，以家長身分帶Jimmy從狗園畢業！

認養資格：

1. 認養人須年滿25歲，有穩定的工作與自己的房子。
2. 不關籠、不放養、不鍊養，且具備愛心與包容心。
3. 須同意簽認養寵物切結書。
4. 須同意送養人日後之追蹤探訪，對待Jimmy不離不棄。

來信請說明：

a. 個人基本資料：姓名、性別、年齡、家庭狀況、職業與經濟來源等。
b. 想認養Jimmy的理由。
c. 過去養寵物的經驗，及簡介一下您的飼養環境。
d. 若未來有結婚、懷孕、出國或搬家等計劃，將如何安置Jimmy？

文創風
1124

算什麼大師 1

國家圖書館出版品預行編目資料

算什麼大師 / 懿珊著. --
初版. -- 臺北市 : 狗屋出版社有限公司, 2022.12
冊 ; 公分. --（文創風 ; 1124-1128）
ISBN 978-986-509-383-9（第1冊 : 平裝）. --

857.7　　111018681

著作者　懿珊
編輯　林俐君
校對　吳帛奕
發行所　狗屋出版社有限公司
地址　台北市104中山區龍江路71巷15號1樓
電話　02-2776-5889～0
發行字號　局版台業字845號
法律顧問　蕭雄淋律師
總經銷　知遠文化事業有限公司
電話　02-2664-8800
初版　2022年12月
國際書碼　ISBN-13　978-986-509-383-9

本著作物由北京晉江原創網絡科技有限公司授權出版

定價270元
狗屋劃撥帳號：19001626
網址：love.doghouse.com.tw　E-mail：love@doghouse.com.tw